Das Buch
In der wilden, elementaren Landschaft des Vivarais am Fuße der Cevennen wohnen Rebellen und Eigenbrötler, Aussteiger und Propheten. Und seit einigen Jahren lebt auch Tori Godon, ehemalige Anwältin aus Deutschland, die frisch verwitwet und trauernd auf der Suche nach Frieden und neuem Lebenssinn ist, im Dorf. Als der Höhlenforscher Adriaan, der sich bei ihrer Freundin einquartiert hat, verschwindet, ist Tori beunruhigt. Als der alte Didier Thibon, der ihr von sagenhaften Schätzen und Schmuggler-Verstecken in den Höhlen erzählt hat, tot aufgefunden wird, ist Tori alarmiert. Und als sie auf der Suche nach dem jungen Forscher auf dem Karstplateau in eine Felsspalte stürzt, ist plötzlich auch ihr Leben in Gefahr. Hängt das Verschwinden Adriaans mit den Widerstandskämpfen der Hugenotten zusammen, die hier im 18. Jahrhundert Zuflucht fanden? Oder mit der Résistance-Bewegung gegen die deutsche Besatzung? Als noch ein Mord passiert, ist es mit Toris Ruhe im beschaulichen Paradies der deutschen 68er-Aussteiger vorbei.

Die Autorin
Anne Chaplet ist das Pseudonym von Cora Stephan, unter dem sie mittlerweile zehn preisgekrönte Kriminalromane veröffentlicht hat.
Cora Stephan ist seit mehr als dreißig Jahren freie Autorin und schreibt Essays, Kritiken, Kolumnen – und Bücher. Neben zehn Sachbüchern erschien 2016 der Roman »Ab heute heiße ich Margo« bei Kiepenheuer & Witsch.

Anne Chaplet

In tiefen Schluchten

Ein Kriminalroman
aus dem Süden Frankreichs

Kiepenheuer
& Witsch

Verlag Kiepenheuer & Witsch, FSC® N001512

1. Auflage 2017

© 2017, Verlag Kiepenheuer & Witsch, Köln
Alle Rechte vorbehalten. Kein Teil des Werkes darf in
irgendeiner Form (durch Fotografie, Mikrofilm oder ein
anderes Verfahren) ohne schriftliche Genehmigung des
Verlages reproduziert oder unter Verwendung elektronischer
Systeme verarbeitet, vervielfältigt oder verbreitet werden.
Umschlaggestaltung: Barbara Thoben, Köln
Umschlagmotiv: © Anette Kühnel
Karte: Markus Weber/Guter Punkt, München
Gesetzt aus der Stempel Garamond
Satz: Buch-Werkstatt GmbH, Bad Aibling
Druck und Bindung: CPI books GmbH, Leck
ISBN 978-3-462-05042-4

Für Rudolf

Pourtant que la montagne est belle
Comment peut-on s'imaginer
En voyant un vol d'hirondelles
Que l'automne vient d'arriver?

Jean Ferrat

Kapitel I
Belleville, im Frühjahr

I

In dieser Nacht blieb der Hund still. Tori horchte in das Rauschen des Regens hinein. Da war nichts. Kein Laut. Kein Heulen.

Unter Schirm und Regencape geduckt, lief sie das Gässchen hinunter zur Straße, wo ihr Auto stand, schloss den Schirm, schüttelte ihn aus und schob sich auf den Fahrersitz. Es regnete, wie es nur in den Cevennen regnete: Es schüttete. Den Toufache, der Bach, der das Wasserbecken im Waschhaus speiste, hatte man vor Jahren in ein Betonbett unter der Straße gesperrt, aber es würde nicht mehr lange dauern, bis er die Gullydeckel hob, hinauskletterte und seinen alten Platz zurückeroberte. Im vergangenen Herbst hatten die Wassermassen eines Abends sämtliche Mülleimer, die für die Müllabfuhr am Straßenrand standen, gepackt und ins Tal geschwemmt.

Tori startete den Motor. Warum jaulte der Hund nicht? Hatten seine herzlosen Besitzer ihn ins Trockene geholt? Normalerweise ließen sie ihn bei jedem Wetter draußen und stellten den Fernseher so laut, dass sie weder das Gejaule noch das Klingeln entnervter Nachbarinnen hörten. Tori löste die Handbremse, schaltete in den ersten Gang, ließ den Motor einmal kurz aufheulen und fuhr los.

Die müden Blätter ihres Scheibenwischers kamen gegen den Wasserschwall kaum noch an. Die Scheinwerfer tauchten die Welt da draußen in ein milchig-graues Licht, das nur Schatten erkennen ließ. Sie fuhr im Schritttempo die enge Gasse vom Unterdorf hinauf zum Oberdorf. Die Hausmauern rückten dem Wagen viel zu nah und sie betete, dass ihr niemand entgegenkommen möge.

Das Wasser schnellte ihr wie ein graues pockennarbiges Band entgegen, Gebirgsbäche, die sich auf die Straße verirrt hatten und nun den Toufache suchten, der unten ungeduldig rumorte. Tori kämpfte gegen die Angst an, in irgendeinem Wasserloch zu landen oder gar von den Wassermassen hinuntergespült zu werden.

Nur nicht daran denken. Sie steuerte das Auto entschlossen auf die Dorfstraße, die selbstbewusst »Grande Rue« hieß, und nahm an der Kreuzung mit der Marienstatue den Weg nach rechts. Vor ihr zerriss ein schartiger Blitz den Himmel und erleuchtete regenschwangere Wolken. Hinter ihr grollte der Donner. Die Kiefern rechts und links der schmalen Straße warfen ihre Äste hoch und ließen sie über die Straße peitschen. Wenn einer von ihnen die Stromleitungen erwischte, die in den Sturmböen hin- und herpendelten, gäbe es wieder einmal stunden- oder gar tagelang keinen Strom.

Man sollte bei diesem Wetter nicht unterwegs sein, wirklich nicht, und sie hatte das auch keineswegs vorgehabt. Aber was tun, wenn Eva anrief? »Hier ist Land unter. Kannst du kommen? Schnell?«

Tori hatte auf dem Sofa gesessen und gelesen, bemüht, nicht auf das Klopfen über ihr zu hören, das immer fordernder wurde. Dem Regen war es wieder einmal gelungen, sich einen Weg durch das marode Dach zu bahnen. Wo es dann durch die Decke tröpfelte, war stets eine Überraschung, denn die Rinnsale nahmen nie denselben Weg.

Als sie sich einmal bei Monsieur Champenard, von dem Carl und sie das Haus gekauft hatten, über das undichte Dach beschwerte, dessen Zustand man ihnen beim Kauf verschwiegen hatte, gab er ihr die unsterbliche Antwort, sie hätten schließlich ein Sommerhaus erworben. Als ob sie das Fehlen einer Zentralheizung moniert hätte!

Am liebsten hätte sie Eva gefragt, ob ihre Mieter ihr nicht beistehen könnten bei welcher Katastrophe auch immer. Aber sie wusste nicht, wie viele der fünf Ferienwohnungen jetzt, in der Vorsaison, überhaupt belegt waren. Außerdem hatte Eva ihr so oft schon geholfen. Sie war Toris erster Anker gewesen hier im wilden Süden, in der kühnen Ardèche, im alten Vivarais. In dieser magischen Gegend zwischen Karstebenen und Vulkanbergen, Flusstälern und Gebirgsketten, mit ihren gewaltigen Gewittern, den heißen Sommern und dem scharfen Nordwind.

Die Straße machte eine scharfe Kehre nach links, die Steigung war hier so steil, dass Tori immer absteigen musste, wenn sie mit dem Fahrrad unterwegs war und nicht rechtzeitig auf den niedrigsten Gang heruntergeschaltet hatte. Der Wagen schlingerte, ihr Herzschlag stolperte, doch die Reifen fanden schnell wieder Halt. Sie atmete auf. Zu irgendetwas musste so ein aufgebrezelter Einkaufswagen wie ihr Landrover ja gut sein.

Kurz nach einer scharfen Rechtskurve ging es hinunter nach Fayet. Das Dorf lag im Dunkeln. Keine Straßenbeleuchtung, kein Licht in den Häusern, nur ein einsamer

Lichtkegel schwenkte über die Straße. Tori ließ den Wagen langsam näher rollen. Im Scheinwerferlicht erkannte sie eine kleine vermummte Gestalt in Gummistiefeln, die etwas Schweres schleppte. Eva.

Sie hielt am Straßenrand und parkte das Auto so, dass das Licht der Scheinwerfer die Szenerie erhellte. Das alte Steinhaus links der Straße, zusammengebacken aus mindestens drei verschiedenen Häusern, so, wie es hier üblich war, beherbergte mittlerweile vier Ferienapartments, drei große und ein kleines. Unterhalb von Haus und Straße verlief ein Fußweg, eine Ruelle, wie man die gepflasterten Gässchen nannte, die in jedem alten südfranzösischen Dorf von Haustür zu Haustür führten. Von der Ruelle ging eine Treppe hinauf zum kleinsten der Apartments, genannt »Bellamie«.

Tori schlüpfte in ihr klammes Cape, zog sich die Kapuze über den Kopf und stieg aus. Eva hatte sich umgedreht und winkte. In ihrem Regenumhang sah sie aus wie ein Zwerg aus dem »Herrn der Ringe«. Offenbar versuchte sie, eine Holzplanke von der Straße zum Treppenabsatz des Apartments zu legen, um den reißenden Bach zu überbrücken, zu dem die Ruelle geworden war. Das Wasser war bereits die Treppenstufen hinaufgeklettert, nicht mehr lange und es würde die Eingangstür erreichen.

Tori lief hinüber. Eva setzte ihre Last ab und amtete auf. »Danke, dass du kommst. Es ist sonst keiner da. Wir müssen wenigstens den Kühlschrank retten und was der Herr sonst noch so herumliegen hat. Möchte wissen, wo der Kerl ist bei diesem Wetter. Ich hab ihn seit gestern früh nicht mehr gesehen.«

Sie brachten das Brett gemeinsam in die richtige Position.

»Adriaan aus Rotterdam. Interessiert sich für Höhlen und wandert gern«, sagte Eva und prüfte mit dem Fuß die Belastbarkeit der Planke, bevor sie hinüberbalancierte. »Netter Kerl, würde dir gefallen.«

Tori kannte das schon, immer gab es irgendeinen Mann, der ihr gefallen sollte, als ob das Leben ohne Kerle, wie nett sie auch immer waren, undenkbar wäre. Höhlenforscher waren außerdem nicht ihr Ding, davon gab es hier in jeder Saison mehr als genug, es wurden regelrechte Touren in alle möglichen unterirdischen Öffnungen angeboten. Was auf den Bergen der Skilehrer, war in den Bergen der Höhlenführer.

Eva klopfte höflichkeitshalber, bevor sie die Tür zum Apartment aufschloss. Ein Geruch nach ungewaschenen Socken, leckgelaufener Kläranlage und feuchtem Mörtel stieg Tori in die Nase. Hier musste dringend gelüftet werden.

Eva stellte die Taschenlampe auf den Tisch neben der Tür. Tori schälte sich aus ihrer Regenjacke und hängte sie an den Türhaken. Sie kannte die kleine Ferienwohnung gut, zu gut. Die Erinnerung an die Tage, die sie hier mit Carl verbracht hatte, überfiel sie mit Macht und drückte ihr die Luft ab. Fayet war die erste Station auf ihrer Reise in die Vergangenheit gewesen, so hatten sie Eva kennengelernt. Für einen Sommer hatten Carl und sie hier gewohnt, einen wunderbaren, viel zu kurzen Sommer lang. Von Fayet aus waren sie durch die Gegend gestreift, bis sie ihr eigenes Haus entdeckt und gekauft hatten, Maison Sarrasine in Belleville.

»Bellamie« bestand aus einem einzigen großen Gewölbe mit unverputzten Steinwänden und unebenen grauen Steinplatten auf dem Boden. Direkt hinter dem Eingang ging es zu Klo und Dusche. An der Wand eine gut ausgestattete Küchenzeile. Vor dem Kamin ein Tisch mit zwei Stühlen. Noch weiter rechts ging es durch einen Vorhang und ein paar Stufen hoch zum Bett.

Auf einem der Stühle lagen eine Jeans und ein schmuddeliges weißes T-Shirt, darunter Turnschuhe. Immerhin: keine weißen Socken. Sie hob das T-Shirt hoch. Vier Pferdeköpfe zierten die Brustseite, ein wenig ungelenk gezeichnet, aber deutlich erkennbar. Eva schaute kurz zu ihr herüber. »Ach! Die gibt's jetzt auch als T-Shirt? Die berühmten Pferde aus der Grotte Chauvet?«

»Träumt dein Holländer etwa auch davon, eine Grotte mit Höhlenmalereien zu finden? Ich dachte, sämtliche dafür infrage kommende Öffnungen wären mittlerweile erkundet?«

Tori kannte die Geschichte der Grotte Chauvet, natürlich. Die Entdeckung der riesigen Höhle mit einer Fülle von Wandmalereien, darunter Zeichnungen von Nashörnern, Löwen, Bären, Mammuts und Pferden, war eine Weltsensation. Der Fund inspirierte wahrscheinlich viele, die nicht des Kanufahrens oder herausfordernder Radstrecken wegen in die Ardèche gekommen waren.

»Alle Jungs suchen nach dem Einhorn«, sagte Eva.

»Nach dem Einhorn?« Tori zog die Augenbrauen hoch.

»Dummer Spruch. Sagt man hier so. Aber Adriaan ist in Ordnung.«

Vielleicht. Der Holländer schien sich nicht nur für die Höhlen und Grotten des Vivarais zu interessieren. Auf dem anderen Stuhl lag ein Stapel Bücher. Das oberste stammte von Stephen King, bei »Dodenwake« musste es sich um den »Friedhof der Kuscheltiere« handeln. Darunter lagen eine illustrierte Geschichte der Cevennen, ein englisches Buch über Frankreich in den Jahren des Zweiten Weltkriegs, ein Reiseführer und zwei topographische Karten.

»Kannst du mal eben?«

Tori blickte auf. Eva mühte sich vergebens, den Kühlschrankstecker aus der Dose zu ziehen, die hoch oben über der Spüle angebracht war, ein nicht ganz einleuchtender Platz, selbst wenn man bei der Montage an Hochwasser gedacht hätte.

Sie war in zwei Schritten bei ihr. Wie immer in Evas Gegenwart kam sie sich wie ein ungeschlachter Riese vor. Eva, einst Blumenkind aus Deutschland, kleidete sich auch mit 75 noch wie ein Hippie und färbte ihre Haare hennarot, sie hatte eine zarte, mädchenhafte Figur und reichte Tori bis zur Brust. In ihrer Gegenwart fühlte Tori sich mit ihrem Gardemaß von einem Meter einundachtzig entsetzlich groß und knochig.

»Wir sollten den Kühlschrank ausräumen und nach oben neben das Bett stellen. Bis dahin ist das Wasser noch nie gekommen.« Eva öffnete die Kühlschranktür. »Männer!«

Im Inneren fanden sich Flaschen mit irgendetwas Isotonischem, Bierdosen, eine angetrocknete Rolle Ziegenkäse und ein paar Scheiben Schinken, die sich im Papier bereits rollten.

Tori rückte den Kühlschrank vor und zur Seite und schob und hievte ihn die zwei Stufen hoch in den Schlafraum.

Das Bett war gemacht, erstaunlich für einen Mann. Auf dem Tischchen neben dem Bett stand hinter einem Nasenspray und einem Päckchen Taschentücher ein gerahmtes Foto, offenbar eine Studioaufnahme, es zeigte einen älteren

Herrn mit vollem weißem Haar und hellen blauen Augen. Seinen Vater hatte er also auch lieb. Noch erstaunlicher.

Sie lief wieder nach unten, packte den Bücherstapel und trug ihn hoch zum Bett, auf das Eva schon Jeans und T-Shirt gelegt hatte. Dabei fielen ihr eine der Karten und ein Blatt Papier hinunter. Sie hob die Karte auf – eine topographische Wanderkarte der Gorge de l'Ardèche. Der Holländer hatte einen Ausschnitt daraus kopiert und etwas hineingemalt: Kreise und Striche, am Rand Notizen mit Bleistift.

Eva trat neben sie und griff nach der Kopie. »Grotte des Huguenots. Pont d'Arc. Grotte Chauvet. Sag ich doch. Er wandert gern.«

Tori wollte Karte und Kopie auf den Stapel legen, als aus der zusammengefalteten Karte ein Foto glitt, ein kleines Schwarzweißfoto mit gezacktem Rand. Es zeigte eine junge Frau in einer Art Blouson und hochgekrempelten Arbeitshosen, an den Füßen Stiefel. Die Haare trug sie zurückgebunden, eine Strähne hatte sich gelöst und fiel ihr in die Stirn. Sie lächelte in die Kamera.

Tori kam sich plötzlich wie ein Eindringling vor. Was hatten sie hier zu suchen, im Leben eines anderen Menschen? Sie legte das Foto zurück und half Eva, den bunten Vorleger zusammenzurollen, der unter dem Tisch gelegen hatte, und nach oben zu tragen.

»Ich denke, das reicht.« Eva blickte sich noch einmal um. »Wir können wieder hinaus ins Nasse.« Sie schloss die Tür hinter ihnen zu.

Der Wolkenbruch hatte sich in einen gemäßigten Platzregen verwandelt, doch das Wasser würde noch eine Weile steigen, die oberste Treppenstufe hatte es schon erreicht. Sie waren gerade noch rechtzeitig fertig geworden.

Eva musterte Tori im Scheinwerferlicht des Autos. »Nass siehst du noch dünner aus, als du bist. Kommst du mit auf ein Glas? Es gibt auch trockene Handtücher bei mir.«

Und Kerzen. Die hatte man in dieser Gegend sicherheitshalber immer im Haus. Tori nickte.

Sie war nicht mehr ganz nüchtern, als sie sich zwei Stunden später wieder ins Auto setzte. Der Sitz war klamm, aber es regnete nicht mehr. Mit heruntergelassenen Fenstern fuhr sie los. Im Wald duftete es nach feuchter Erde, und als sie in Belleville einfuhr, stieg ihr aus den Gärten der staubig-wilde Geruch verblühter Mimosen und der Marzipanduft von gerade aufgeblühtem Schneeball in die Nase. Es wurde Frühling. Das erste Gewitter in diesem Jahr war sein lautstarkes Entree gewesen.

Belleville lag ins gelbe Licht der Straßenlampen getaucht, hier hatte es offenbar keinen Stromausfall gegeben. Die Straße, an der sie immer parkte, glänzte nass, war aber nicht überspült, der Toufache hatte es also nicht aus seinem Bett herausgeschafft – oder er hatte sich bereits wieder zurückgezogen. Dennoch stellte Tori den Wagen vorsichtshalber dort ab, wo die Straße leicht anstieg. Als sie die Autotür öffnete, hörte sie den Hund. Er jaulte und heulte nicht. Er winselte. Es schnitt ihr ins Herz.

Mit ein paar Schritten war sie am Gartentor und ging in die Hocke. »Komm, Kleiner«, flüsterte sie. Ein überraschter Japser, tappende Hundepfoten.

Sie streckte die Hand aus, durch die Zaunlatten hindurch. Warmer Atem. Eine feuchte Zunge. Seidenweiches Fell. Sie kraulte das Tier unter der Kehle, bis ihre Finger müde waren. Der Hund gab einen langen Seufzer von sich, als sie sich von ihm trennte und durch den engen Gang zwischen den Steinmauern der Nachbarhäuser hoch zu ihrem Haus lief, leicht schwebend, wie erlöst.

Im Schlafzimmer trat sie in eine Pfütze. Diesmal hatte es über dem Türstock hineingeregnet. Egal, Hauptsache das Bett war trocken. Tori schlief sofort ein.

2

Der Mistral weckte sie. Er rüttelte an den Fensterläden und rauschte durch die Bäume am gegenüberliegenden Hang. Tori blinzelte durchs Schlafzimmerfenster ins Blaue. Der Wind hatte den Himmel blitzblank geschrubbt, aber es war eisig kalt geworden. Der Frühling machte Pause.

Sie zog sich ihren wärmsten Pullover an und tappte nach unten. Die Terrasse war noch nass vom Regen gestern Abend, der Nordwind hatte die seidenpapierfeinen Blütenblätter von den Pfingstrosen gerupft und den Topf mit dem Oleander umgeweht. Der musste warten, bis sie Kaffee getrunken und sich angezogen hatte.

Sie hockte sich auf einen Stuhl an den Küchentisch, die Hände um den Becher mit heißem Kaffee gelegt, und dachte über ihren Traum nach. Sie war auf den steilen Höhen über der Ardèche gewandert, hatte einen unterirdischen Fluss rauschen gehört und Stimmen vernommen. Im Traum hatte sie den opaken Schleier gesehen, der manchmal hochstieg, wenn ihre empfindliche Nase etwas roch, was keiner sonst roch. Ganz zu schweigen davon, dass niemand außer ihr je den feinen Schleier gesehen hatte. Sie sprach nicht darüber. Geruchshalluzinationen und Visionen passten nicht zu einer Juristin, von der man annehmen sollte, dass sie an nichts glaubte außer an Recht und Gesetz.

Irgendwann hatte sich der Schleier gelüftet und sie hatte das fahle Gesicht einer jungen Frau mit dunklen Augen und dunklem Haar gesehen. Davon war sie aufgewacht.

Das Bild, das sie im Zimmer des Holländers gefunden hatte, hatte sich in ihren Traum geschlichen. Überhaupt: Das Verschwinden des Mannes beschäftigte sie. Eva nahm das alles viel zu leicht, es konnte doch immerhin sein, dass ihrem Mieter etwas passiert war. Warum ließ sie nicht nach ihm suchen?

Lustlos biss sie in ein zähes Stück Brot von gestern, das sie mit einem Rest Chèvre belegt hatte, und spülte es mit Kaffee herunter. Den Kopf zurückgelegt, schloss sie die Augen und konzentrierte sich auf ihr inneres Bild der Karte, die sie im Apartment gefunden hatten, die Kopie, in die der Holländer Kreise und Striche hineingemalt hatte. Kurz vor dem Pont d'Arc, auf dem Weg zur Grotte Chauvet, hatte er etwas dick umrandet, was Eva als Grotte des Huguenots identifiziert hatte. Die Hugenottengrotte war einen Ausflug wert.

Ein Ausflug, den sie mit Carl hatte machen wollen – wie so vieles andere. Carls Vorfahren waren Hugenotten aus dem Vivarais gewesen, er war mit ihrer Geschichte aufgewachsen, mit Erzählungen von unendlichem Schrecken und übermenschlichem Heldenmut. »Wir haben durchgehalten bis zuletzt«, pflegte er das Familienmotto zu zitieren, mit einer Mischung aus Stolz und Ironie. Sie hatten viel auszuhalten gehabt, die Godons, Wollwirker aus den Cevennen, einer Landschaft geprägt von wilder Natur und Glaubenskriegen. Die Familiengeschichten handelten von Folter und Tod und Willkür der Obrigkeit. Deshalb waren sie hier gelandet: um gemeinsam auf die Suche nach Carls Ahnen zu gehen. Doch Carl hatte sie damit allein gelassen.

Sie zog ihre Wanderhose an und packte Wanderstiefel und Windjacke ein. Das Wetter war genau richtig, schwitzen würde sie mit Sicherheit nicht.

Die Fahrt von Belleville zur Hugenottengrotte ging über eine schmale Straße, die am Hang über dem Flusstal klebte, vorbei an hoch aufragenden säulenförmigen Felsmassiven, aufeinandergeschichteten Wulsten, die an Baumkuchen oder Stapel irdener Teller erinnerten. Es hätte Tori nicht verwundert, wenn jemand auf die Idee gekommen wäre, die Gesichter verflossener französischer Präsidenten, Könige, Kaiser und Tyrannen in die Steinsäulen zu meißeln. De Gaulle, Napoleon, Robespierre und Ludwig XIV., der Sonnenkönig.

Die Straße wurde immer schmaler, bis sie nur noch einspurig verlief. An einer roten Ampel musste Tori stehen bleiben. Erst kamen ihr zwei Kleinbusse mit Fahrradanhängern entgegen, danach ein Motorradfahrer und schließlich lange gar nichts mehr, bis die Ampel endlich gelb blinkte und sie in den »Défilé de Ruoms« einfahren konnte. Der Tunnel wurde nach wenigen Metern zu einer halb offenen Galerie. Rechts nackter Felsen, links blickte man durch die Öffnungen in der Felswand auf den Fluss, in dem sich der blaue Himmel spiegelte.

Als Tori aus der Galerie herausfuhr, erfasste sie der Nordwind, der durch die Schlucht der Ardèche fauchte. Von der Brücke vor Ruoms aus blickte man auf einen wild schäumenden Fluss und die Überreste der alten Hängebrücke, die der von wochenlangen Regenfällen angeschwollene Fluss vor ein paar Jahren hinweggefegt hatte. Im Städtchen selbst war kein Tourist zu sehen, was ungewöhnlich war, normalerweise galten die Besucher dieser Gegend als wetterfest, die meisten waren schließlich wegen Aktivitäten hier, bei denen man frieren und nass werden konnte.

Jenseits vom Zufluss der Beaume und des Chassezac in die Ardèche begann der touristische Teil des wilden Südens. Campingplätze und Kanuverleihstationen säumten den Fluss bis Vallon Pont d'Arc. Richtung Gorge de l'Ardèche wurde die Straße wieder schmaler, links Felswand, rechts der breiter werdende Strom. Im Schatten des Felsens hätte Tori die Hugenottengrotte beinahe verpasst.

Der Fels öffnete sich wie in einen Empfangssaal. Links hinauf ging es zur Grotte, doch der Zugang war versperrt. Man hatte noch geschlossen, die angezeigten Führungen gab es nur in der Hochsaison. Rechts ging es einen Abhang hinunter, der unter der Straße hindurch zum sonnenbeschienenen Fluss führte. Obwohl ein verwittertes Schild davor warnte, stieg Tori hinab.

Sie setzte sich ans Ufer des Flusses und stellte sich vor, wie zu früheren Zeiten andere hier gesessen haben mochten: Menschen, die sich zu heimlichen Gottesdiensten trafen oder sich hier verstecken mussten. Hatten sie auf das andere Ufer geblickt und bang Ausschau gehalten nach den königlichen Soldaten? Hinter dem gegenüberliegenden Ufer erhob sich ein bewaldeter Bergrücken, unvorstellbar, dass durch dieses Gelände Truppen vorrücken konnten mitsamt Pferden und Kanonen. Der Ort kam ihr uneinnehmbar vor.

Was für ein Leben in solcher Abgeschiedenheit. Vielleicht vermisste man ja nichts, wenn man die ganze Zeit betete oder in der Bibel las. Doch Carls Vorfahren hatten nicht zu den passiven Duldern gehört, den Märtyrern, die sich für ihren Glauben zum Opfer brachten. Als man sie zwingen wollte, zum katholischen Glauben zu konvertieren, waren sie in den Untergrund gegangen. »Sie gehörten zu den Letzten, die Frankreich verließen«, hatte Carl erzählt. »Nach zwei Jahren Widerstand.«

Was für ein Leben in einer Welt voller Geheimnisse, Verbote und Verstecke, von der Carl erzählte: Die Bibel und das Gebetbuch landeten unter dem Holzfußboden, wenn Fremde sich näherten, und in vielen Häusern gab es eine doppelte Wand, hinter der sich Prediger und Rebellen verbergen konnten. Auch fehlten in keiner seiner Geschichten unterirdische Gänge, durch die in düsterer Nacht mit blakenden Fackeln die Gläubigen strömten, um sich zu geheimen Gottesdiensten in Steinbrüchen oder Höhlen zu treffen. Höhlen wie die Hugenottengrotte.

Sie ging zurück, stieg wieder ins Auto und folgte der Straße, die sich in weiten Bögen den Berg hinaufwand. Am Aussichtsplatz, von dem aus man auf den Pont d'Arc schaute, tat sie es den Touristen gleich, parkte, stieg aus und blickte auf die tief unter ihr mäandernde Ardèche, die sich in Millionen von Jahren durch den Felsen gefressen und ihn ausgehöhlt hatte, bis er sich wie eine Brücke über den Fluss spannte.

Schönheit war so schwer zu beschreiben – und so schwer festzuhalten, weshalb sie es gar nicht erst versuchte. Neben ihr stand ein junger Mann, der seine hübsche Frau mit dem Smartphone fotografierte, die Landschaft bloße Kulisse. Unten im Fluss drei Kanus, eines war gekentert und seine Insassen schwammen ans Ufer, während die in den beiden anderen Kanus dem umgekippten Boot hinterherjagten. Bienen taumelten um den Flor eines Weißdorns, daneben Palisaden-Wolfsmilch, die Blüten wie fragende Augen. Schrundige Kalksteinfelsen glühten rot und golden, sie sahen aus wie mit einem stumpfen Messer abgeschnitten, doch in der zerklüfteten Wand reihten sich weich ausgewaschene Nischen wie kleine Balkons aneinander.

Da hinaufzuklettern. Sich in einen der Balkons im warmen Felsen legen, windgeschützt in der Sonne. In den Himmel schauen, dem in der Thermik sich hinaufschraubenden Bussard hinterher. Den Blick wieder hinuntergleiten lassen zum Fluss, dessen tiefes Grün hier und da von Stromschnellen mit weißen Sahnehäubchen durchbrochen wurde. Und wieder hinauf zum Horizont.

Magie, oben, unten, überall. Wie konnte man angesichts dieses Naturschauspiels den Tag mit geschlossenen Augen verbringen, beim Beten, oder mit gesenktem Blick, beim Lesen? Doch sie hatten nicht nur gebetet, sie hatten sich nicht nur verkrochen, Carls Vorfahren. Sie hatten gekämpft. Wogegen? Die Antwort schien ihr klar – gegen die Obrigkeit im fernen Paris. Aber wofür? War ihr Glaube das wert gewesen?

Gedankenverloren ging sie zum Wagen zurück und fuhr wieder hinunter zur Brücke über den Ibie, einem weiteren Zufluss der Ardèche. Von hier aus ging ein Wanderweg hoch zur Grotte Chauvet. Sie parkte und zog Wanderstiefel und Windjacke an.

Der Weg führte steil hinauf, über Schotter und Steine, durch wucherndes Grün aus Wacholder, Buchs und grüner Eiche, dazwischen dicke Büschel blühender Thymian und zarte weiße Zistrosen. Es dauerte, bis sie so hoch oben war, dass sie das Panorama um sich herum erfassen konnte. Bewaldete Höhen und zerklüftete Felswände, dazwischen der Fluss, der sich um sandige Inseln wand, bis er sich durch das Tor des Pont d'Arc schlängelte.

Es gab keine gänzlich unberührte Natur, Menschen hatten sie geformt, nicht nur an der Oberfläche. Doch die Landschaft formte auch die Menschen. Tori versuchte, sich Carls Vorfahren vorzustellen, dachte an frühzeitig gealterte bärtige Männer und Frauen in langen grauen Kleidern mit Schürzen und Hauben, aber es wollte ihr nicht gelingen.

Die Stille währte nicht lange. Laute Stimmen und Geklapper kündigten einen Trupp Wanderer an, Frauen in Wanderstiefeln und mit Wanderstöcken vorweg, in ihrem Gefolge Männer mit voluminösen Rucksäcken. Wozu man Stöcke auf diesen ausgetretenen Pfaden benötigte, war Tori schleierhaft. Und was war wohl in den Rucksäcken? Hoffentlich alles, was man für ein ausgedehntes Picknick brauchte.

Tori grüßte und ließ den Trupp vorbeimarschieren. Dann schlug sie den Pfad ein, der dem Wegweiser zufolge zur Grotte Chauvet führte. Sie wusste, dass die Höhle nur noch für Wissenschaftler geöffnet wurde, doch es gab ein Museum, in dem man die Grotte mitsamt den Höhlenmalereien so originalgetreu wie möglich nachgebildet hatte, in weit kleinerer Form natürlich, genannt Caverne du Pont d'Arc.

Nach einer halben Stunde war sie dort. Die Anlage war, nach dem riesigen Parkplatz zu urteilen, offenbar für Hunderte von Touristen angelegt und das Restaurant konnte gewiss ganze Busladungen von Besuchern aufnehmen. Das Museum selbst sah aus wie eine zu einer Art Vase gefaltete Papiertüte aus Beton. Eigentlich war es ratsam, sich für einen Besuch vorher anzumelden, doch heute war der Andrang nicht allzu groß, weshalb sie eine Karte für eine schon in zwei Stunden beginnende Führung bekam.

Sie kaufte sich ein Heft über die Entdeckung der Grotte und setzte sich ins Café. Die Geschichte war so phantastisch, dass sie einen Moment lang all die Menschen verstehen konnte, die auf eine ähnliche Entdeckung hofften. Es war die Geschichte von Jean-Marie Chauvet, der im Alter von zwölf Jahren mit einem Wehrmachtshelm auf dem Kopf in seine erste Höhle stieg.

Jemand, der hier aufgewachsen war, nahe der bizarren und überwältigenden Landschaft des Kalkplateaus des Bas Vivarais, wusste natürlich, dass unter der Oberfläche noch eine andere Welt existierte. Es gab unzählige Höhlen, in manchen hatten vor undenklichen Zeiten Menschen gewohnt, andere, in denen man neben Skeletten auch Grabbeigaben fand, Töpfe, Waffen, Schmuckstücke, hatten als Friedhof gedient. Viele standen unter Wasser – außer in den heißen Sommermonaten, in denen selbst die Ardèche nur ein trübes Rinnsal war. Andere wurden jahrhundertelang als Schafställe genutzt.

Doch Jean-Marie und seine Freunde entdeckten im Laufe der Jahre etwas für die Geschichte der Menschheit viel Wichtigeres, nämlich zwölf der 28 »Bilderhöhlen« in der Schlucht der Ardèche. Der Begriff Bilderhöhle war Tori neu, so nannte man offenbar alle Höhlen, in denen es steinzeitliche Malereien gab. Was die Höhlenforscher am 18. Dezember 1994 fanden, übertraf allerdings alle vorherigen Entdeckungen.

Die drei Freunde laufen auf einem Maultierpfad in der Nähe des Pont d'Arc auf halber Höhe am Felshang entlang. Alle drei wissen, dass nicht jedes Loch im Kalkstein eine Pforte zum Untergrund ist und nicht jeder Fuchsbau in eine Tropfsteinhöhle führt. Vor einer Öffnung im Felsen sagt ihnen ein Luftzug, dass hier mehr zu erwarten ist.

Sie klettern hinein, räumen Geröll und Steine weg, spüren dem Luftzug hinterher, arbeiten sich Zentimeter für Zentimeter ins Unbekannte vor, rufen, hören ein Echo, das auf eine riesige Galerie schließen lässt … Der Rest ist Geschichte.

Keine Entdeckung war so großartig wie diese: In einer grandiosen Kathedrale im Untergrund sind bislang um die vierhundert Wandbilder gefunden worden, die meisten entstanden im Aurignacien, in der jüngeren Altsteinzeit, etwa 36 000 Jahre vor unserer Zeitrechnung.

Der Kaffee, den Tori sich an der Selbstbedienungstheke geholt hatte, schmeckte nicht, sie ließ ihn kalt werden. Außerdem war die Zeit für den Rundgang durchs Museum gekommen.

Ihre Gruppe hatte sich bereits vor dem Eingang versammelt, im Gänsemarsch ging es hinein. Tori war auf Enttäuschungen gefasst: Wie konnte man das, was in der riesigen Höhle gefunden worden war, auf so kleinem Raum wiedergeben? Wie sollte man sich in den Anblick steinzeitlicher Malereien versenken können, wenn man nicht nur die Stimme der eigenen Begleiterin, sondern auch die der vorausgegangenen Gruppe hörte?

Sie versuchte, den Abstand zu ihrem Trupp ein wenig größer werden zu lassen. Wie beeindruckend musste der Anblick der unterirdischen Welt wohl für Jean-Marie Chauvet und seine Freunde gewesen sein, wenn selbst der Nachbau ihr den Atem nahm? An gelben Wänden in Rot und Schwarz die Umrisse von Mammuts und Bären, Pferden und Hirschen, Berglöwen und Nashörnern, oft den Wölbungen, Nischen und Spalten in den Felsen angepasst, dazwischen Zeichen, die sich der Broschüre zufolge niemand so recht erklären konnte, sowie die Abdrücke von

26

Händen. Hände von Menschen, die vor Zehntausenden von Jahren hier gelebt und die Grotte zu einem magischen Ort gemacht hatten. Wollten sie mit dem Handabdruck ihre Malereien signieren? Oder, wie es in der Broschüre hieß, Kontakt aufnehmen mit dem Kräftefeld des Ortes?

Tori fühlte ein Prickeln in den Fingerspitzen, einen schier unwiderstehlichen Drang, sich ebenfalls mit diesem Kräftefeld zusammenzuschließen, nicht hier, natürlich nicht, anderswo, tief im Inneren des Felsens, unter der Erde, im Untergrund, es musste nicht die Grotte Chauvet sein. Ihr ganzer Körper schien sich zu sehnen nach der Verbindung mit einer ursprünglichen Kraft. War es das, was Höhlenforscher bewegte? Nicht nur die Suche nach Gold und Kohle, nicht bloß Entdeckerdrang, Abenteuerlust und Sensationsgier, sondern ebenso sehr der Wunsch nach einem magischen Bündnis mit dem Elementaren? Nach Verbindung über Jahrtausende hinweg? Der Wunsch nach Verbrüderung nicht nur mit den Ahnen, sondern mit der Erde selbst? War es das, was Menschen religiös werden ließ? Und war das gemeint mit der Suche nach dem Einhorn?

Sie spürte dem Gefühl nach, diesem leisen Schauer, diesem Moment der Ehrfurcht. Irgendetwas hatte sie berührt, hier, im profanen Nachbau einer womöglich heiligen Stätte.

Sie schloss zu ihrer Gruppe auf, die vor einer Wand stehen geblieben war, auf der in einer präzisen Zeichnung Löwen Bisons jagten, was man sogar ohne die Erläuterungen der Führerin erkennen konnte. Löwen am Rande der Cevennen? Mammuts? Dieses Damals war nicht bloß Vergangenheit, es war ein anderer Kontinent.

Tori verließ das Museum als Erste. Draußen hatte der

Wind nachgelassen und die Sonne begann die kühle Luft zu erwärmen. Noch immer ein wenig betäubt von ihren Gefühlen, machte sie sich auf den Rückweg. Der Pfad war steil und steinig, ihre Knie schmerzten, als sie endlich unten angelangt war. Stöhnend ließ sie sich auf den Fahrersitz ihres Autos fallen, zog die schweren Wanderstiefel aus und streckte die Beine. Nach einer Atempause machte sie sich auf den Heimweg nach Belleville.

Sie hatte den Mikrowellenfraß verschmäht, den das Restaurant oben beim Museum anbot, doch mittlerweile knurrte ihr Magen derart, dass sie sich sogar mit einem Croque Monsieur zufriedengegeben hätte. Die Erlösung kam wenige Kilometer hinter dem Pont d'Arc. Fast hätte sie abrupt gebremst: direkt neben der Straße mit Blick auf den Fluss sah man Menschen auf einer hölzernen Terrasse sitzen, vor ihnen Speisen und Getränke. Die Küche war gegenüber in einer Höhle in der Felswand untergebracht, der Kellner musste mit beladenem Tablett über die Straße laufen, was bei vermehrtem Verkehrsaufkommen spannend sein dürfte. Das war eine Kneipe genau nach ihrem Geschmack.

Tori genoss den kühlen Wein, als ob er ein guter Riesling wäre, und fiel ausgehungert über einen Teller Pommes mit Mayo her. Der Blick auf den Fluss entschädigte für alles, was die Küche zu wünschen übrig ließ.

Noch immer war sie überrascht von den Gefühlen, die der Besuch im Museum ausgelöst hatte. Die unterirdischen Kathedralen mussten imposanter als alles Menschenwerk sein, die Kirchenbauer späterer Zeiten hatten sie nur nachgeahmt. Was hatten die Steinzeitmenschen gespürt, wenn sie ihre Hände an die Wände legten, welchen Zauber sollten die Malereien bewirken, was wollten sie beschwören?

Leicht angeheitert fuhr sie nach Hause und parkte wie immer unten auf der Straße. Sie lauschte auf den Hund, aber nichts rührte sich hinter dem Gartenzaun. Sie wartete noch einen Moment, dann ging sie die schmale Gasse zwischen den Häusern hinauf zu ihrer Burg, in der sie sich vor der Welt verkriechen konnte, wenn ihr danach war.

Das Maison Sarrasine hatte etwas von einer Festung. Das Haus – oder die Häuser, aus denen es zusammengebacken war – schmiegte sich an einen Felsen, auf dessen höchstem Punkt die Kirche stand. Man betrat es nicht unten von der Straße her, dort gab es nur zwei Kellerräume, sondern über eine steile Treppe zwei Ebenen höher, durch ein massives Hoftor aus Holz, blassblau gestrichen, wie das Blau der Glyzinen. Das Tor öffnete sich auf einen kleinen Hof, nicht groß genug, um Garten genannt zu werden, in dem eine bejahrte Kletterrose wuchs, die sich an der Treppe entlang emporrankte. Von diesem Hof aus ging es geradeaus in ein langgestrecktes Gewölbe, links Kellerräume, rechts der nackte Fels, aus dem bei Regen das Wasser trat; Caves, wie es sie in jedem anständigen alten Haus hier in der Gegend gab, Kreuz- und Tonnengewölbe aus nacktem Stein, Katakomben und Grüfte, Lagerstätten für edle Weine, Refugien für Fledermäuse.

Im hintersten Teil des Gewölbes hatten Carl und sie im sandigen Boden den Kieferknochen eines Schafs gefunden, hier war wohl einst ein Stall gewesen. In einer rußgeschwärzten Nische wohnte eine Fledermauskolonie. Abends war Tori schon oft ein ganzer Schwarm geräuschlos entgegengeflattert, im Unterschied zu Carl liebte sie die winzigen Tiere mit den enormen Flügeln.

Rechts von Carls Werkstatt hatte der Fels ein Loch, eine beinahe mannshohe Öffnung, die tief in den Berg zu führen schien. Carl vermutete hier einen geheimen Gang, der bis hinauf zur Kirche verlief, aber keiner von ihnen hatte Lust verspürt, hineinzukriechen.

Der bewohnte Teil begann ein Stockwerk höher, vom Hof aus führte eine Treppe hinauf, erst auf eine überdachte Veranda, dann ins Esszimmer, von dem aus man auf eine große Terrasse gelangte. Die beiden Schlafzimmer und das Bad lagen wieder einen Stock höher.

Tori verriegelte das Hoftor und ging in den Keller, in dem zwei Kisten Sauvignon Blanc von der Cave de Lablachère standen. Eine Flasche nahm sie mit nach oben und stellte sie in den Kühlschrank. Nachdem sie heiß geduscht und sich warm angezogen hatte, würde der Wein richtig temperiert sein für einen Abend auf der Terrasse.

Der Himmel war noch immer klar, als sie wieder heruntergekommen, die Flasche geöffnet und sich ein Glas eingeschenkt hatte. Die Abendsonne vergoldete die Hügelkette am Horizont und die Mauersegler läuteten die letzte Runde ein. Bald würden die Fledermäuse sie ablösen.

Tori ließ sich in den Korbstuhl fallen und legte die Beine auf den Verandatisch. Blütendüfte aus den Gärten unterhalb ihres Hauses zogen zu ihr hoch und eine Nachtigall begann ihr Rufen nach einem paarungswilligen Partner. Der Wind hatte gedreht, nur noch ein laues Lüftchen zog über die Veranda. Langsam verging das Tageslicht zu einem rotgoldenen Schimmer. Hinten bei den Schrebergärten schrie der Esel des Schulhausmeisters den Mond an.

Ihre Gedanken kreisten um das Land der Vergangenheit, in dem Löwen und Mammuts über die Hügel zogen und Menschen in Höhlen hockten und Bildnisse und Zeichen an die Wände malten. Sie drifteten weiter, zu Carl, und mit einer Mischung aus Sehnsucht und Belustigung stellte sie sich vor, wie sie als Steinzeitmenschen in Bärenfelle gehüllt gemeinsam auf dem Berg säßen und dem Schwinden des Lichts zusahen.

Dann fielen ihr die Augen zu. Als sie aufschreckte, erwischte sie gerade noch den Zipfel eines Traums, bevor er sich auflöste.

Sie nahm einen letzten Schluck aus dem Glas und ging nach oben. Die Pfütze an der Schlafzimmertür war noch da, war aber kleiner geworden. Aufwischen? Morgen.

3

Das Tier hatte sich in sein Bein gekrallt und ihm die Zähne ins Fleisch geschlagen, es biss und riss und schlug mit scharfen Krallen zu, immer wieder, knurrend und grunzend. Aus der Ferne Schreie, die als Echo zurückkamen. Ein Chor von Schreien.

Ein Albtraum. Er musste aufwachen, sofort.

Er schlug die Augen auf und stierte in tiefste Schwärze. In seinem Bein brüllte der Schmerz, und aus seiner Kehle quälte sich ein dumpfer Laut. Er tastete nach dem Schalter der Lampe auf dem Nachttisch und griff in feuchtes Gestein. Er war aus dem Bett gefallen, das musste es sein. Er versuchte sich aufzurichten, während der Schmerz an ihm riss. Das war kein Tier. Aber was dann? Er konnte sein Bein nicht bewegen und seine Hand reichte nicht bis da hin, wo der Schmerz seinen heißen Kern hatte, der Lavaströme ausschickte.

Er war aus dem Bett gefallen und hatte sich am Bein verletzt. Das war es. Er lag auf dem kalten Steinfußboden, genau. Und er konnte nichts sehen, weil …

Weil. Er hielt sich die Hand vor die weit geöffneten Augen. Schmerz und Panik trieben ihm den Schweiß aus allen Poren. Er sah die Hand vor Augen nicht.

Jetzt erst nahm er ein Geräusch wahr, das nicht zu einem Schlafzimmer passte. Etwas plätscherte. Wasser, keine drei Meter von ihm entfernt. Er versuchte, seine Umgebung zu ertasten. Feuchter Stein, uneben. Er hob den Arm über seinen Kopf. Hinter ihm eine raue Felswand.

In diesem Moment wusste er, was geschehen war.

4

Vom Siebenuhrläuten der Kirche wachte Tori auf. Langschläfer fanden in Belleville kein Erbarmen. Sämtliche Hunde des Dorfes heulten mit, sich gegenseitig übertreffend, immer lauter und inbrünstiger, bis zum letzten Glockenton. Dann herrschte wieder Stille.

Tori blinzelte schlaftrunken durchs Schlafzimmerfenster. Der Himmel war wolkenlos und blankgeputzt. Sie drehte sich auf die Seite und wartete auf all die anderen vertrauten Morgengeräusche. Der Hahn vom Hühnerstall am gegenüberliegenden Hang krähte pflichtbewusst seine Hennen zusammen. Minuten später dumpfe Schläge aus dem Keller des Nachbarhauses: Hugo fertigte mit der Axt feine Holzscheite für den Küchenherd seiner Frau. Es würde nicht mehr lange dauern, bis er sein antikes Moped sattelte und zur Bar knatterte, auf einen kleinen Schwarzen mit Schuss.

Vom Kirchturm läutete es wieder, diesmal nicht mit dem jubelnden Crescendo des Morgenläutens. Einem einsamen Ton folgte ein tieferer, der eine Weile stehen blieb und ausatmete, bis der erste Ton wieder übernahm. Es klang wie ein Bedauern, das Totenläuten.

Wieder einer weniger. Die alten Menschen starben weg, wenn auch die meisten von ihnen erst im hohen Alter. Ganz allmählich wurden sie seltener, die gutgeschminkten resoluten Frauen, die beim Metzger ewig lange über das beste Stück Fleisch für dieses oder jenes Gericht fachsimpelten. Die feinen und weniger feinen alten Herren mit den blitzenden Brombeeraugen unter der keck schräg getragenen Baskenmütze. Menschen, die wussten, wie man Feuer macht, Gänse rupft und Kaninchen ausnimmt.

Doch vielleicht wuchsen sie ja nach? Auf den Märkten wurden die Männer in den Baskenmützen immer jünger, aber sie hatten bereits die roten Nasen und schrundigen Hände ihrer Väter. Nein, nicht alles starb aus.

Mit diesem tröstlichen Gedanken beschloss Tori, aufzustehen. Und war heute nicht Mittwoch? Dann war Markt in Joyeuse. Der war Pflicht.

Als sie aus der Dusche kam und in die Jeans stieg, merkte sie, wie recht Eva gehabt hatte. Sie war schon wieder dünner geworden, die Hose hing auf ihren Hüftknochen, und wenn sie nicht aufpasste, würde sie ihr in einem unbedachten Moment herunterrutschen, am besten, natürlich, vor Publikum.

Sie lief die Treppe hinunter, griff nach Portemonnaie und Hausschlüssel auf der Anrichte, zog das Jackett an und nahm den Einkaufskorb vom Haken. Auf dem Weg zum Auto hörte sie den Hund Laut geben, doch er war sofort still, als sie am Zaun vorbeiging. »Bonjour, mon ami«, flüsterte sie.

Den Besitzern des Tieres begegnete sie selten. Er war ein kleiner runder Mann mit dunklem Schnurrbart und dunklen Locken, der sie nie grüßte und immer mürrisch wirkte. Sie blieb unsichtbar, ebenso die Kinder. Man hörte sie höchstens, aber man sah sie nicht, Bastmatten hinter dem Zaun schützten den Hof vor Blicken. In seiner Garage und auf der Straße flickte der Mann bei gutem Wetter die Autos der Kumpane, die alle so ähnlich aussahen wie er und kein Französisch sprachen, jedenfalls keins, das Tori verstand. Seinen Hund rief er mit einem langgezogenen »I« zur Ordnung, gefolgt von ein, zwei Konsonanten. Es klang nicht wie ein Name, eher wie eine Verwünschung.

Algerier? Marokkaner? Egal, auch die meisten französischen Alteingesessenen behandelten ihre Hunde schlecht, sie benutzten sie zum Jagen und ließen sie in der restlichen Zeit in stinkenden Zwingern hocken, wo sie jeden, der vorbeikam, sehnsüchtig anjaulten.

Tori ließ die Fenster herunter und genoss die Sonne auf ihrem Gesicht, während sie nach Joyeuse fuhr. Nur, wenn sie nicht einkaufen musste, nahm sie für die sechs Kilometer das Rad. Die Beaume wälzte sich braun aufgeschäumt unter der Brücke hinter Rosières, sie floss in Richtung Ruoms, wo sie sich mit der Ardèche zusammentat, die sich nach etwa hundert Kilometern in die Rhône ergoss, die bei Arles ins Mittelmeer mündete. Normalerweise war das Wasser der Beaume klar, in heißen Sommern blieb von ihr allerdings oft nur ein Rinnsal. Heute jedoch, nach all den Regentagen, spielte sich der Fluss als Wildwasser auf und schäumte sogar über die Felseninseln, auf denen man sonst trockenen Fußes ans andere Ufer gelangte. Die Gärten der Anwohner waren überflutet, der große Baum auf einem Fels in der Flussmitte stand bis zur Krone im Wasser.

In Joyeuse fuhr sie von der Hauptstraße ab an den Fluss und parkte ihr Auto an der Uferstraße. Von dort ging es zum Markt auf dem großen Platz unter den Platanen. Am ersten Stand verkaufte ein Gärtner Gemüsepflanzen und Blütenstauden, es duftete nach Flieder und Jasmin. Hinter ihm reihten sich die Stände mit Fisch, Obst und Gemüse, mit Käse, Hühnern und Kaninchen, mit Gewürzen, Honig und Marmelade, Pesto, Schinken und Würsten. Der Duft vom Stand mit den Grillhähnchen vermischte sich mit dem scharfen Geruch von Knoblauch und altem Ziegenkäse, Kopfnote: Zimt und Curry.

Hinter einem Café zweigte eine Gasse ab, in der es nach Lavendel roch, dort gab es Stände mit Seife und Spielzeug, mit geflochtenen Körben, indischen Schals und bunten Kleidern. Zwei weitere Cafés lagen einander schräg gegenüber: Chez Marie-Theres hieß das eine, Café De La Grand Font das andere.

Es wurde ihr nicht gerade leicht gemacht, zielgerichtet über den Markt zu gehen, lautstark angepriesene Versuchungen lauerten an jeder Ecke. Der bullige Mann hinter der Auslage mit Würsten aller Sorten lud sie zum Probieren ein, die Frau am Verkaufswagen der Domaine Chazalis zeigte einladend auf geöffnete Weinflaschen in einem bis zum Rand mit Eiswürfeln gefüllten Sektkübel. Am lautesten lockte eine stark geschminkte Blondine hinter dicken weißen Blöcken, genannt Nougat, eine Spezialität der Gegend aus Eiweiß, Sirup, Honig, Vanille, Pistazien und Haselnüssen, die vor allem süß und klebrig war. Tori lächelte allen dankend zu und eilte weiter zum Fischhändler. Unschlüssig betrachtete sie weiße Jakobsmuscheln und durchsichtige Langusten, roten Thunfisch und bleichen Pulpo im Eisbett. Daneben große Fische mit aufgeklapptem Maul und glasigen Augen. Der Mann hinter der Theke wartete geduldig auf ihre Entscheidung, aber sie schüttelte den Kopf, murmelte ein höfliches »Non, merci« und ging weiter.

Sie zögerte an einer Kühlvitrine, beklebt mit Bildern von zu Lebzeiten offenbar glücklichen freien Schweinen. Alles Bio. Doch auch der Gedanke an ein saftiges Kotelett regte ihren Appetit nicht an. Zwei Stände weiter. Eine Poularde? Ein Perlhuhn? Ein Kaninchen? Eine Wachtel, ein Täubchen? Tori drückte sich vor der Entscheidung, kaufte ein Dutzend Eier und ein halbes Hähnchen vom Grill und drängte sich an einer Gruppe alter Weiber vorbei, die mitten im Weg standen und aufeinander einredeten.

Es war eher ruhig auf dem Markt. Die Touristen kamen später am Vormittag und waren in der Vorsaison noch nicht ganz so zahlreich wie im Sommer. Vor allem im Juli und August gab es hier kein Durchkommen. Tori ging die steile Straße hoch Richtung Hauptstraße. Hinter einem Tisch mit Sonnenbrillen und Ledergürteln befand sich ein Stand, an dem zwei Frauen den besten Chèvre weit und breit verkauften, Ziegenkäse in allen Altersstufen, vom jungen, zwei Tage alten Frischling bis zum cognacgetränkten scharfen Veteranen. Claire mit dem dicken hellbraunen Zopf und den großen blauen Augen strahlte sie schon von Weitem an. Tori kaufte bei ihr jede Woche, den frischen Chèvre, nicht den scharf gealterten, obwohl dessen Duft geradezu berauschend war.

Nach einem kurzen Schwatz bahnte sie sich wieder ihren Weg hinunter zum Platz unter den Platanen. Vom Stand mit den CDs und Langspielplatten wehte ein Lied herüber, dessen Melodie sie nicht vergessen konnte, seit sie es vor Jahren das erste Mal gehört hatte: *Pourtant que la montagne est belle* ... Ein Lied darüber, dass man auch ein so wunderschönes Land wie dieses hier verlassen muss, wenn es keine Lebensperspektive bietet. Der Sänger und Texter hieß Jean Ferrat und hatte einst ganz in der Nähe gewohnt, in den Bergen, in Antraigues, bei den Vulkanen. Das musste mindestens fünfzig Jahre her sein und seine Diagnose stimmte längst nicht mehr.

Gewiss, die einen waren gegangen, doch andere waren gekommen. Menschen wie Eva. Eva und ihr damaliger Lebensgefährte Hanns-Peter gehörten zur Avantgarde der vielen Aussteiger aus allen Ecken Europas, die in den 70er Jahren aufs Land zogen, um sich den »Zwängen des Systems« zu entziehen. Sie hatten wohl geglaubt, ein Leben auf dem Land und vom Land mache frei – eine Vorstellung, die echte Landbewohner eher bizarr gefunden haben dürften.

Gewitzte Bauern hatten den Hippies damals für viel zu viel Geld ihre alten Ruinen verkauft und dann verblüfft zugesehen, wie junge Menschen ohne jegliche Erfahrung mit blutenden Händen und Engelsgeduld Stein für Stein wieder zu einem Haus zusammenfügten. Die Stadtflüchtlinge hatten die verwilderten Terrassen mit ihren uralten Oliven- und Kastanienbäumen vom Brombeergestrüpp befreit, hatten Himbeeren angepflanzt, die alten Olivenbäume und Kastanien gepflegt, Ziegen und Schafe angeschafft. Das Land hatte ihnen Zuflucht gewährt, und dafür hatten sie das Land und seine Traditionen wiederbelebt. Ohne die Aussteiger würde es um Belleville lauter Wohnkästen in Leichtbauweise auf der grünen Wiese geben, während in den langsam in sich zusammensinkenden alten Steinhäusern nur noch Ratten und Fledermäuse hausten.

Tori teilte die Liebe zu den massigen alten Steinhäusern und den kunstvollen Trockenmauern um die Grundstücke und Terrassen. Jeder Stein schien eine Geschichte zu erzählen, jeder hatte einmal in einer schwieligen Hand gelegen, war von einem Hammer in Form gebracht und dann in die Reihen der anderen Steine eingefügt worden. So waren auch die Häuser gebaut worden, Häuser aus Stein, der im Abendlicht golden schimmerte.

Die Aussteiger von damals erhielten nicht nur die alten Häuser, sie pflegten auch alte Fertigkeiten, die längst vergessen schienen. In die entvölkerten Cevennen zog neues altes Leben ein, mit Schafen, Ziegen und Bienenvölkern.

Tori trödelte, was sonst nicht ihre Art war, stieß mit dem hervorkragenden Bauch eines selig lächelnden Holländers zusammen, wäre fast über die zwischen einer Dame in Leopardenleggings und einem verwirrten Spaniel straffgezogene Leine gestolpert und fand sich endlich im schützenden Abseits vor einem langen Tapetentisch wieder, hinter dem ein dünner Mann stand, der wie ein etwas ungepflegter John Lennon im Greisenalter aussah. Auf dem Tisch Bücher, stapelweise, mit eingerissenen und abgegriffenen Schutzumschlägen. Bildbände über die Cevennen und über die Ardèche, über das Leben vor hundert, vor zweihundert Jahren. Und über die Hugenotten, über die »Fanatiker der Cevennen«, wie es auf dem Titel eines billigen Nachdrucks hieß. Der Autor: Eugène Sue.

Tori hatte nie von ihm gehört, aber sie nahm mittlerweile alles als Zeichen, was auch nur halbwegs mit Carls Familiengeschichte zu tun hatte, und kaufte dem alten Lennon das Buch für 20 Euro ab.

Im Café De La Grand Font war noch ein Tisch am Eingang frei. Marielle lächelte zur Begrüßung und sah sie fragend an. Als sie nickte, stand ein paar Minuten später eine große Tasse Milchkaffee vor ihr.

»Schön, dass du nicht weggeweht bist«, sagte eine Stimme. Sie sah auf. Nico grinste auf sie herab. »Du dünnes Hemd.«

»Ein Sturm haut mich nicht um!« Sie grinste zurück. »Schlimmer war der Wolkenbruch vorgestern Abend, der hätte mich fast von der Straße gespült.«

Er setzte sich neben sie und winkte Marielle. »Was machst du auch bei so einem Unwetter draußen?«

»Eva brauchte Hilfe, das Wasser stand bei einer ihrer Wohnungen schon an der Türschwelle und der Mieter war nicht zu Hause.«

»Ach? Und wer war das?« Nico fragte nie so, wie alle anderen auch, also aus geselliger Neugier. Einmal Bulle, immer Bulle: obwohl er längst pensioniert war, konnte er die misstrauische Wachsamkeit eines Polizisten nicht ablegen.

»Ein junger Mann aus Rotterdam.«

»Adriaan der Holländer. Soso.« Er schenkte Marielle ein strahlendes Lächeln, die ihm schwungvoll ein Glas Pastis und eine Karaffe Wasser hingestellt hatte. Klar, Nico kannte jeden, sogar die Feriengäste aus dem Nachbardorf.

»Im Übrigen bin ich nicht zu dünn.« Sie sah zu, wie er Wasser in seinen Pastis goss, bis die Flüssigkeit milchig wurde.

Er sah sie mit hochgezogenen Brauen an. »Natürlich nicht, du willst nur vor lauter Trauer verhungern.«

»Will ich nicht.«

»Dann tu etwas dagegen. Witwe sein …«

»… ist keine abendfüllende Beschäftigung, ich weiß.«

Sie rührte ein weiteres Stück Zucker in ihren Grand crème. Mit dem Tod Carls im vergangenen Herbst war sie finanziell unabhängig geworden. Aber was half das schon gegen den nagenden Schmerz, die Liebe ihres Lebens verloren zu haben?

»Dann nichts wie ran. Du hast eine Aufgabe, das weißt du.«

Marielle schwenkte die Hüften, als sie an Nico vorbeiging. Seltsam. Alle Französinnen mochten ihn, dabei war er noch nicht einmal wirklich hübsch, der stämmige Kerl mit den kurzen stahlgrauen Haaren und der verwegenen Narbe im Gesicht.

Sie hatten sich in einem Heimwerkermarkt namens Monsieur Bricolage kennengelernt. Tori erinnerte sich noch gut daran. Sie hatte am Rande der Verzweiflung vor einem endlos langen Regal mit Schrauben und Nägeln, Ketten, Beschlägen und Haken gestanden. Der Verkäufer, den sie bei der Suche nach einer ganz bestimmten Sorte Schrauben um Hilfe gebeten hatte, tat zwar geduldig, aber sie sah an seinem flackernden Blick, dass er gern an einem Ort wäre, an dem keine viel zu große Frau in schlechtem Französisch auf ihn einredete.

»Kann ich helfen?« Eine heisere Stimme hinter ihr. Ein Deutscher. Tori wäre ihrem Retter fast um den Hals gefallen. Der Mann schien sofort zu verstehen, was sie suchte, und setzte es in eine wortgewaltige Rede um, die dem Verkäufer erst ein eifriges Nicken und dann ein bedauerndes Kopfschütteln abnötigte. Dennoch verabschiedeten sich die beiden voneinander wie die allerbesten Freunde.

»Mach dir nichts draus«, knurrte der Fremde. »Die Franzosen schrauben zur Not auch mit dem Hammer –

und so etwas Raffiniertes wie das, was du brauchst, führen sie nicht. Sie kennen es wahrscheinlich noch nicht einmal.«

Er duzte sie, was sie überraschte, aber es fühlte sich heimisch an, so gehörte sich das vielleicht, wenn sich Landsleute in der Fremde begegneten.

»Nico.« Er streckte ihr die Hand entgegen, eine kräftige Männerhand mit kurzgeschnittenen Nägeln, die nach Arbeit aussah. »Frag mal in der Quincaillerie in Largentière nach, die haben die absurdesten Sachen.«

»Danke.« Sie erwiderte den festen Händedruck. »Tori.«

»Und ruf mich an, wenn du Hilfe brauchst.« Er drückte ihr eine Karte in die Hand. »Nico Martens«, darunter eine Mobiltelefonnummer. »Ihr Mann für alles.« Auf Deutsch, auf Französisch, auf Englisch und auf Niederländisch. Er begleitete sie bis zum Parkplatz, wo er in einen zerbeulten Kleinlaster stieg. Beim Davonfahren winkte er ihr durchs geöffnete Fenster zu.

Erst Wochen später, als sie bereits Freunde waren, erzählte er ihr, dass er als Kriminalbeamter bei der Drogenfahndung gearbeitet hatte. Aber er verriet nicht, warum es damit vorbei war, obwohl er ganz und gar nicht pensionsreif aussah. Tori hakte nicht nach. Sie war Diskretion gewohnt. Victoria Peters, die sich Tori nannte, weil sie Vicky nicht ausstehen konnte, war schließlich jahrelang Anwältin gewesen, auf Patentrecht spezialisiert, bevor sie Carl Godon geheiratet und seinen Namen angenommen hatte.

Nico hatte sich nie nach ihrem Beruf erkundigt, wahrscheinlich hielt er alle verheirateten Frauen für ausgehaltene Luxusgeschöpfe. Sie ließ ihn in dem Glauben. Außerdem – stimmte das nicht, zumindest, seit sie Witwe war?

Sie nahm einen Schluck aus ihrer Kaffeetasse. »Ich habe eine Aufgabe? Dann weißt du mehr als ich.«

»Hast du mir nicht erzählt, dass die Vorfahren deines Mannes aus dem Vivarais stammen? Hugenotten? Und dass ihr deshalb euer Haus hier gekauft habt?«

Sie holte das Buch aus ihrem Korb und legte es auf den Tisch. »Fanatiker der Cevennen. Ein ziemlich alter Schinken. Eben gefunden.«

Nico grinste, ein wenig spöttisch. »Na also, du bist auf dem richtigen Weg. Unter Cevennen verstand man übrigens damals nicht nur die Berge, sondern auch die Täler, also unsere ganze Gegend hier. Und Fanatiker war vor vielen Jahren noch ganz und gar kein Schimpfwort.«

Ein Paar mit zwei halbwüchsigen Töchtern und einem schmollenden Sohn ließ sich am Nebentisch nieder, im Schlepptau ein junger Hund, der sich in seine Leine verbissen hatte und sie totzuschütteln versuchte.

»Seit den Katharern gehört das Vivarais zum Land der Rebellen. Die Leute hier sind von alters her höchstens in zweiter Linie Franzosen. Merkt man doch immer noch, oder? Und dann die Kriege gegen die Hugenotten. Acht grausame Metzeleien in sechsunddreißig Jahren. Die letzte Schlacht 1705 ließ die Cevennen entvölkert zurück. Weißt du, wie der Schlachtruf der Armee des Königs lautete? ›Die Cevennen müssen brennen‹. Den Brandgeruch haben die Menschen noch heute in der Nase.«

Das war etwas, was sie schon oft zu riechen geglaubt hatte, allerdings nicht im Sommer, wenn es in der ausgedörrten Garrigue brannte. Der Geruch überfiel sie im Herbst und er roch wie der Schwelbrand nasser Dachbalken.

»Zwanzig Prozent der Bevölkerung in den Cevennentälern sollen bis zum 18. Jahrhundert überzeugte Protestanten gewesen sein – sie nannten sich übrigens nie Hugenotten, sondern Reformierte oder Kinder Gottes. Und später Réfugiès.«

»Oder ›Camisards‹. Weißt du, woher der Name kommt? Carl war sich nicht sicher.«

Nico wiegte den Kopf. »Die einen meinen, der Name käme von den weißen Blusen, die sie trugen, um einander zu erkennen, ›camiso‹ auf Okzitanisch. Andere führen den Namen darauf zurück, dass die jungen Männer jeden Weg und Steg kannten, also jeden ›camus‹. Sie kannten die Gegend und das Gelände wie ihre Westentasche, die Soldaten des Königs aber hatten keine Ahnung, wo sie waren, sobald sie die Straße verlassen mussten.«

»Das bewährte Guerillaprinzip. David gegen Goliath.«

»Und der religiöse Fanatismus wirkte dabei wie ein Aufputschmittel.«

Über dem Hühnergrill gegenüber erhob sich weißer Rauch und es roch verbrannt. Die Cafébesucher an den vorderen Tischen standen auf, um die Katastrophe nicht zu versäumen, falls es eine werden sollte. Es zischte und eine weitere weiße Wolke stieg auf. Man löschte. Die Katastrophe blieb aus.

»Kamen in Carls Familiengeschichte auch persönliche Begegnungen mit dem guten König Heinrich vor? Heinrich IV. war der Säulenheilige aller Gläubigen.«

Tori lachte. »Davon hat Carl nichts erzählt. Das ist ja auch eher unwahrscheinlich.«

»Sag das nicht. Hier hat jeder Vorfahren, die irgendwann einmal Enric Quate Lo Gran begegnet sind. So hieß er auf Okzitanisch. Das ist noch nicht einmal völlig unglaubwürdig. Heinrich von Bourbon ist als Hugenotte erzogen worden und hat sich wahrscheinlich nur in seinen schlimmsten Albträumen als Katholik mit Königskrone gesehen. Selbst als er 1572 König wurde, mischte er sich noch unters Volk. Kaum ein Herrscher dürfte seine Untertanen so genau gekannt haben wie der gute Heinrich. Er verschaffte seinen Glaubensgenossen eine Atempause, bis er 1610 ermordet wurde, von einem fanatischen Katholiken. Da war es vorbei mit den goldenen Jahren.«

Marielle brachte Nico ein frisches Glas Pastis und Tori einen zweiten Café crème.

»Sie haben ihn geliebt, ihren Henri, der sich wünschte, dass alle Bauern sonntags ein Huhn im Topf hätten. Er hat sie zurückgeliebt, vor allem die Frauen, man weiß von fünfzehn Kindern, die er gezeugt hat.«

»Und nach seinem Tod …«

»… kam erst der Dreißigjährige Krieg und dann Ludwig XIV., der Sonnenkönig. Der sorgte dafür, dass die französischen Protestanten alle Rechte verloren. Ende des 17. Jahrhunderts durften sie nicht mehr studieren, ihre Tempel wurden dem Erdboden gleichgemacht und der Besitz aller, die noch fliehen konnten, wurde beschlagnahmt. Hunderttausende gingen damals in die Niederlande, die Schweiz oder nach Preußen. Wer nach Jahrzehnten der Verfolgung noch blieb und an seinem Glauben festhielt, muss ein ganz schön harter Brocken gewesen sein.«

»Soweit ich weiß, ist Carls Familie 1705 über die Schweiz nach Deutschland gegangen«, sagte Tori. »Sie sind in Greifenthal gelandet, im nördlichen Hessen, in einem von einem Graf Solms-Greifenstein gegründeten Dorf. Carl behauptet, seine Familie hätte die Speisekarte der Gegend durch Sellerie und Chicorée bereichert. Das sind jetzt nicht gerade meine Lieblingsdelikatessen, aber immerhin.«

Nico starrte sie mit zusammengekniffenen Augen an. »1705? Dann gehörten die Godons zu denen, die fast bis zum bitteren Ende durchgehalten haben.«

Tori löffelte den Milchschaum aus ihrem Café crème. Carl war mit den Geschichten des Martyriums seiner Familie aufgewachsen, grässliche Geschichten, niemand hatte offenbar Rücksicht auf das Gemüt eines Kindes genommen. »Seine Eltern haben Carl vom Wollkrempler Esprit erzählt, vielleicht, weil es ein Vorfahre war oder weil sie ihn vorbildlich fanden, wer weiß. Danach sollte der Mann nach gründlicher Folter hingerichtet werden. Psalmen singend schritt er zum Richtplatz, mit gebrochenen Knochen und zerrissenen Muskeln, und bot dem Henker die rechte Hand dar, die ihm abgehauen werden sollte. Doch der Henker pfuschte und die Hand hing noch an der Haut. Esprit soll sich die Hand abgebissen und auf den Scheiterhaufen geworfen haben.« Tori schüttelte sich.

»Es gibt jede Menge solcher Geschichten. Es gehörte verdammt viel Mut dazu, an seinem Glauben festzuhalten. Es gab heimliche Gottesdienste in Steinbrüchen oder Höhlen, das war die ›Kirche der Wüste‹. Wer dabei erwischt wurde, riskierte Gefängnis oder Galeere, den Pastoren drohte der Galgen oder Schlimmeres.«

»Carl fand, seine Familie habe das Märtyrertum der Vorfahren regelrecht vergötzt. Mir kommt das ziemlich lebensfeindlich vor.«

»Ach, die Militanten haben sich nicht aufs Märtyrertum beschränkt. Die Kamisarden sind mit Steinen, Spießen, Sensenklingen und Knüppeln mit Nägeln auf die Soldaten zugestürmt. Barfüßige junge Männer gegen eine der besten Armeen Europas. Man muss sich das mal vorstellen: Trupps religiöser Fanatiker laufen unter Absingen frommer Psalmen gegen eine reguläre Armee an, das erschüttert auch den härtesten Soldaten.«

Tori sah ihren Freund von der Seite an. Nico sah beinahe aus, als ob er die Fanatiker bewunderte. »Religiöser Irrsinn.«

»Irrsinn schon, aber ein ziemlich wirkungsvoller. Sie glaubten, sie verträten die einzig wahre Religion, weshalb sie sich für unverletzlich hielten. Am liebsten sollen sie den Psalm 68 gesungen haben, das Siegeslied: ›Es stehe Gott auf, dass seine Feinde zerstreuet werden, und die ihn hassen, vor ihm fliehen.‹«

Tori lachte. »Ich weiß. Angeblich haben sie zahmen Amseln die Melodie beigebracht, sodass der Feind glaubte, die Rebellen zu verfolgen und nicht davonflatternde Vögel.«

Nebenan baute sich der Mann mit Schiebermütze und Akkordeon auf, der an jedem Markttag vor allem die Touristen mit französischer Folklore beglückte. Tori kannte sein Repertoire mittlerweile auswendig. Aber sie hatte nie mitgesungen, wie andere es taten, bei Gassenhauern wie »Chevaliers De La Table Ronde«.

»Es gibt Legenden von Kindern, die mit fremden Zungen sprachen, von Debilen, die die Bibel auswendig hersagen konnten, von Propheten, die Klänge und Gesänge hörten, Visionen und Eingebungen verkündeten. Das kann sich kein Hippie im Rausch ausmalen. Sie waren Helden und Narren zugleich.«

Klänge und Gesänge und Visionen. Tori fühlte sich seltsamerweise ertappt. Sie hörte zwar keine Gesänge, aber sie sah und roch Dinge, die nicht da waren, und zwar weit häufiger als früher, genauer: seit sie im Maison Sarrasine wohnte.

In den alten Mauern steckte vergangenes Leben, daran

glaubte sie fest, auch wenn ihr juristisch geschulter Verstand dagegen protestierte. Füße hatten Mulden in die Treppen getreten, Küchendunst und Atemluft steckten in den Poren der Steinwände, in jedem Zimmer gab es ein Echo aus der Vergangenheit. Warum nicht auch ein Echo ihrer Schrecken?

»So etwas verankert sich tief im Gedächtnis der Menschen. Vielleicht ist deshalb von südlicher Leichtigkeit hier so wenig zu spüren«, sagte sie leise.

»Sicher. Und dein Dorf hat eine besondere Geschichte, was das betrifft. Guy Teissier und Henri Balazuc aus Belleville haben einen letzten Aufstand gewagt, nach einem entsetzlichen Hungerwinter 1708 auf 1709. Er wurde mit unvorstellbarer Brutalität niedergeschlagen. Ein weiterer Grund, warum unsere Dickköpfe allem misstrauen, was aus Paris kommt.« Nico winkte nach Marielle und bat um die Rechnung.

»Geh der Geschichte nach«, sagte er, als er Tori zum Abschied rechts und links auf die Wange küsste. »Aber pass auf dich auf. Auf manches reagieren die Leute hier empfindlich.«

5

»Geh der Geschichte nach.« Der Gedanke beflügelte sie.

Sie lief schon seit einer Stunde den steilen Pfad von Rosières hoch nach Chapias, einem Dorf mitten in der Garrigue, der Strauchlandschaft der *Gras,* der Karstebene oberhalb von Rosières. Zwischen schwarzen Baumstämmen, die nackte Äste gen Himmel reckten, Zeugen des letzten Feuersturms, wucherten Buchs und Wacholder,

Brombeergestrüpp und Ginster, dazwischen dicke Polster von blau blühendem, würzig duftendem Thymian. Sie strich mit den Händen über die Zweige des Wacholders, dessen graue Stacheln noch ganz weich waren und dessen unscheinbare Blüten sich gerade erst öffneten. Der harzige Wacholderduft kam gegen den strotzend grünen Buchs kaum an, der wie ein wildes Tier roch, das sein Revier markiert hatte.

Sie hatte ihren Rucksack, die Wasserflasche, eine Rosenschere und eine kleine Spitzschaufel dabei. Die Schere brauchte sie für den wilden Thymian, der so viel aromatischer war als der, den sie im Blumentopf zog, und sie wollte sich davon einen Vorrat zulegen. Pflanzen, die ihr gefielen, wurden ausgegraben und mitgenommen. Hier oben gab es alle Arten von Wolfsmilch, von der Mandelblättrigen bis zur Palisaden-Wolfsmilch, die mit dem schwarzen Auge in ihren Blüten wie eine vieläugige Göttin aussah. Euphorbia wulfenii. Carl hatte behauptet, man könne ihren Milchsaft als Geheimtinte verwenden, die erst bei Erwärmung sichtbar wird. Ob er das als Kind ausprobiert hatte?

Sie hob die Nase in die laue Luft und schnupperte. Der Wind hatte gedreht, er kam jetzt aus Süden und duftete nach Eukalyptus. Bienen und Hummeln brummten um sie herum und auf dem obersten Ast eines kahlen Buschs flötete eine Blaumerle.

Es lag nichts Unnatürliches in der Luft, und das war angenehm. Die mittelalterlichen Städtchen der Umgebung waren zwar hübsch, aber anstrengend. In den engen Gässchen roch es nach nassen Wänden und Schimmelpilzkolonien, nach dem Schweiß und dem Deodorant der vielen Touristen und nach Hundekot, eine Mischung, die ihre empfindliche Nase überforderte. Nur in der weiten Landschaft hatte sie das Gefühl, durchatmen zu können, vor allem hier oben, und das trotz der vielen konkurrierenden Düfte.

Sie lief mit neuer Kraft über die schmalen, von Steinmauern eingefassten Pfade. Überall standen Mauern zwischen Wiesen und Weideflächen, mittendrin waren die Steine zu Pyramiden aufgetürmt. Myriaden von Steinen, weiß gebleicht von Regen und Sonne, als ob sie vor Jahren aus dem Boden gewachsen wären. Hände hatten einst aus ihnen Häuser gebaut, andere Hände hatten sie zerstört, Regen und Wind taten ihren Teil dazu. Irgendwann hatten wieder andere Hände die Steine eingesammelt und aufgeschichtet. Wer wusste noch, was unter den Steinhaufen begraben lag? Geschichte, wohin man blickte.

Tori atmete tief ein und setzte sich auf eine Mauer am Rande der Hochebene, von der aus sie das Flusstal der Ligne überblicken konnte. Überall Geschichte, unten und oben. Oben Dolmen, eine Art Hünengräber, unten Höhlen, darunter steinzeitliche Bilderhöhlen wie die Grotte Chauvet. Schlösser und Burgen, mittelalterliche Dörfer. Wälder, in denen man noch die Konturen der Terrassen erkennen konnte, auf denen die Bauern jahrhundertelang Oliven und Kastanien angebaut hatten, Terrasse um Terrasse von Steinmauern gestützt und geschützt. Ein paar Kilometer weiter Karstebenen wie der Bois de Païolive mit unzählig vielen Höhlen und unterirdischen Flussläufen. Im Tal von Largentière verschlossene Eingänge zu aufgelassenen Silberminen.

Sie stand wieder auf und nahm kurz vorm Abstieg hinunter ins Tal den Schotterweg Richtung Chapias. Rechts von ihr ein umzäuntes Grundstück, auf dem jemand Opuntien angepflanzt hatte, fette Kakteen mit Auswüchsen wie fleischige Hasenohren, zwischen Steinquadern, die wie die Hocker von Riesenkindern aussahen. Zwei kläffende Hunde rasten durch den Park auf sie zu und warfen sich gegen den altersmürben Zaun. Doch als sie einen Schritt auf sie zu machte, drehten die beiden bei und zogen mit eingekniffenem Schwanz ab.

Auf einer Weide kurz vor Chapias schwirrten Flottillen von Fliegen um ein schwarzes Pferd und einen grauen Esel, die müde mit Schweif und Ohren dagegen anwedelten. Tori stellte sich an den Zaun und streckte die Hände aus. Warmer Pferdeduft irritierte ihre Nase nicht, ganz im Gegenteil, die großen Tiere rochen nach Geborgenheit und Schutz. Der Esel drängte sich vor und hielt ihr den dicken Kopf hin, damit sie ihn zwischen den Ohren kraulte. Erst als er genug hatte, trottete das Pferd herbei. Tori wischte ihm die Fliegen aus den Augenwinkeln und strich ihm sanft über die weichen Nüstern.

Hinter ihr hielt ein Auto. Sie drehte sich um, ein wenig schuldbewusst, vielleicht dachten die Besitzer der Tiere, sie tue ihnen etwas an. Eine blonde Frau mit hochgestecktem Haar und einem unwiderstehlich spöttischem Lächeln ließ das Fenster herunter. »Sie heißen Chico und Tornado!« Tori grinste zurück. Tornado passte zu dem müden Gaul.

In Chapias bewunderte sie wie immer den museumswürdigen 2 CV in Rostbraun, der verstaubt und verschlissen in einer offenen Scheune stand, flankiert von einem uralten ausgeweideten Radioempfänger. Hinter dem Dorfausgang erhob sich rechter Hand ein gemauerter Turm, auf dem die Jungfrau Maria mit dem Jesuskind stand, Kitsch aus dem Jahr 1884, aber von der Aussichtsplattform hatte man einen großartigen Blick über das Kalkplateau bis an die Gorge de l'Ardèche auf der einen und den Mont Gerbier de Jonc auf der anderen Seite. Nach einer Wegbiegung an einem Löschteich vorbei ging es an einer Farm entlang, auf deren Weiden Lamas standen, ein seltsamer Anblick in der Landschaft aus Wiesen, Sträuchern und aufgetürmten Steinen. Manchmal umkreiste ein aufgeregter schwarz--weißer Hund die Tiere, als ob er sie zusammentreiben wollte.

Einen Kilometer weiter hatte jemand sein Haus mit Fundstücken aus Holz und Metall und geschnitzten Skulpturen geschmückt, einmal hatte sie einen alten Mann im Garten gesehen, sicher der Künstler, auch wenn er nicht danach aussah.

Der Wind frischte auf und trotz der Sonne war ihr plötzlich kalt. In einem weiten Bogen kehrte sie zum Wegkreuz zurück, an dem ihr Auto stand. Sie hatte weit mehr als die von Gesundheitsgurus empfohlenen 10 000 Schritte getan, jetzt war es genug.

Zurück im Maison Sarrasine, legte sie sich in einer geschützten Ecke der Terrasse auf die Liege und schloss die Augen. Die vertrauten Geräusche umgaben sie wie eine warme Decke. Das beständigste Konzert war das der Motorsensen. In dieser Ecke der Welt waren Rasenmäher rar, wozu auch, wenn es selten Rasen gab, und um des Gestrüpps aus Brombeerranken und zähleibigen Kräutern Herr zu werden, brauchte man stärkeres Gerät. Heute war ein Tag, an dem sich in und außerhalb von Belleville alle zur gleichen Zeit zum Sensen entschlossen zu haben schienen.

Tori blinzelte in den blassen Himmel. Über ihr kreisten zwei Mauersegler. Das war erst die Vorhut, es würde noch eine Weile dauern, bis ganze Geschwader über ihr Sturz-

flug üben würden, bis in die Dämmerung hinein. Endlich schlief sie ein, mitten im Meinungsaustausch zweier
kampfstarker Kater.

Als sie aufwachte, wusste sie, was sie die ganze Zeit über
vermisst hatte: Die Geräusche aus der Garage des Hundebesitzers, der seit Tagen an seinem altgedienten Kleinlaster gebastelt hatte, und vor allem das Gebell und Gejaule
seines Hundes.

Sie erhob sich und ging in die Küche. Im Kühlschrank
gab es nichts, was sie reizte, außer Eiern und frischem Ziegenkäse. Sie schlug die Eier in die Pfanne und servierte sie
mit dem Ziegenkäse und einem aufgebackenen Baguette
auf der überdachten Veranda mit Blick auf die bewaldete
Anhöhe gegenüber. Dort saß sie, leerte die Flasche Wein,
die sie gestern geöffnet hatte, und blickte in den Himmel,
bis es Abend wurde. Von oben hörte sie einen Fernseher,
von unten schallten arabische Klänge zu ihr hoch, es roch
nach Grillfeuer und angebrannten Würsten. Das rotgol-
dene Licht der untergehenden Sonne ließ Felsen und Bü-
sche warm aufleuchten, bald darauf schwangen sich die
ersten Fledermäuse in den samtigen Himmel. Tori hob das
Glas und trank auf Carl. Dann ging sie ins Haus.

6

Sie hatte schon lange nicht mehr ins Bücherregal geschaut,
es tat noch immer weh, etwas in der Hand zu halten, das
einmal Carl gehört hatte. Carl Godon war ein guter An-
walt gewesen, ein schlanker, elegant gekleideter Mann mit
vollem Haar, das er nicht zu kurz trug. Sie hatte ihn für
seine Bildung bewundert, die man daran erkannte, dass er

mit ihr nicht prahlte. Er hatte nur das aus seiner Bibliothek nach Belleville mitgenommen, was er für unentbehrlich hielt.

Sie fuhr mit den Fingern über die Buchrücken. Die Bücher rochen nach Staub – und nach Carls Rasierwasser, aber das war sicher reine Einbildung. Victor Hugo. Balzac. Stendhal. Und Flaubert, Madame Bovary, natürlich. Die Geschichte einer Frau, die sich dank falscher Lektüre tödliche Illusionen über die Wirklichkeit machte.

Dann Literatur über die Cevennen: Jean Carrière, »Retour à Uzès«. Jean-Pierre Chabrol, »Die Toren Gottes«. Stevenson, »Reise mit einem Esel durch die Cevennen«. Ein paar alte, säuerlich riechende, fast schon auseinanderfallende Taschenbücher. Reiseführer. Bildbände. Die Grotte Chauvet. Das alte Vivarais. Das Leben in den Cevennen um die Wende zum 20. Jahrhundert. Kastanien und Seidenraupen. Sie begann zu blättern.

Es hatte im Vivarais nicht nur religiöse Fanatiker und Soldaten gegeben, nicht nur Aufstände und ihre blutige Niederschlagung, nicht nur Armut und verlassene Dörfer. In Belleville musste es sogar bescheidenen Wohlstand gegeben haben. Viele Steinhäuser im Dorf waren erst Anfang des 19. Jahrhunderts entstanden, obwohl manche wie mittelalterliche Zwingburgen aussahen. Ihre Bewohner lebten nicht nur von Kastanien, sie pflanzten seit dem 16. Jahrhundert auch Maulbeerbäume an, für die Zucht von Seidenraupen, die sich von deren Blättern ernähren. Doch damit war es Mitte des Jahrhunderts mit einem Schlag vorbei; eine Pilzkrankheit befiel die Seidenraupen und die Seidenproduktion brach zusammen. Sie erholte sich nie wieder, denn seit der Öffnung des Suezkanals gab es billigere Konkurrenz aus Asien. Als auch noch die Esskastanien an einer Pilzerkrankung zugrunde gingen, wanderten die Menschen fort und viele Häuser verfielen. Bis über hundert Jahre später die Aussteiger kamen und neues Leben in die Ruinen einzog.

Verfall und Auferstehung, so war das wohl immer.

Was macht die Landschaft aus den Menschen? Fühlen sie sich erhaben, wenn sie zu den Bergen hinaufschauen? Fühlen sie sich verloren zwischen all den Steinen und den eisigen Gebirgsbächen? Wo finden sie Trost? Was tut der Glaube ihnen an – und was ist, wenn man gar keinen hat? Tori fürchtete, dass es sie wenig trösten würde, wenn sie sich Carl auf einer Wolke im Himmel vorstellte.

Das Buch, das sie heute gekauft hatte, lag auf dem Tisch neben dem Sofa, aber sie scheute davor zurück, es auch nur in die Hand zu nehmen: Eugène Sue, »Die Fanatiker der Cevennen«. Sie hatte den Autor nachschlagen müssen, in der ersten Hälfte des 19. Jahrhunderts war er ein beliebter französischer Schriftsteller gewesen, einer der Begründer des Fortsetzungsromans, doch heute war sie gewiss nicht die Einzige, die nie von ihm gehört hatte. Der Mann hatte binnen acht Jahren ein beträchtliches Erbe durchgebracht und wurde mit Ende dreißig, als er längst pleite war, Sozialist, beteiligte sich an der Februarrevolution 1848 und musste nach dem Putsch von Napoleon Bonaparte 1851 fliehen. Theodor Fontane schwärmte von Sues realistischem Roman »Die Geheimnisse von Paris«. Nach einer realistischen Darstellung der »Fanatiker der Cevennen« aber war ihr heute nicht mehr.

Sie war viel zu unruhig, um schon ins Bett zu gehen, also nahm sie die Lederjacke vom Haken, griff sich die Taschenlampe und lief die Gasse hinunter zur Straße, am

Haus des Hundebesitzers vorbei. Sie blieb stehen. Da waren Kratzgeräusche hinter dem Gartentor, etwas fiepte und hechelte. Der Hund? Erst jetzt fiel ihr auf, dass sie ihn schon seit einiger Zeit weder jaulen noch bellen gehört hatte.

Sie versuchte es mit einem zaghaften »Hallo?«. Keine Antwort. Das Haus blieb dunkel. Jetzt hörte sie ein halb ersticktes Schnaufen hinter dem Gartentor. Hinübersteigen? Keine gute Idee, die freundlichen Nachbarn hatten Stacheldraht über das Tor gespannt. Kurzentschlossen stieg Tori über den Zaun zum Nachbargrundstück und nahm sich die Gartenmauer vor. Der Ansprung klappte noch immer, jeder Handgriff saß, sie hatte nichts verlernt, seit sie das letzte Mal in Frankfurt im Boulderraum des Kletterzentrums in der Wand gehangen hatte. Dabei war das schier unendlich lange her.

Sie ließ sich auf der anderen Seite der Mauer hinuntergleiten und knipste die Taschenlampe an. Der Hof war zugemüllt mit leeren Flaschen, Kinderspielzeug und einer halb aufgerissenen Mülltüte mit Blechdosen. Es stank nach Hundescheiße. Der Hund lag seltsam verrenkt auf dem Treppenabsatz, auf dem seine Hütte stand, daneben eine verbeulte Schüssel und ein Futternapf, er röchelte heiser und schlug matt mit der Rute. Tori war mit ein paar Schritten bei ihm. Die Kette, an der sein Halsband hing, hatte sich an einem rostigen Haken in der Wand verfangen und das Halsband schnürte ihm die Kehle zu. »Ruhig«, murmelte sie, während sie niederkniete, dem Tier den Kopf hielt und ihm das Halsband abnahm.

Der Hund rappelte sich mühsam auf. Im Licht der Taschenlampe erkannte Tori, dass der muskulöse Kerl mit dem dunkel gestromten Fell und der weißen Blesse an

Brust und Hals eine Hündin war. Sie nahm die Schüssel und füllte sie am Wasserhahn im Hof. Das Tier fuhr ihr dankbar mit der Zunge über die Hand, bevor es die Nase ins Wasser steckte, prustend und vor Erleichterung seufzend. Auf dem Fensterbrett neben der Eingangstür stand eine Schachtel mit Trockenfutter, viel war nicht mehr drin, Tori schüttete den ganzen Rest in den Futternapf.

Während sie dem Tier beim Trinken und Fressen zusah, wuchs ihre Wut. Wenn sie den Hund nicht gefunden hätte, wäre er verdurstet, hilflos im eigenen Kot und Urin liegend, sofern er nicht vorher schon erstickt wäre.

Das reichte. Es gab keinen Grund mehr, Rücksicht zu nehmen. Sie ging voraus zum Gartentor und schob den Riegel zurück. Dann rief sie nach dem Hund. Nicht das, was der Mann immer rief, dieses langgezogene »I«, dem ein paar Konsonanten hinterhertrappelten. Sie hatte beschlossen, ihn July zu nennen, July wie ein Hund aus ihren Kindertagen.

»July!« Die Hündin hob den Kopf, starrte auf die Bresche in den Mauern ihres Gefängnisses, machte einen vorsichtigen Schritt zur Treppe hin und stürmte dann hinunter und hinaus.

Weg ist sie, dachte Tori. Auch gut. Oder schlecht. Egal. Sie nahm den Weg an den Schrebergärten vorbei, der erst am Toufache entlang und dann hoch zum Waldhang führte. Schon hinter der ersten Wegbiegung wartete das Tier auf sie und drängte sich an sie, um sich den Kopf streicheln zu lassen.

Der Mond stand hoch und war fast voll, er beleuchtete den Weg, sodass sie die Taschenlampe nicht brauchte. July schnürte begeistert durchs Laub vom Vorjahr, und als sie an der Stelle anlangten, an der sich das Flüsschen in einem

56

flachen Bassin sammelte, schien sie Tori fragend anzusehen. Als Tori nickte, stürzte der Hund sich ins Wasser.

Nach fast zwei Stunden gingen sie zurück. Mit einem Gefühl des Verrats an der Kreatur lockte Tori den Hund wieder hinein ins Gefängnis, das er mit eingezogenem Schwanz bezog.

»Mehr als ein bisschen Freiheit kann ich dir nicht geben, ma chère«, flüsterte sie, als sie das Gartentor hinter sich zuzog.

Sie schlief tief und fest, aber in den Morgenstunden träumte sie. Von einem Hund und einem Pferd, von singenden Männern in weißen Hemden, vom in einer tiefen Höhle verschwundenen Holländer. Von einem Einhorn mit silbrig glänzendem weißem Fell. Und, kurz vorm Aufwachen, von Carl. Aber das gehörte zu den Wunschträumen.

7

Der Metzger wirkte stets heiter und immer geduldig, auch wenn drei schnatternde alte Damen im Laden standen. Meist aber saß er auf seinem Hocker in der Ecke hinter dem Tresen, wenn Tori eintrat, und schreckte auf, als ob er mit Kundschaft nicht gerechnet hätte. Jean-Claude Estevenon führte den Laden seiner Mutter fort, das wusste sie von Nico, wahrscheinlich aus Gewohnheit und Vergnügen, nötig hatte er es offenbar nicht, denn von dem bisschen Umsatz konnte niemand leben. Tori war froh, dass er nicht aufgeben musste wie so viele andere kleine Ladenbesitzer. In vielen Dörfern gab es noch nicht einmal mehr einen Bäcker oder ein Café.

Es gab eine Zeit, da rühmte sich Belleville zweier Restaurants. Das eine, die Auberge des Piles, war wie geschaffen gewesen für Familienfeiern: Es hatte einen großen Garten, der zum Hang hin in Terrassen überging, auf denen Oliven, Zypressen und Kastanien wuchsen. Man saß dort im Frühjahr unter einem duftenden Dach aus blühendem Blauregen, die Kinder spielten auf dem Klettergerüst oder buddelten im Sand. Als die alte Madame noch selbst kochte, wurde stets das gleiche Menü serviert, jahrzehntelang, schlappe grüne Bohnen aus der Dose, verkochte Kartoffeln und irgendein Stück Fleisch, davon erzählte Nico mit wohligem Schauder.

Im vorletzten Herbst war die Madame gestorben, und seither litten Haus und Nachbarn unter wechselnden Pächtern und untauglichen Versuchen, das Geschäft wiederzubeleben. Die einen hatten es mit einer wöchentlichen Karaoke-Veranstaltung versucht, die anderen mit beinahe täglichen Gesangseinlagen der Pächterin, was nur unwesentlich angenehmer war. Mittlerweile waren Hotel und Restaurant geschlossen, jetzt gab es in Belleville nur noch Francines Café auf der Grande Rue und ein hübsches kleines Gartenlokal namens Relais de Fleuri, wo sie und Carl öfter zu Abend gegessen hatten.

Belleville veränderte sich, wie so vieles. Bis vor zwei Jahren gab es auf der Grande Rue einen winzigen Lebensmittelladen, der sich erstaunlich lange behauptete gegen die Konkurrenz der Supermärkte ein paar Kilometer weiter, in Rosières und Joyeuse, wo das Einkaufen dank Parkplatz und Einkaufswagen weit bequemer war. Doch mittlerweile besaßen so gut wie alle im Dorf ein Auto und waren nicht mehr darauf angewiesen, ihre Einkäufe zu Fuß zu erledigen. Auch der Arzt war aus seinem winzigen dunklen Kabinett in einer engen Nebenstraße ins Neubaugebiet gezogen, wo es Platz, Luft und Licht gab. Von den Alteingesessenen hielten nur die Apothekerin, der Bäcker und der Metzger noch aus.

Dort, wo der Lebensmittelladen gewesen war, zog kurze Zeit später eine Pizzeria ein, die schon nach Monaten einem Friseursalon wich, der sich keck CoiffPassion nannte. Noch gingen die alten Damen von Belleville, die sich dort die Locken legen ließen, sonntags in die Kirche, noch versammelten sich ihre Männer nach der Kirche zum Pétanquespiel, noch gab es hier junge Frauen, die ihre Kinder in die Vorschule brachten. Belleville starb nicht aus, es veränderte sich nur.

Solange Jean-Claude Estevenon blieb, war das auszuhalten.

»Madame!« Strahlendes Lächeln. »Wie geht es Ihnen?«

»Bestens. Und Ihnen?« Sie lächelte zurück.

»Immer gut, wenn ich etwas für Sie tun kann.« Er breitete die Arme aus, als ob er ihr das ganze Geschäft zu Füßen legen wollte.

Seine Auslage in der Vitrine war bescheiden, es tat dem Fleisch und den Pasteten ja auch nicht gut, aufgeschnitten herumzuliegen, bis sich nach einer Ewigkeit jemand ihrer erbarmte. Aber er hatte immer etwas im Kühlraum: donnerstags Täubchen, mittwochs Lamm und die ganze Woche über gut abgehangenes Fleisch vom Limousin.

»Eine Scheibe davon«, sagte Tori und zeigte auf das große Stück Rindfleisch, das in der Vitrine lag und appetitlich aussah. Sie konnte sich die französischen Namen für die verschiedenen Fleischstücke nicht merken, es kam ihr vor, als ob die französischen Rinder mehr Körperteile hätten als die deutschen.

Jean-Claude holte das Stück mit Schwung heraus und zeigte mit dem Messer die Größe der Scheibe an, die er ihr abschneiden würde. Das Messer glitt durch das Fleisch wie durch ein Stück warme Butter. Er legte es auf ein Blatt Wachspapier und trug es zur Waage.

Tori entschuldigte sich dafür, dass ihr Französisch ein wenig beschränkt war, was er liebenswürdig bestritt, während er das Fleisch einpackte. Das machte sie übermütig, so übermütig, dass sie sich zu einer Lüge hinreißen ließ. Sie übe das Reden nicht regelmäßig, hörte sie sich sagen, weil sie stattdessen ein Buch schreibe.

Was für eine Idee! Sie hatte noch nicht einmal eine Fußnote zu Papier gebracht.

Jean-Claudes Reaktion überwältigte sie. Er schaute sie an, als wäre ihr ein Heiligenschein gewachsen. Als hätte sie irgendein Wunder bewirkt oder mit der Goldmedaille vom Frauensprint der vergangenen Olympischen Spiele gewinkt.

»Sie sind Schriftstellerin!« Er schraubte seine Stimme andächtig einen Halbton tiefer. »Sie schreiben ein Buch!«

Sie starrte ihn an, ohne ein Wort herauszubringen. War es möglich, dass selbst hier, in tiefster französischer Provinz, die Literatur ein Ansehen genoss, das sie heutzutage Toris Meinung nach nur noch selten verdiente?

Jean-Claude hob bedeutungsvoll den Zeigefinger, sagte »Moment!«, entschwebte in den Raum hinter dem Laden und kam mit einem roten Lesegerät zurück, das er andächtig auf die Theke legte.

»Lesen ist mein Leben«, sagte er leise.

Ein echter *homme littéraire*? Im Metzgerladen von Belleville? Tori wusste nicht, was sie sagen sollte.

»Ich lese IMMER. Ohne Lektüre hätte ich den Laden längst geschlossen, wissen Sie, es kommt manchmal stundenlang niemand, und wenn, dann ist es eine liebe alte Tante, die ein Schwätzchen halten möchte und nach einer halben Stunde mit zwei Scheiben Schinken wieder geht.«

»Verstehe«, sagte Tori.

»Ich lese auch beim Wandern durch die Berge. Ich hab mich schon mal deswegen verlaufen.«

Tori staunte. »Was lesen Sie denn gerade so?« Eine intelligentere Frage fiel ihr nicht ein.

»Harry Potter. Alle Bände, zum zweiten Mal!«

Gut, dass er nicht Heidegger las, den mochten die Franzosen aus irgendeinem Grund, und da hätte sie nicht mitreden können.

»Dann den neuen Houellebecq. Kennen Sie den?«

Sie schüttelte den Kopf.

»Den *müssen* Sie lesen! Aber Stevenson, der ist Ihnen doch ein Begriff, oder?«

»Robert Louis Stevenson?« Gut, dass sie das Buch gestern Abend in der Hand gehabt hatte. »Der mit dem Esel durch die Cevennen gewandert ist?«

Jean Claude nickte feierlich. »Manchmal denke ich, es gibt da eine Seelenverwandtschaft. Oder sogar mehr als das. Estevenon – Stevenson, verstehen Sie?«

Sie lächelte ihn an. Seine Begeisterung war rührend.

»Aber …« Er beugte sich über die Theke, als ob er ihr ein Geheimnis anvertrauen wollte. »Ich verliere die Dinger dauernd. Eins ist mir mal aus der Hosentasche gerutscht und ins Klo geplumpst.«

Dieses Geständnis verschlug ihr endgültig die Sprache.

»Aber was rede ich denn! Erzählen Sie doch! Worum geht es in Ihrem Buch?«

Was sollte sie sagen? Ich suche nach den Vorfahren meines Mannes? Ich erkunde die unruhige Vergangenheit Ihrer Heimat?

»Um Krieg und Liebe«, sagte sie. Darum ging es ja immer.

»Großartig! Schreiben Sie doch über unser Dorf, da gab es jede Menge davon!« Er lachte. »Ach, und hier ...« Er hielt einen bunten Handzettel in die Höhe. »Das müsste Sie eigentlich interessieren.«

Sie wollte schon abwehren. Auf dem Tresen lag ein ganzer Packen davon, sie hatte das für Werbung gehalten.

»Wir bereiten eine Ausstellung über die Geschichte von Belleville vor und die Bibliothekarin bittet darum, ihr alles zur Verfügung zu stellen, was dazu beitragen kann. Wer weiß, was sich in Ihrem Haus so alles findet, es ist ja eines unserer ältesten.«

Er steckte das Flugblatt in die Tüte und reichte ihr das Wechselgeld. »Schreiben Sie! Schreiben Sie! Ich bin entzückt!«

Tori nickte und lächelte zurück. Sie war schon fast an der Tür, als ihr der Hund einfiel. Das Trockenfutter hatte July sicher längst aufgefressen, und von ihren Besitzern hatte man auch heute noch nichts gehört oder gesehen.

»Das hätte ich beinahe vergessen. Haben Sie vielleicht ein paar Reste, für einen Hund?«

Wieder lächelte Jean-Claude Estevenon, als ob sie ihm mit ihrer Bitte eine besonders große Freude machte, hob den Zeigefinger, verschwand im Kühlraum und kam mit einer gut gefüllten Plastiktüte wieder zurück.

»Ist von gestern, Karim hat es nicht abgeholt.«

Als sie ihr Portemonnaie zückte, winkte er ab.

Sie ließ die Ladentür sanft hinter sich zufallen. Er hatte

62

nicht gefragt, wofür sie Hundefutter brauchte. Guter, lieber Jean-Claude. So einer hatte nicht verdient, dass sie ihn anlog.

Aber war es überhaupt eine Lüge? Sie hatte doch nur vorweggenommen, was sie jetzt endlich angehen wollte. Das Gespräch mit Nico gestern hatte ihr gezeigt, dass es etwas zu tun gab, etwas Sinnvolles, ein Projekt, damit sie sich endlich nicht mehr so verdammt nutzlos fühlte. Sie hatte Frauen immer verachtet, die den ganzen lieben langen Tag nichts schafften. Sie jedenfalls war es nicht gewohnt, untätig herumzuhängen. Sie wollte nicht mehr nur die Witwe sein.

8

Am Grand Font, dem Marktplatz von Joyeuse, gab es zwei Kneipen, vor der einen saß man an Marktvormittagen in der Sonne und trank seinen Grand crème, in der anderen versammelten sich die Stammkunden abends. Das war die Bar, über die Marie-Theres gebot und die in Deutschland jeden Vertreter eines Gewerbeaufsichtsamts in den Wahnsinn getrieben hätte.

»Chez Marie-Theres« war nicht viel mehr als ein größeres Wohnzimmer, erweitert durch Tische und Stühle draußen vor der Tür, unter den Platanen. Die Küche bestand aus einer Mikrowelle und einer Geschirrspülmaschine. Die Bar verfügte immerhin über zwei Zapfhähne, einen für Bier und einen für Cola, und über eine nicht sehr hygienisch wirkende Spüle. Die Toilette beschränkte sich auf ein Stehklo für alle, hinten im Hof. Über der Bar hing eine blau blitzende Leuchtröhre, eine Art elektrischer Stuhl für

Insekten, deren Leichen nach erfolgter Exekution im Bier oder in den Erdnussschälchen landeten. Geraucht wurde immer, von schweren Zigarren bis duftenden Joints. Entsprechend gut war die Stimmung, auch heute wieder.

Die Touristen saßen draußen, egal, wie das Wetter war, die brauchten das, wozu war man schließlich in Südfrankreich, *n'est-çe pas?* Die Einheimischen blieben drinnen und teilten sich die dicke Luft, also auch Tori, obwohl der Dunst aus Zigaretten, Schweiß und Fusel eine Qual für ihre empfindliche Nase war. Sie nickte Jérôme zu, dem Mann von der Müllabfuhr, der mit gerötetem Gesicht und blitzenden Brombeeräuglein auf die Apothekerin einredete, die aussah, als ob sie gleich einschlafen würde.

Paulette Teissier war klein und blass, trug ihre mausbraunen Locken streng zurückgestriegelt und wirkte mit der rechteckigen Brille im dünnen Goldrand irgendwie akademisch. Hoffentlich empfahl sie Jérôme etwas gegen seinen Bluthochdruck – wovon er zu viel hatte, davon besaß sie zu wenig. In der Ecke, am Schachtisch, saßen der Bäcker und ein Mann, den Tori nicht kannte. Der Bäcker war spindeldürr und berufsbedingt mehlweiß im Gesicht, sein Gegenüber trug stoppelkurze blonde Haare und wirkte durchtrainiert. Ein Fahrradfahrer, höchstwahrscheinlich.

Ab März traten sie in Pulks auf, behelmte Männer mit strammen, rasierten und geölten Waden in eng anliegenden Fahrradhosen und schreiend bunten Trikots, seit sich herumgesprochen hatte, dass die Größen des Radsports steile Steigungen, enge Kurven und atemberaubend schnelle Abfahrten nicht mehr auf Mallorca, sondern in den Cevennen trainierten.

Nico saß auf einem Barhocker an der Theke, halb verdeckt von Marie-Theres, die sich tief über ihn gebeugt hatte. Gleich erschlägt sie ihn mit ihren Brüsten, dachte Tori und lächelte sie extra freundlich an. Es war ratsam, sich mit Madame gut zu stellen, sonst bekam man nichts zu trinken.

»Tori, du Trost meiner müden Augen!« Nico zwinkerte ihr zu.

War er schon betrunken oder tat er nur so?

»Komm, setz dich zu mir!« Marie-Theres machte brav Platz, watschelte zurück an die Bar, stellte zwei Gläser auf den Tresen und goss aus einer großen Flasche ohne Etikett Rosé hinein. Nico küsste Tori links, rechts und wieder links auf die Wange und reichte ihr eins der Gläser.

»Danke. Das habe ich gebraucht.« Sie hob ihr Glas und prostete erst Marie-Theres und dann Nico zu.

Rosé war das Einzige, was man in dieser Kneipe trinken konnte, es sei denn, man desinfizierte sich gleich mit schweren Schnäpsen. Zwar misstraute sie der ausgefransten Bürste in der Spüle zutiefst, über die Marie-Theres jedes Glas ein-, zweimal stülpte, bevor sie es füllte, aber man durfte sich hier keine Pingeligkeit erlauben.

»Schön, dass du da bist, *ma chère*. Dann muss ich nicht allein hier rumsitzen. Eigentlich wollten Francis und Patrick kommen, sogar Ihre Großartigkeit Commandant Masson hatte sich angesagt.«

»Nanu? Gibt es einen besonderen Anlass?«

»Heute sollte Frankreich gegen Albanien spielen, kriegst du denn gar nichts mit von den wirklich wichtigen Dingen des Lebens? Danach wollten wir entweder den Sieg über die armen Würstchen feiern oder die Niederlage gegen die blutrünstigen Barbaren betrauern, das gehört sich schließlich so.«

»Wieso kommt Masson denn heute schon?« Es war doch erst Donnerstag, oder? Tori verlor ihr Zeitgefühl, jeden Tag mehr. Noch ein Grund, endlich etwas zu unternehmen.

»Wir sind in Frankreich, Dummchen. Da gibt es die 35-Stunden-Woche, auch bei der Polizei, und kein Ganove würde es wagen, während eines Länderspiels ein Kapitalverbrechen zu begehen.« Nico lächelte, aber die kleine blaue Ader an seiner Stirn pulsierte. Frankreich war für ihn das Land der organisierten Faulenzerei und an Serge Masson ließ er dieses und andere Vorurteile am liebsten aus. Sie kannte das schon.

Serge Masson war Commandant de Police in Privas, einem Städtchen, das eine gute Stunde entfernt in den Bergen lag, wohnte aber in der Nähe, in einem prächtigen Hof hoch über der Beaume, weshalb er jede freie Minute dort verbrachte. Verständlich, fand Tori und leerte ihr Glas.

»Noch eins?«

Sie nickte.

Marie-Theres goss aus der großen Flasche nach. Bei ihr gab es Wein in Weiß, Rot oder Rosé, ohne weitere Spezifikation, und keinen Eichstrich am Glas, wozu auch? Sie schüttete die Gläser immer voll bis zum Rand, der Wein war dafür, dass er eher billig schmeckte, teuer genug.

»Wo bleiben deine Kumpels? Und wann beginnt das Fußballspiel – damit ich rechtzeitig wieder gehen kann?«

»Ach Tori«, antwortete Nico mürrisch. »Du bist wirklich nicht von dieser Welt. Das Spiel ist abgesagt. Eine Bombendrohung. Wahrscheinlich hat sich wieder irgendein Idiot einen bescheuerten Scherz erlaubt. Andererseits …« Er hob die Hände und ließ sie wieder auf den Tresen fallen.

Andererseits musste man auf alles gefasst sein hier in Frankreich, seit dem Anschlag islamischer Fanatiker auf die Satirezeitschrift »Charlie Hebdo« und auf eine Pariser Diskothek. Tori fürchtete nicht um sich, hier in der Provinz, aber es schmerzte, zuzusehen, wie Frankreich sich veränderte.

»Besser auf Nummer sicher gehen«, murmelte Nico. »So leid es einem tut.«

»Ich verstehe den ganzen religiösen Wahn nicht«, sagte Tori.

»Ich auch nicht. Ich hatte gedacht, wir hier in Europa hätten das hinter uns. Mir graut vor Menschen, die meinen, im Besitz der Wahrheit und des wahren Glaubens zu sein.«

»Mir auch.« Sie stieß mit Nico an, eine Sitte, die sie mochte und die in Frankreich ungebräuchlich zu sein schien. »Woher weißt du eigentlich so viel über unsere örtlichen Fanatiker, die Kamisarden?«

Nico grinste. »Du wirst es nicht für möglich halten: aber ich lese Bücher. Und ich höre zu.« Sein Grinsen verflog. »Ich höre schon mein ganzes Leben lang zu.« Er sah nicht glücklich aus bei diesem letzten Satz, doch Tori traute sich nicht, nachzuhaken. Nico gab selten etwas von seinem Seelenleben preis und wich allen Fragen nach seiner Vergangenheit aus. Sie respektierte das, aber manchmal wünschte sie sich mehr Offenheit. Nein: sie wollte, dass er ihr vertraute.

Halb Belleville schien sich bei Marie-Theres zum Fernsehen verabredet zu haben, doch jetzt, wo das Fußballspiel abgesagt war, schaute niemand mehr zum Bildschirm. Die Gesprächsfetzen, die sie mitbekamen, ließen auf erhitzte Debatten schließen über den Terror und den

Islam und vor allem über die Schlappschwänze der Regierung in Paris.

»Gibt's was Neues von eurem verschwundenen Holländer?«

Sie schüttelte den Kopf. »Nein. Aber irgendwie habe ich ein ungutes Gefühl. Eva nimmt die Angelegenheit zu leicht, finde ich. Wer sich für Höhlen interessiert, kann auch mal hineinfallen. Das wäre ja nicht das erste Mal.«

Sollte sie ihm sagen, dass sie glaubte, die Sehnsucht zu begreifen, die manchen in den Untergrund trieb? Dass es die frühen Kathedralen der Menschheit waren, die sich da unten auftaten? Nein. Er würde das nicht verstehen.

»Was, wenn er einen Unfall hatte? Man sollte nach ihm suchen.«

»Wenn du meinst. Da kommt sie schon, die Polizei, dein Freund und Helfer«, antwortete Nico.

Serge Masson, Commandant de Police, quetschte sich zwischen zwei unschlüssig die Tür blockierenden Touristen hindurch in den Gastraum, eine unangezündete Zigarette zwischen den Lippen. Bei Marie-Theres kümmerte sich niemand groß um das Rauchverbot, aber der Vertreter der Staatsgewalt glaubte sicher, er müsse wenigstens den Anschein wahren.

»Hallo, Hüter des Gesetzes!«

»*Bonsoir,* Fahnenflüchtiger.« Er nickte Tori zu. »Madame!«

»Du kommst vergebens, Serge. Das Spiel ist abgesagt.«

»Umso besser«, knurrte Masson. »Dann kann ich draußen in Ruhe eine rauchen.«

»Dürfen wir uns dir anschließen?« Nico deutete eine höfliche Verbeugung an.

»Mit dem größten Vergnügen, *cher ami,* wenn du erlaubst, dass ich mich zunächst mit einem Getränk versorge.« Masson dienerte ebenso höflich zurück.

»Das erledige ich schon. Das Übliche, nehme ich an. Geht schon mal raus, ihr beiden.«

Der Stehtisch vorm Eingang war frei, der für die Raucher gedacht war, die sich ans Rauchverbot hielten, und das tat sonst niemand. Masson hielt sein Feuerzeug an die Zigarette, inhalierte und stieß den Rauch wieder aus, manierlich an Tori vorbei, die fasziniert auf seine nikotingelben Finger starrte. Er rauchte in hastigen Zügen, wie ein Süchtiger, das passte gar nicht zu dem Mann, der stets etwas steif und unaufgeregt wirkte.

»Hat Tori es dir schon erzählt?« Nico war zurück mit drei Gläsern Rosé auf einem Tablett. »Eva von der Domaine Fayet ist ein Feriengast abhanden gekommen.«

»Bedauerlich.« Masson schnippte die Asche am Aschenbecher vorbei.

»Was macht man da?«

»Nichts.« Sein Blick ging hoch zu den Platanen, in denen bunte Glühbirnen hingen.

»Sollte Eva das nicht anzeigen?«, fragte Tori zögernd.

Der Polizist zuckte mit den Schultern. »Wenn es ihr Spaß macht.«

»Dem Mann könnte etwas passiert sein. Er scheint sich für Höhlen zu interessieren«, sagte Nico.

Masson hob beide Hände gen Himmel, in der einen die Zigarette, in der anderen das halb geleerte Glas. »Na und?«

»Wie na und? Das sagt die Polizei?« Nicos Augen funkelten kampfeslustig. Tori kannte das schon, die beiden stritten sich eigentlich immer, wenn sie sich sahen.

Masson stellte das Glas zurück auf den Tisch und schob den Kopf mit der scharfen Nase vor. »Du glaubst doch nicht ernsthaft, dass wir uns auch darum noch kümmern können? Um all diese Idioten und Milchbubis, die sich auf den Spuren des großen Jean-Marie Chauvet auf die Suche nach einer weiteren Weltsensation machen? Die ohne vernünftiges Equipment in jedes Fuchsloch steigen, sich was brechen oder abstürzen oder fast ersaufen? Und die ganz selbstverständlich davon ausgehen, dass die französische Polizei sie aus dem selbst verschuldeten Schlamassel wieder rausholt?«

»Es ist nun einmal Aufgabe …«

»Erzähl mir nichts von unseren Aufgaben.« Masson zeigte mit der fast heruntergebrannten Zigarette auf Nicos Nase. »Unsere Leute holen täglich irgendeinen Irren aus dem Wasser, der in ein Kanu steigt, obwohl er vom Kanufahren nichts versteht. Wir pflücken Kletterer aus der Wand, die nicht mehr vor oder zurück können, wir schicken unsere Hubschrauber zu abgestürzten Paraglidern, wir lassen Suchhunde von der Leine, weil Eltern auf ihre Kinder nicht aufpassen können. Als ob wir nichts Besseres zu tun hätten.«

»Habt ihr doch auch nicht. Außer vielleicht …« Nico lächelte, ein Lächeln, das sich nicht zwischen Zähnefletschen und freundlicher Annäherung entscheiden konnte. »Außer vielleicht am Kreisverkehr zu stehen, um zu schauen, ob alle Autoinsassen auch brav ihren Gurt angelegt haben.«

»Du verwechselst da was, *cher ami*. Für die Verkehrskontrolle bin ich nicht zuständig.«

»Schade eigentlich. Die Kerle von der Gendarmerie haben immer so schicke Uniformen an!«

Die beiden nervten. »Ohne Tourismus wäre hier viel Natur, aber sonst nix los«, sagte Tori und wusste im selben Moment, dass sie sich besser nicht eingemischt hätte.

»Ohne Tourismus hätte ich meine Ruhe«, knurrte Masson.

Das war ein Stichwort nach Nicos Geschmack. »Ist das nicht ein wenig egoistisch gedacht? Wovon sonst sollen denn die Leute hier leben, wenn nicht vom Tourismus? Vielleicht müssten sie das nur endlich mal begreifen. Menschen in Ferienlaune möchten schon nachmittags ihren Wein trinken, ohne hochnäsig auf die Öffnungszeiten des Restaurants verwiesen zu werden. Ohne die Konkurrenz von Lidl würde noch heute jeder französische Supermarkt zwischen 12 und 14 Uhr zumachen, und ...« Er geriet in Fahrt.

Tori lächelte in sich hinein. Tatsächlich herrschte fast überall sonst in der Mittagszeit Friedhofsruhe, das Mittagessen war den Franzosen seit Olims Zeiten heilig, und daran würde sich so bald nichts ändern.

Serge Masson zündete sich umständlich die nächste Zigarette an und blickte an ihnen vorbei auf die Menschen in ihren Anoraks und mit ihren Wanderstöcken, die draußen an den Tischen saßen und anstandslos den »Landwein« von Marie-Theres zu sich nahmen.

»Was den verschwundenen Holländer betrifft ... Vielleicht könnte man Eva einen Rat geben?« Tori versuchte, Masson charmant anzulächeln.

Der zertrat die gerade mal angerauchte Kippe auf dem Boden und drückte Nico sein leeres Glas in die Hand. »*Mais oui,* nur zu, warum nicht.« Er tippte sich mit dem Finger an die Stirn und ging.

Tori blickte ihm hinterher. Die lange, dürre Gestalt hielt sich kerzengerade. »Müsst ihr euch eigentlich immer streiten?«

»Ja. Du siehst doch, was dabei herauskommt, wenn man

einen französischen Polizisten bittet, seine Pflicht zu tun. Die muss man alle zum Jagen tragen.« Nico nahm ihre leeren Gläser und ging zurück in den Gastraum, der sich langsam füllte, Tori folgte.

»Und jetzt?«

»Vergiss den Holländer. Kümmere dich lieber um dein Projekt.«

Tori zögerte. Sie hatte das Flugblatt überflogen, das der Metzger ihr in die Einkaufstüte gelegt hatte. »Belleville plant eine Ausstellung über die Geschichte des Ortes, das ist ein guter Anknüpfungspunkt. Vielleicht sollte ich mit der Geschichte des Maison Sarrasine anfangen?«

»Sehr gut. Komm mit, da drüben sitzt der Richtige dafür. Didier Thibon. Der gehört zum Urgestein von Belleville.«

9

Solange er die Schmerzen gespürt hatte, war alles gut. Solange er wütend gewesen war. Solange er gebrüllt hatte, unsinnige Worte und Sätze wie »Hilfe!«, »Holt mich hier raus!« oder »Hilft mir denn niemand?«. Solange er noch Hoffnung gehabt hatte.

Mittlerweile wusste er, dass seine Lage hoffnungslos war. Der ziehende, reißende Schmerz in seinem Bein war einem Hämmern und Klopfen gewichen, das zu einem brüllenden Stakkato wurde, wenn er seinen Platz an der Felswand verließ und zum Bach robbte, um zu trinken. Hunger hatte er schon seit Tagen nicht mehr. Er wusste, dass man ohne Nahrung lange durchhalten konnte, ohne Wasser aber noch nicht einmal eine Woche überlebte.

*Ohne Wasser wird das Blut salzhaltiger und die Kalium-
konzentration nimmt zu, dass wusste er noch aus seinem
praktischen Jahr. Der Blutdruck sinkt, das Gehirn wird
nicht mehr vernünftig versorgt, es folgen Schwindel- und
Schwächeanfälle, und irgendwann geben die Nieren auf
und vergiften den Körper. Je mehr Kalium im Blut, umso
eher Herzstillstand. Was in seinem Fall eine Erlösung
wäre.*

*Warum er dennoch täglich trank, obwohl er wusste, dass
er ja doch sterben würde und sich das Elend dadurch nur
verlängerte? Er hatte die Hoffnung längst aufgegeben –
aber sein Körper nicht.*

*Sein Körper war auf Überlebenskurs. Er bekämpfte
das Gift, das von seinem Bein ausging, das hart und ge-
schwollen war wie ein Autoreifen, mit Fieberschüben und
Schüttelfrost, im Gefolge jagender Atem und Herzrasen.
Manchmal schaltete er alle Systeme einfach ab, ein Ge-
schenk des Himmels, so konnte sein einstmaliger Besitzer
wenigstens schlafen. Das war besser, als mit dem Schicksal zu hadern oder zu grübeln oder sich mit der nutzlosen
Frage zu beschäftigen, wie viele Tage er schon hier unten in
absoluter Dunkelheit lag.*

*Sein Körper hatte die Macht übernommen. Er wusste
nicht, dass solche Mühe vergebens war.*

10

Wie alt der alte Didier war, war schwer zu sagen. Tori
glaubte, dass die Männer des Vivarais mit vierzig ihre Phy-
siognomie ausgeformt hatten, die sie dann bis ans Ende
ihres Lebens behielten. Das Ende ließ in dieser Gegend

meist lange auf sich warten, wovon jeder Friedhof zeugte. Didier trug eine Baskenmütze, rechts und links davon kräuselten sich Büschel weißer Haare. Das Gesicht glich einer zerklüfteten Mondlandschaft, die Nase knollig und rot von geplatzten Äderchen, wie es sich für einen treuen Trinker gehörte, die Lippen trocken und rissig, weshalb er sie ständig benetzen musste, jedenfalls ließ er die Hand nicht vom Glas mit einem kläglichen Rest Rosé.

Marie-Theres füllte ihre Gläser nach und stellte ein Glas mit einer brausepulvergrünen Flüssigkeit vor den Alten.

»Didier, das lebende Geschichtsbuch des Vivarais«, sagte Nico. »Ein Gläschen Chartreuse auf dein Wohl. Dürfen wir uns zu dir setzen?«

Didiers dunkle Äuglein leuchteten. »Was für eine Überraschung! Na klar, setzt euch, ihr zwei. Tag, Nico. Willkommen, schöne Frau!« Der Alte neigte den Kopf.

Tori nickte zurück. Sie fühlte sich nicht ganz wohl, sie tat sich schwer, was die Kommunikation mit den Eingeborenen betraf, insbesondere dann, wenn sie nur noch so wenige Zähne im Mund hatten wie der alte Didier. Der örtliche Dialekt war eine Mischung aus okzitanischem Patois und französischem Genuschel, ihr Schulfranzösisch half da wenig. Wein hieß »Väng«, Brot nannte sich »Päng«, das immerhin lernte man schnell. Auch, dass man »Uä« sagte statt »Oui«. Der traditionelle Name der Eingeborenen lautete bezeichnenderweise »Mondjo chabro« – Ziegenkäsefresser.

Bereits in Joyeuse begann Okzitanien, die Straßen waren zweisprachig beschildert. Okzitanisch sprach zwar kaum noch einer, aber es war seit einigen Jahrzehnten Mode geworden, sich zum historischen Erbe zu bekennen. Tori mochte das, jedenfalls in sentimentalen Momenten.

»Herzliches Beileid.« Didier legte sein Gesicht in bekümmerte Falten und griff nach Toris Hand. »Du bist doch die Frau, die ihren Mann verloren hat?«

Tori nickte. Was sollte sie darauf schon antworten?

»Es gab einen kleinen Aufstand bei uns, als dein Mann das Haus von Marguerite Chastagne kaufen wollte. Ein *Boche* und eines der ältesten Häuser des Dorfs! Aber als wir hörten, dass er von den Kindern Gottes abstammt ... und dass seine Familie einst in unserer schönen Gegend lebte ...« Er nippte an dem grässlich grünen Getränk.

Daran hatte Tori noch gar nicht gedacht – dass sie deshalb willkommen gewesen sein könnten, weil Carl hugenottische Vorfahren hatte. War Belleville noch immer ein Rebellendorf?

»Euer Haus stammt aus dem 15. Jahrhundert, wird erzählt. Vielleicht ist es sogar noch älter. Der Schornstein, den hier alle kennen, ist ein *cheminée sarrasine*, es ist der einzige, den es in Belleville gibt.«

Sie wusste, dass ihr Haus nach seinem Schornstein hieß: Auf dem Dach des wahrscheinlich ältesten Teils ihrer Burg stand eine Art umgekehrte Schultüte, ein hoher, runder Turm, dessen Spitze durchbrochen war wie die Öffnungen eines Taubenschlags.

»Das wollte ich immer schon mal wissen: Woher kommt der Name? Hat das was mit den Sarazenen zu tun?«

Didier wiegte den Kopf. »Die einen sagen, die Erbauer des Hauses hätten die Idee für einen solchen Schornstein von den Kreuzzügen mitgebracht.«

»Meine Güte, das wäre im 12. oder 13. Jahrhundert gewesen!« Nico schüttelte ungläubig den Kopf.

Didier ließ sich davon nicht beirren. »Na ja, auch in der Bresse soll es solche Schornsteine geben. Jedenfalls dürften die ersten Besitzer des Hauses aus dem Norden gekommen sein, Wollhändler, sagt man. Irgendwann gehörte es dann Marguerite Chastagne, der Schwiegermutter unseres vorvorigen Bürgermeisters. Sie hieß Champenard, bevor sie den Nichtsnutz Chastagne geheiratet hat, den vermisst hier niemand.«

Marie-Theres füllte sein Glas diskret auf.

»Marguerite wollte erst nicht raus aus der Bruchbude, wie alte Leute so sind, aber schließlich ist sie doch nach Les Vans ins Altersheim umgezogen.«

»Und dann? Stand das Haus leer?«

»Nein, ein Fotograf wohnte da zur Miete, er wollte es zwar kaufen, aber die alte Dame mochte sich von ihrem Besitz nicht trennen. Erst als sie dann tot war …« Er zuckte mit den Schultern.

»Ja, das hat uns der Makler erzählt, die Erbengemeinschaft wollte das Haus loswerden, ein Haus konnten sie sich schlecht teilen. Unser Glück.«

Didier nickte. »Um 1900 wurde das Haus umgebaut. Das, was jetzt die große Terrasse ist, gehörte ursprünglich zum Dachgeschoss eines anderen Hauses. Dessen Eigentümern wurde es zu dunkel, als die Leute auf der anderen Straßenseite ihre Hütte aufstockten. Da wurde dann kurzerhand das Haus oben abrasiert, aber das weißt du ja sicher. So macht man das hier.«

Ja, das wusste Tori. Alle Häuser in Belleville waren auf die eine oder andere Weise im Laufe der Jahre zusammengebacken worden, nur die jüngeren folgten einem vorgefassten Plan. Der jüngste Teil ihres Hauses musste um 1904 entstanden sein, so stand es jedenfalls auf dem First.

»Und die Champenards waren Hugenotten?«

»Schon möglich. Wir sind hier schließlich im Land der Rebellen.« Er richtete sich auf, als ob er Haltung annehmen wollte.

»Komm, Didier«, sagte Nico spöttisch. »Nach dem Ende der Kamisarden-Kriege Anfang des 18. Jahrhunderts gab es hier keine Kinder Gottes mehr. Entweder waren sie ausgewandert oder bekehrt.«

Didier wiegte den Kopf und lächelte, als wüsste er das besser.

Oder sie waren in den Untergrund gegangen, dachte Tori. »Und was ist aus denen geworden, die geblieben sind und sich versteckt hielten?«, fragte sie.

Didier blickte sie an, ein Blick aus wachen, blitzenden Augen. »Verstecke gibt es bei uns genug. An jedem Dorfausgang mindestens eine Grotte.«

Nico tätschelte den Arm des Alten. »Didier hat jahrzehntelang seine Schafherden über die *Gras* getrieben. Bis hoch zum Pont d'Arc hat er seine Ziegen gebracht. Der kennt die Gegend wie seine Westentasche. Und vor allem kennt er jede Höhle, in der seine Tiere bei schlechtem Wetter Schutz finden konnten. Stimmt's, Didier?«

»Na ja.« Der Alte hob das Glas und nickte ihm zu. »Vielleicht nicht jede.«

»Woran erkennt man überhaupt, ob man es mit einem Loch, einem Schacht oder einer Höhle zu tun hat?«, fragte Tori. Sie hatte das Kalksteinplateau mit seinem Gestrüpp aus Buchs und Wacholder vor Augen, dazwischen bizarre Felsformationen, herausgewaschen aus dem weißen Stein. Überall gab es Löcher und Kuhlen, Öffnungen, die vielleicht in die Tiefe führten, wahrscheinlich aber nirgendwohin.

»Alles eine Frage der Nase.« Didier tippte sich an die

Nasenspitze. »Man braucht einen guten Riecher.« Er reckte seinen Kolben und sog die Luft ein. »Manchmal reicht ein Luftzug aus dem Geröll, aus einem Fuchsbau, aus einem Erdloch. Und dann ist da der Geruch. Ein ganz spezieller Geruch.«

»Ein Geruch. Soso. Dazu muss man wohl eine Nase haben wie du.« Nico grinste spöttisch.

Didier leerte sein Glas und schmatzte genießerisch. »Genau. Ich frage mich nur, was ihr bloß alle habt mit euren Höhlen und Gruben? Scheint ja neuerdings ein ganz großes Thema zu sein. Alle auf der Suche nach dem Einhorn, oder?«

Nico winkte Marie-Theres, die mit der Flasche Chartreuse herüberkam und dem Alten nachschenkte. »Wir sind nicht alle.«

»Alle wollen eine hübsche geräumige Höhle finden, in die seit Tausenden von Jahren niemand mehr eingedrungen ist, und dort ein paar Krakeleien unserer Vorfahren entdecken, ist doch so.« Didier fixierte Tori. »Weißt du, wie viele Höhlen es hier in unserer wunderschönen Gegend gibt?« Er schob sein Gesicht nah an ihres heran. Fauliger Atem und der saure Geruch nach ungewaschener Kleidung eines alten Mannes. Sie hielt die Luft an und versuchte, nicht allzu deutlich auf Abstand zu gehen.

»Über tausend. Weit über tausend. Prächtige Verstecke für Mörder und Verbrecher. Für Rebellen und Religiöse. Für Schmuggler und Diebe. Für Köhler und Schäfer, für Schafe und Ziegen. Und in wie vielen findet man diese Malereien, über die alle reden?« Er hob den Zeigefinger. »Eben. In den meisten gibt's nur Schafscheiße und ein paar Skelette. Von Hunden und Schafen. Das hab ich auch dem jungen Holländer gesagt.«

»Was ich gern wissen würde ...« Tori stockte, aber Nico war schneller.

»Du hast mit dem Holländer geredet? Mit diesem Adriaan?«

»Ein verdammt neugieriger Kerl, kann ich euch sagen.« Didier zwinkerte Tori zu. »Was der alles wissen wollte. Als ob ich ausgerechnet einem Fremden erzählen würde, wo unsere Schande begraben liegt.«

»Welche Schande?«

Didier lächelte und nickte, aber er antwortete nicht.

»Was feiert ihr drei Hübschen eigentlich?« Marie-Theres stemmte die fleischigen Arme in die Seiten. »Wer übernimmt nachher die Rechnung? Didier, du hast noch einen Deckel von letzter Woche!«

Nico legte den Arm um ihre füllige Hüfte und zog sie an sich heran. »Ich regele das schon, *chérie,* mach dir keine Sorgen!« Madame gab ihm einen Klaps und zog ab.

Didier sah ihr versonnen hinterher. »Die Camisards. Ja. Sie hatten ihre geheimen Treffpunkte und ihre geheimen Zeichen.«

»Gaunerzinken?« Nico grinste.

Der Alte seufzte tief auf und schüttelte den Kopf. »Die Zeichen der Rebellen, du ungläubiger Hundesohn.«

»Was für Zeichen?«

Didier klatschte in die Hände und lachte, mit weit geöffnetem Mund. »Wenn ich sie verraten würde, wären sie ja nicht mehr geheim, oder?«

Sprach der Alte lauter? Oder waren die Menschen um sie herum plötzlich schweigsam geworden? Tori blickte auf in gerötete Gesichter. Selbst das Gesicht des sonst so bleichen Bäckers leuchtete. Doch schon senkten sich die Köpfe wieder, nur der Mann, mit dem der Bäcker Schach gespielt hatte, starrte sie unverwandt an. Sekunden später fingen alle wieder an zu reden, vielleicht ein bisschen lauter und hastiger als zuvor.

»Wir sind die Nachfahren der Rebellen«, flüsterte der alte Didier. »Wir hüten ihre Geheimnisse. Und« – er legte den Zeigefinger an seine Nase – »und die Geheimnisse unserer Väter.« Seine Augen blitzten. »Man muss in die Tiefe gehen. In die Stollen und Schächte, wenn man wissen will ...«

»Jetzt ist es aber genug!« Vor ihrem Tisch hatte sich ein junger Mann aufgebaut, sah den Alten streng an und wies mit dem Kopf zum Ausgang.

»Mein Neffe«, sagte Didier und stand auf, ein wenig unsicher auf den Beinen. »Ihr entschuldigt mich.«

Tori nahm für die Fahrt nach Hause vorsichtshalber den Promilleweg, eine ziemlich abenteuerliche Abkürzung, die über eine schmale Brücke über der Beaume führte. Als sie das Auto unten an der Straße parkte, hörte sie den Hund. Es klang wie ein Begrüßungslaut.

»Geduld, Kleine«, flüsterte sie durchs Gartentor. »Ich bin gleich wieder da.«

Sie lief hoch zum Haus, holte die Tüte mit den Fleischresten aus dem Kühlschrank und lief durch die Ruelle wieder hinunter. Der Alkohol machte sich bemerkbar, aber die kühle Nachtluft tat gut.

Sie blickte sich um, bevor sie das Gartentor öffnete. July erwartete sie mit gereckter Schnauze und bewegtem Schwanz. Tori füllte Wasser in ihre Schüssel und hielt ihr auf der flachen Hand ein Stückchen Schinken hin. Sie nahm es mit weicher Schnauze, unendlich vorsichtig, und schlang es dann umso gieriger herunter. Tori legte den Rest in die Schüssel und sah July beim Fressen zu. Nach dem letzten Bissen schaute der Hund auf.

»Verdauungsspaziergang?« July antwortete mit aufgestellten Ohren und wedelndem Schwanz.

Sie nahmen den gewohnten Weg den Hang hinauf. Der Mond lag matt hinter Schleierwolken, der Sternenhimmel verblasste unter dem dünnen Schleier, der sich langsam über alles senkte. Kein Windhauch ging, es lag ein Geruch nach Wüstensand in der Luft. Tori spürte das herannahende Unwetter mit allen Sinnen, selbst der Hund schien nicht so unbekümmert wie in der Nacht zuvor.

Schweren Herzens drehte sie um, sperrte July wieder ein und ging hoch ins Haus und ins Bett.

Stunden später wachte sie von einem tiefen Orgelton auf. Es war stockfinstere Nacht und es stürmte, wie es nur am Rande der Cevennen stürmen konnte. Die Straßenbeleuchtung war ausgefallen, also war das Stromnetz mal wieder zusammengebrochen, sie kannte das schon. Sie lauschte dem Wind, der mit gleichbleibender Wucht durch die Straßenschluchten fuhr, gegen die Steinmauern der Häuser anstürmte und die Dachziegeln zum Tanzen brachte.

Der Mantel der Geschichte braucht mehr als ein Lüftchen, um in Bewegung zu geraten, dachte sie noch, bevor sie wieder einschlief.

11

Jemand hämmerte ans Haustor. Tori liebte keinen Besuch, der unangemeldet kam, schon gar nicht, bevor sie den ersten Kaffee ausgetrunken hatte. Sie lief unwillig hinunter und entriegelte das Tor. Davor stand Hugo, der Nachbar aus dem Haus über ihr, ein gutaussehender Herr mit dichtem weißem Haarschopf, aber heute mit leicht gerötetem Gesicht und ohne den Charme, mit dem er sie sonst bedachte.

»Das ist gefährlich, Madame. Es hätte jemanden treffen können. Das kann tödlich sein. Und was dann?«

Sie hatte keine Ahnung, wovon er sprach.

»Sehen Sie! Da!«

Er deutete mit dem Finger auf die Straße unter ihrer Terrasse. Ein zerbrochener Blumentopf lag am Straßenrand, daneben der Oleander, den sie erst vor Kurzem in den Topf gesetzt hatte. Der Sturm hatte ihn von der Terrasse geweht.

»Um Himmels willen, Sie haben recht, so etwas darf nicht passieren!« Sie entschuldigte sich reumütig und holte Besen und Kehrblech. Der Topf war dahin, aber das Oleanderstämmchen war noch zu retten. Leise fluchend kehrte sie Scherben und Erde auf, wobei ihr auffiel, dass nicht alle Scherben von dem Blumentopf stammen konnten. Einige sahen nach heruntergewehten Dachziegeln aus.

Sie schüttete die Scherben in den Müll und stellte das Oleanderstämmchen im Hof sicher. Jetzt hatte sie einen Kaffee noch nötiger. Es würde ihr nichts anderes übrig bleiben, als auf den Dachboden zu steigen, den Schaden zu besichtigen und, wenn irgend möglich, zu beseitigen. Der Vormittag war gründlich verdorben.

Der Kaffee war kalt. Sie machte sich einen neuen und trank ihn im Stehen. Es hatte keinen Sinn, sich vor dem Notwendigen zu drücken.

Zum Dachboden gelangte man über eine Leiter hinter einem riesigen alten Schrank, der im Flur zu den Schlafzimmern stand. Sie vermied es normalerweise, hinaufzuklettern, es hatte sich schon einmal eine Stufe der hastig zusammengezimmerten Leiter unter ihrem Fuß gelöst, aber es musste ja sein. Selbst ist die Frau. Manchmal ging ihr dieser Spruch entsetzlich auf die Nerven.

Sie stieg mit aller Vorsicht hoch, stieß die Luke auf und wartete, bis der Staub sich gelegt hatte. Unter der Dachschräge stand die Luft, die nach nassem Holz und Mörtel roch.

Carl und sie hatten sich immer wieder vorgenommen, den Dachboden von alten Bettgestellen, Mäuseskeletten und dem Staub der letzten 200 Jahre zu säubern, aber sie hatten das Vorhaben stets erfolgreich verdrängt. Wichtiger wäre ohnehin, das morsche Dach neu decken zu lassen, es regnete immer wieder durch.

Elektrisches Licht gab es hier nicht, aber ein Fenster, das zur Südseite hinausging, ließ genug Helligkeit herein. Sie sah sofort, wo der Sturm eine Lücke in die Ziegelreihen gerissen hatte: am Schornstein, dem Wahrzeichen des Hauses, den der alte Didier *»cheminée sarrasine«* genannt hatte. Der Name war prächtiger als der Schornstein selbst, doch französisch sah er wirklich nicht aus: über einem Sockel aus Klinker erhob sich ein runder Turm mit einem beachtlichen Durchmesser, darauf eine spitz zulaufende Haube mit Öffnungen auf drei Etagen. Dass der Turm einst blau angestrichen war, sah man an den Spuren an seinem Sockel.

Tori nahm drei Ziegel von dem Stapel unter der Dachschräge, ein Vorrat, den irgendjemand vorsorglich angelegt hatte, der das Problem kannte: bei Sturm, insbesondere bei scharfem Mistral, flog öfter mal was vom Dach. Es war noch auf alte Weise gedeckt, mit »Nonne und Mönch«, wie man die halbzylindrischen Ziegel nannte. Die Hälften wurden wie eine offene Schale auf die Dachlatten gelegt, eine weitere Lage, umgekehrt darübergelegt, verband sie miteinander. Klar, dass die Nonnen unten und die Mönche auf ihnen lagen. Tori stieg die Holzleiter hoch, die am Schornstein lehnte. Sie hatte schon Übung mit dem Flicken des Daches, die Sache war schnell erledigt.

Beim Heruntersteigen fiel ihr auf, dass nicht nur der Schornsteinsockel, sondern auch die Giebelwand Spuren von Farbe aufwies. Sie hatte die Schatten und Muster immer für Nässe und abgeblätterten Putz gehalten, auch Carl hatte die Wand nicht weiter beachtet, aber wenn man genauer hinsah, dann entdeckte man etwas, das eigentlich nur von Menschenhand gemalt worden sein konnte.

Kurzentschlossen stieg sie wieder hinunter und holte die Taschenlampe. Im Lichtstrahl der Lampe war deutlich zu sehen, dass jemand die Wand bemalt hatte. Rechts vom Fenster dominierten die Brauntöne. Zum Boden hin war ein Fries aus schräg angeordneten Streifen zu erkennen, Braun wechselte sich mit Dunkelblau ab. Darüber sah man Schemen in braunen Schattierungen.

Links vom Fenster waren die Malereien klarer. Tori glaubte einen Fries zu erkennen, der ein wenig an das blaue Zwiebelmuster auf klassischem Geschirr erinnerte. Auf der Spitze der Girlanden aus Blattwerk saß eine Art Nachtfalter, der an den Flügelspitzen und am Kopf kleine Kugeln trug.

Dann ging ihr Blick aufwärts. Über dem Fries hockte etwas, ein langgezogener Leib mit geschupptem Rücken, die Tatze erhoben, der Kopf zurückgeworfen, die Zähne gefletscht – ein Drache. Weiter oben, auffallend kräftig, hatte der Künstler eine Sonne gemalt. Die Sonne, die das Ungeheuer besiegt?

Sie wurde aus den Zeichnungen nicht schlau. Vielleicht täuschte sie sich, aber es sah ganz danach aus, als wären die Malereien durch den Dachboden abgeschnitten worden, als wären sie also nur der obere Teil eines weit umfangreicheren Bildes. Als ob sie im Zimmer unter dem Dachboden ihren Anfang nähmen.

Sie ging hinunter. Sie betrat dieses Zimmer nicht sehr oft, wofür es Gründe gab: hier war die Vergangenheit mit Händen zu greifen. Es war Carls Zimmer gewesen, obwohl es ursprünglich das Gästezimmer hatte werden sollen, falls einmal jemand zu Besuch käme. Sein Fenster verlieh dem Zimmer eine besondere Aura. Von innen gesehen waren es zwei schlichte, nebeneinander angeordnete Fenster mit breiten Simsen, auf denen man sitzen und hinausschauen konnte, so wie einst die jungen Frauen in ihren Hauben beim Sticken. Von außen aber sahen die beiden Öffnungen wie die Fenster einer Kapelle aus: Zwischen ihnen stand eine sechseckige Säule mit Kapitell, über ihnen waren zwei halbe gotische Rosetten in den Stein gemeißelt.

Was mochte das ursprünglich für ein Raum gewesen sein? Diente er wirklich als Kapelle? Oder bildete sie sich das nur ein, weil Carl in diesem Zimmer gelegen hatte, weiß und kalt, mit gefalteten Händen? Sie glaubte noch immer den Geruch der dicken gelben Kerze zu riechen, die der Bestatter entzündet hatte, der ihr Zeit zum Abschiednehmen hatte geben wollen. Vielleicht reichte der Raum einst bis zum Dachfirst, vielleicht war, was sie oben entdeckt hatte, Teil eines Bildes, das über die ganze Wand ging? Und wenn ja – wer hatte das Bild gemalt, was war darauf abgebildet und zu welchem Zweck?

Als Carl und sie das Haus besichtigten, waren die Wände des Zimmers verputzt gewesen, sie hatten sie nach ihrem Einzug streichen lassen. Gab es eine Möglichkeit, Farbe und Putz zu entfernen, ohne das, was darunter liegen mochte, zu zerstören?

Ihr wurde heiß vor Aufregung. Alles passte. Das Fenster, der Schornstein, die Malereien, vor allem die Sonne. Der seltsame Nachtfalter. Hatte es in ihrem Haus eine geheime Versammlungsstätte der Kamisarden gegeben? War hier einer der sicheren Orte gewesen, von denen sie gelesen hatte?

Sie durchforstete Carls Bibliothek. Ja, der stilisierte Nachtfalter konnte einen der vier Arme des Hugenottenkreuzes darstellen. Die Sonne musste die »Sonne der Gerechtigkeit« sein, wie sie im alten Testament beschworen wurde. Die Sonne, die den Drachen besiegte. Drachen. Dragon. Dragoner.

Ihre Augen brannten. Die Geschichte entwickelte einen Sog, der sie hinabzog, tief hinein in die Vergangenheit.

Kapitel II

I

Beim Bäcker Crespin standen sie an, als ob Winterschlussverkauf wäre. Tori brauchte eine Weile, bis zu ihr durchdrang, dass die Crespins ab morgen Urlaub machten. Das war offenbar ein elektrisierendes Gesprächsthema.

»Also in die Dominikanische Republik ... ich weiß ja nicht!« Die rappeldürre ältere Frau, der Tori manchmal beim Wandern am Toufache begegnete, hatte sich bereits gut versorgt, nach dem zu urteilen, was auf der Theke lag, aber sie dachte nicht daran, zu zahlen und zu gehen.

Die Bäckersfrau, Melanie Crespin, war nicht ganz so bleich wie ihr Gatte, sie trug ihre schwarz gefärbten Haare kokett als Pferdeschwanz und das Auffälligste an ihr war ein hervorstehender Schneidezahn, der ihr Lächeln ein wenig schief erscheinen ließ. Sie war auch an normalen Tagen nicht die Schnellste, doch jetzt stützte sie sich in aller Gemütsruhe mit beiden Armen auf die Theke und führte aus, dass es in der »Dom Rep« ganz wunderbar sei und man nicht alles glauben solle, was in den Gazetten zu lesen war. Allgemeines zustimmendes Raunen. Niemand hier glaubte, was in der Zeitung stand.

In Belleville hielt man nichts von der gottlob weit entfernten Regierung in Paris, das war Tori seit Langem klar, und schon gar nichts von den Hauptstadtzeitungen, man las höchstens den Dauphiné, bevor man ihn zum Einwickeln oder Feueranmachen benutzte. Menschen, die bei Francine im Café hockten und Le Monde in den Händen hielten, waren unter Garantie Touristen.

»Aber so weit weg! Das muss doch teuer sein!«

»Man muss nur den richtigen Zeitpunkt abpassen!« Mme Crespin setzte zur Erörterung aller Mittel und Wege an, mit denen man sich Schnäppchenpreise sichern konnte. Das war nicht nur Tori zu viel, auch andere Kunden begannen unruhig zu werden. Ein älterer Herr, der schon in der Tür stand, überblickte die Lage, drehte um und ging wieder.

»Das wäre dann alles«, sagte die Kundin endlich und wühlte in ihrer Handtasche. Tori fürchtete schon, dass sie ihr Scheckheft zückte, was ältere Herrschaften hierzulande noch immer gern taten, oder ihr gesamtes Bargeld auf dem Tresen ausbreitete – eine weitere erheblich entschleunigende Prozedur. Doch nein, sie hatte endlich ihr pralles Portemonnaie gefunden und zahlte mit einem großen Schein. Der junge Mann neben Tori seufzte deutlich hörbar auf und sie lächelten einander verschwörerisch zu, während Mme Crespin umständlich das Wechselgeld abzählte, bevor sie es herausgab.

Endlich war Tori dran. Die Körbe mit den *baguettes* waren leergeräumt, sie musste sich also für eine *flute* entscheiden, was deutlich mehr war, als sie heute essen wollte, das Brot hielt ja nicht länger als einen Tag. Auch deshalb sehnte sie sich manchmal nach einem kräftigen Sauerteigbrot aus Deutschland, das erst nach zwei Tagen begann, die optimale Reife zu entwickeln.

Während sie die Tür hinter sich zuzog, hörte sie die nächste Kundin nach den Urlaubsplänen der Crespins fragen. Heute würden wohl alle verspätet zum Mittagessen kommen.

Beim Metzger standen nur zwei Kunden. Die Apothekerin hatte vorbestellt und musste nur noch zahlen, bevor sie mit der gut gefüllten Plastiktüte ging, höflich, aber nicht sonderlich freundlich grüßend. Die zweite Kundin ließ sich von Jean-Claude ausführlich die Beschaffenheit seiner hausgemachten Terrinen und Pasteten erläutern, bevor sie sich eine Scheibe von der Morchelpastete und ein Stück Wildschweinterrine abwiegen ließ.

Tori verspürte mittlerweile einen mehr als gesunden Appetit, sie hatte Hunger, was selten genug vorkam.

»Sechs Scheiben Schinken, bitte.«

»Hauchdünn, nicht wahr?« Jean-Claude lächelte spitzbübisch.

»Hauchdünn, wie immer.«

Der Metzger neigte den Kopf mit den dunklen Locken, legte ein gewaltiges Schinkenstück auf seine Maschine und schnitt die Scheiben so fein, dass man fast hindurchschauen konnte. Sie hatte lange mit ihm diskutieren müssen, bis er ihre Wünsche verstand, in Frankreich schien man den geschmacklichen Vorzug von fein geschnittenem Schinken nicht zu kennen.

»Und eine dicke Scheibe von der Morchelpastete.«

»Haben Sie eigentlich schon den neuen Roman von Fred Vargas gelesen?« Estevenon schnitt ein gutes Stück von der Pastete und legte es schwungvoll auf die Waage. »Kann ich nur empfehlen, sehr spannend, Sie werden sich richtig gruseln und keinen Fuß mehr in irgendeinen Stadtteil von Paris setzen!«

Tori musste lachen. »Was soll ich in Paris?«

»Ich musste leider die Lektüre unterbrechen, ich brau-

che ein neues Lesegerät. Wissen Sie, was mir passiert ist?«
Er beugte sich über den Tresen und senkte die Stimme.
»Ich hatte nichts zu tun und habe also in der Ecke gesessen
und gelesen, Fred Vargas, wie gesagt, es war so spannend,
dass ich glatt die Ladenklingel überhört habe. Plötzlich
steht Madame Peyrefitte im Raum. Ich schrecke hoch, lege
meinen Reader beiseite, begrüße sie. Sie wünscht Lammkoteletts, acht Stück, ihre Neffen kommen zu Besuch.
Kein Problem. Ich hole das Rückenstück aus der Kühlkammer, lege es auf einen Bogen Papier und dann auf den
Hackklotz, schneide ein, nehme das Beil und schlage zu.«
Er sah sie erwartungsvoll an.

»Daumen ab?« fragte Tori, spaßeshalber.

Er schüttelte den Kopf. »Es klirrt! So klingt kein Kotelett! Madame Peyrefitte schreit auf. Ich auch!« Kunst-
pause. Jetzt mach es nicht so spannend, dachte Tori und
sah ihn aufmunternd an.

»Sie ahnen es nicht! Ich hatte das Lesegerät vor lauter
Schreck auf den Hackklotz gelegt und dort vergessen.«

Tori prustete los.

»Das ist nicht witzig.« Er blickte sie strafend an, während er Schinken und Pastete einwickelte. »Die Post mit
dem neuen Reader kommt und kommt nicht!«

»Schlimm. Aber wie wäre es in der Zwischenzeit mit einem gedruckten Buch?«

Entsetzen in Jean-Claudes Gesicht. »Ach, da warte ich
lieber. Darf es noch etwas sein?«

Tori wollte schon den Kopf schütteln. Doch sie zögerte.

Estevenon grinste verschmitzt, hob die Hand, lief in die
Kühlkammer und kam mit einer Tüte zurück. »Für den
Hund.«

»Können Sie Gedanken lesen?« Tori war gerührt.

»Nein. Aber ich weiß, dass Sie ein gutes Herz haben.«
Er zwinkerte ihr zu. »Und dass Karim noch immer nicht
zurück ist.«

Karim? War das etwa der Mann, der seinen Hund verhungern und verdursten ließ? Hoffentlich fragte Jean-
Claude nicht, an welches Tier sie die Fleischreste verfüt-
terte – und vor allem nicht, auf welche Weise.

»Ach, übrigens, Jean-Claude ...« Vielleicht ließ er sich
ablenken. »Wie ist das mit der geplanten Ausstellung über
die Geschichte Bellevilles? Sie haben gesagt, dass mein
Haus eines der ältesten im Ort ist?«

»So sagt man. Aber wer weiß das schon genau? Belleville ist alt, sehr alt, die Kirche stammt aus dem 9. Jahrhundert, also ...«

»Wer könnte denn wissen, wann mein Haus gebaut
wurde und wem es gehört hat?«

Jean-Claudes dunkle braune Augen musterten sie. »Ich
weiß nicht, ob es Aufzeichnungen darüber gibt«, antwortete er langsam.

Tori wusste, dass die Franzosen noch vor den Preußen
beschlossen hatten, ein Kataster einzuführen – weil man
nach der Französischen Revolution Geld brauchte und auf
die glorreiche Idee verfiel, den grundbesitzenden Adel zu
besteuern. Doch wie verlässlich waren die Grundbücher
und wie weit reichten sie zurück?

»In jeder Familie werden die alten Geschichten weiter-
gereicht, von den Eltern an die Kinder. Ich denke, Sie
fragen am besten einen unserer Senioren. Nachher beim
Pétanque. Die alten Herren schwatzen gern.«

Tori zögerte, bevor sie nickte. Mit dem Französisch
knorriger alter Zausel würde sie zwar ihre Probleme haben, aber im Prinzip war das eine gute Idee.

»Oder Sie fragen Didier Thibon, der kennt hier alles und jeden, er war mit Marguerite Chastagne befreundet, die zuletzt im Maison Sarrasine gewohnt hat, vielleicht weiß der mehr? Er sitzt immer ab nachmittags unten in Joyeuse, bei Marie-Theres.«

»Ich weiß«, sagte Tori.

»Er wohnt direkt gegenüber der Kirche, Sie können das Haus nicht verfehlen, man erkennt es an der Marienstatue im Garten.«

Die Türglocke bimmelte, Dany Barthus kam herein, eine begeisterte Rennradfahrerin, was angesichts der steilen Wege in den Cevennen nur zu bewundern war. Ihr gehörte das Maison de la Presse auf der Grande Rue, das wahrscheinlich bloß deshalb noch existierte, weil es dort nicht nur Zeitungen gab, sogar die Bildzeitung, sondern vor allem alles, was im Kindergarten und in der Grundschule benötigt wurde, Buntstifte, Schreibblocks, Malhefte. Günstig war gewiss auch, dass der Laden direkt neben Francines Café lag, in dem die Mütter saßen und klönten, nachdem sie ihre Kinder in der Schule abgeliefert hatten. Die Väter kamen spätnachmittags zum Schulschluss, stellten ihre Geländewagen ab, wo es ihnen gerade passte, und tranken schon mal ein Bier, während sie auf die Kinder warteten.

»Du hast ja noch auf, Jean-Claude? Es ist schon nach zwölf!«

»Ach? Wir haben die Zeit verplaudert, Madame Godon und ich. Aber für dich mach ich jederzeit Überstunden, meine liebe Dany!«

Dany lächelte Tori an, als wollte sie sagen: »Wenn Männer versuchen, charmant zu sein …« Tori lächelte zurück, bedankte sich bei Jean-Claude, nahm ihm die bei-

den Tüten ab, die er ihr galant bis zur Tür gebracht hatte,
und ging.

2

Nach einem ausgedehnten Frühstück anstelle eines Mit-
tagessens fühlte sie sich zu allem bereit. Die Kirchturmuhr
hatte bereits zwei Mal geschlagen, die geheiligte Mittagspause war vorbei, also konnte man jetzt ohne Verlet-
zung von Sitten und Gebräuchen beim alten Didier vorbeischauen, der sich bestimmt noch an sie erinnerte, trotz
der vielen Gläser Chartreuse.

Die Kirche lag oben auf dem Felsen, an dessen Fuß sich
ihr Haus schmiegte. Tori nahm den Weg durch die vielen
kleinen Gässchen, die das Externat durchkreuzten, wie
man die Gegend unterhalb der Kirche nannte. Noch blühten nur die frühen Rosen, aber die Blütentrauben des Blauregens brachen auf, die Luft war von ihrem Duft erfüllt
und das helle, weiche Lila tat dem Auge gut. Im Vivarais
zog man dem Dunkellila des Lavendels das ungleich blas-
sere und vornehmere Lila von Schwertlilien und Blauregen
vor. Auch ihr Hoftor und die Fensterläden waren in dieser
Farbe gestrichen, Carl und sie hatten ein bisschen experi-
mentieren müssen, bis der richtige Farbton getroffen war.

Tori blieb stehen und holte tief Luft. Selbst die Suche
nach der richtigen Farbe hatte Spaß gemacht. Carl fand
den Gedanken tröstlich, dass die Arbeit, die er in den Er-
halt eines alten Hauses steckte, so etwas wie sein Vermächtnis sein könnte. Neue Häuser, glaubte er, konnten keine Geschichte haben, sie waren Behältnisse einer
vorübergehenden sozialen Einheit, sie waren verbraucht,

wenn die Kinder aus dem Haus waren und die Eltern in ein Rentnerparadies am Mittelmeer flüchteten oder ins Altersheim verfrachtet wurden.

Dann ging sie weiter, an einer silberweißen Katze vorbei, die sich auf der Stufe eines Hauses in der Sonne räkelte, bis sie oben angelangt war. Die Kirche stand nicht frei auf einem Platz, sondern inmitten von Häusern, die sich wie schutzsuchend an sie lehnten. Tori war noch nie drinnen gewesen, sie war keine besonders interessierte Kirchgängerin, nicht wie all die anderen gebildeten Menschen, die stets auf der Suche nach den ältesten romanischen Gotteshäusern waren. Außerdem hatte Carl die Kirche von Belleville als wenig bedeutendes Bauwerk eingestuft, obwohl sie einen schönen romanischen Kirchturm besaß, der mit bunt glasierten Ziegeln gedeckt war.

Diesmal ging sie hinein, vielleicht, um sich zu stählen für den Besuch beim alten Didier. Wenn sie nur an seinen Geruch dachte: ein Altmännergeruch, der weniger mit dem Alter als mit Verwahrlosung zu tun hatte.

In der Kirche roch es auch, nach feuchten Wänden und modrigem Putz. Rechts vom Mittelgang stand ein Gerüst, das bis unter die Kuppel des Kirchenschiffs reichte. Offenbar wurde die Kirche renoviert, allerdings sah man niemanden bei der Arbeit. Bedauerlich. Kirchenrestauratoren wären womöglich die richtigen Leute, um eine Frage zu beantworten, die ihr seit gestern durch den Kopf ging: wie trägt man eine Farb- und Putzschicht ab, ohne zu zerstören, was darunter lag?

In einer Nische vor dem Gemälde eines verzückt gen Himmel blickenden Christus stand ein Tischchen mit Teelichten. Sie zündete zwei an, eins für Carl und eins für sich. Und, nach kurzem Nachdenken, noch ein drittes, für July.

Wenn es ihn wirklich gab, den Herrn, würde er auch die Tiere achten, schließlich war nicht nur der Mensch seine Schöpfung, und es war mehr als fraglich, ob der die Krone auch verdient hatte, die man ihm andichtete.

Die schwere Kirchentür fiel hinter ihr zu. Das Haus des alten Thibon lag tatsächlich genau gegenüber, man blickte auf eine lebensgroße Marienstatue, über der sich ein knallig rot blühender Judasbaum neigte. Judasbäume gab es hier häufig, aber Tori mochte die Farbe nicht und fand den Namen verdächtig. Angeblich hatte sich an einem dieser Bäume der Verräter Judas erhängt, woraufhin dessen Blüten schamrot angelaufen seien. Dabei konnte der Baum ja wirklich nichts dafür.

Sie öffnete das Gartentor. Im vorderen Teil, zwischen Judasbaum und Flieder, wucherten Büschel von Tulpen in allen Farben. Im Gärtchen hinten hinaus sah man ein sauber geharktes Beet. Der Mann baute sein Gemüse also noch selbst an, wie so viele alte Herren im Dorf. Gartenarbeit schien Männersache zu sein.

Eine Freitreppe führte zur Eingangstür. Sie klingelte. Man konnte die Türglocke scheppern hören, aber keine Schritte, die sich näherten. Sie klingelte ein zweites, nach ein paar Anstandsminuten ein drittes Mal. Nichts und niemand rührte sich. Schon wollte sie aufgeben, als hinter ihr das Gartentor quietschte. Sie drehte sich um. Ein junger Mann kam auf sie zu, sicher noch keine dreißig Jahre alt, kurze dunkle Haare, drahtige Gestalt. Didiers Neffe. Sie kannte ihn aus der Kneipe, ansonsten sah man ihn meistens nur in Helm und Motorradkluft, wenn er unter martialischem Lärm an einem vorbeiknatterte.

»Kann ich Ihnen helfen?« Freundliche Frage, misstrauischer Gesichtsausdruck.

»Ich bin Tori Godon.« Im letzten Moment nahm sie Abstand davon, ihm die Hand entgegenzustrecken. Seine Körperhaltung drückte wenig Entgegenkommen aus.

»Ja?«

»Ich möchte Didier Thibon sprechen.«

»Mein Onkel ist nicht zu sprechen.«

»Es geht um das alte Haus, in dem ich wohne, das Haus mit dem Sarrasine, dem Sarazenen-Schornstein, und ich würde gerne mehr erfahren über …«

»Ich kann Ihnen da leider nicht weiterhelfen.«

»Das verstehe ich, ich möchte ja nur mit Monsieur Thibon …«

»Wie ich schon sagte: mein Onkel ist nicht zu sprechen.« Er hielt ihr das Gartentor weit auf. Die Geste war eindeutig. Es blieb ihr nichts anderes übrig, als das Grundstück zu verlassen.

Auf dem Weg zurück ins Externat begegneten ihr Paulette Teissier, die Apothekerin, die ihrem Blick auswich, und kurze Zeit später der Arzt. Sie blieb stehen und sah den beiden nach. Ging es dem Alten womöglich nicht gut? Hatte sie ihn deshalb nicht besuchen dürfen?

Nun, das ging sie nichts an, das hatte Thibons Neffe ihr unmissverständlich klargemacht. Der Junge war höflich gewesen, jedenfalls den Worten nach, aber er hatte zugleich eisig und abweisend gewirkt. Was hatte er gegen sie? Mochte er sie nicht, weil sie eine Deutsche war? Ressentiments sollte man eher bei den Alten vermuten, bei denen, die noch etwas vom Zweiten Weltkrieg und der Besatzung durch die Deutschen mitbekommen hatten, aber darauf traf sie selten. Im Gegenteil: Beim alten Notar, bei dem sie den Kaufvertrag für das Haus unterzeichnet hatten, stand die Deutsche Wehrmacht ganz oben auf der Liste dessen, was er an Deutschland bewunderte: »Ich war ein dreckiger kleiner Junge in kurzen Hosen, der auf der staubigen Dorfstraße spielte, als ein Trupp deutscher Soldaten einmarschierte. Lichtgestalten! Sie waren so ordentlich, so sauber – so schön ...« Sein Entzücken war ihr und Carl peinlich gewesen.

Ein anderer alter Herr erzählte ihnen ganz nebenbei von seiner Zeit als Zwangsarbeiter in Berlin. Carl und sie hatten beide ähnlich reagiert, berührt, betroffen, beschämt. Aber der alte Mann hatte sie fröhlich angelacht und so getan, als ob das eine Art Abenteuerurlaub gewesen wäre.

Männer wie er hatten nicht mitgekriegt, was sich in ihrer Abwesenheit in Belleville und Umgebung abgespielt hatte. Carl hatte irgendwo gelesen, dass hier eine Hochburg der Resistance gewesen war, mit blutigen Auseinandersetzungen nach der Besetzung der zunächst »freien« Zone im November 1942. Angriffe der Partisanen auf deutsche Soldaten hatten brutale Bestrafungsaktionen zur Folge gehabt, Vergeltungsmaßnahmen, deren Opfer oft unbeteiligte Zivilisten waren.

Warum aber waren statt der Alten, die Gründe dafür gehabt hätten, eher die Jungen feindselig, die von der Vergangenheit gar nichts mitbekommen hatten? Tori verdrängte den Gedanken an Thibons Neffen, ging schneller und schloss endlich aufatmend das Hoftor ihre Hauses hinter sich zu.

Mit ihrem Notebook setzte sie sich auf die schattige Veranda und suchte nach Informationen. Gesetzt den Fall, ihre Vermutung stimmte und die gesamte Giebelwand war einst bemalt gewesen – wie ging man weiter vor? Wie versetzte man übermalte Bilder wieder in den ursprünglichen

Zustand? Waren dafür eher Archäologen oder Restauratoren zuständig?

Vor allem aber: Wer hatte die Wand einst bemalt – und wer hatte sie übermalt? Und warum? Aus Geringschätzung der ästhetischen Vorstellungen der Altvorderen? Aus schierer Gleichgültigkeit? Oder mit der Absicht, sie als teuflisches Dekor zu zerstören?

Viele religiöse Fanatiker kannten Bilderverbote. Vor nicht allzu langer Zeit hatten Taliban die Buddha-Statuen von Bamiyan zu Staub zerschlagen, die bis dahin größten aufrechten Buddha-Abbilder der Welt. Islamisten hatten altassyrische Kulturschätze in Mossul und Ninive zerstört und den zweitausend Jahre alten Baaltempel der antiken Oasenstadt Palmyra dem Erdboden gleichgemacht.

Im 16. Jahrhundert hatten protestantische Horden auch in Frankreich in den Kirchen gewütet, Skulpturen zerstört und religiöse Gemälde übertüncht. Nein, Bilderstürmer wie die Kamisarden schmückten ihre Räume nicht mit Gemälden, auch nicht von Drachen. Die »Erleuchteten« kannten nur ein Symbol: das der Sonne. Ihre Phantasie war mit ihr durchgegangen.

Auch ihre Recherche der Mittel und Wege, übermalte Wandgemälde wieder freizulegen, war ernüchternd. Von mechanischen Versuchen rieten die meisten Quellen ab. Seit einigen Jahren erprobte man in Dresden eine zerstörungsfreie Untersuchungsmethode, die interessant, aber furchtbar kompliziert klang: »Terahertz-Strahlung«. Tori war naturwissenschaftlich eher klassisch weiblich gebildet, sie hatte keine Ahnung, was Terahertzstrahlen von UV-Strahlung (die nicht empfehlenswert sei), Infrarot oder Mikrowellen unterschied.

Eine Art »Körperscanner für Kunstwerke« sei das mobile, überall einsetzbare System: ein Scanner mit zwei Messköpfen fahre die Wand ab, ohne sie zu berühren. »Zum Erzeugen der THz-Strahlung verwenden wir einen Femtosekundenlaser mit dem Bauprinzip eines Faserlasers. Zeitdomänenspektroskopie. Kurze elektromagnetische Pulse mit einer Dauer von ein bis zwei Picosekunden …«

Das reichte. Für eine Wand in einem Privathaus würde ihr niemand das Wunderding leihen.

3

Sie ging wieder hinauf in das Zimmer, das sie mittlerweile »die Kapelle« getauft hatte, und setzte sich auf eine der beiden Bänke am Fenster. Hier war Carls Reich gewesen, der Raum, in dem er seine letzten Wochen verbracht hatte, als er bereits zu schwach war, um aufzustehen. Der Raum, in dem er in ihren Armen seinen letzten Atemzug getan hatte. Doch war außer seiner Präsenz nicht noch etwas anderes in der Luft?

Ein Windhauch aus der Vergangenheit. Der Geruch nach kalter Asche. Ein eisiger Luftzug aus zerbrochenen Fenstern. Sie begann zu frösteln. War es nie warm gewesen in diesem Zimmer?

Doch dann überlagerte Krankenzimmergeruch alles andere, eine Mischung aus Desinfektionsmitteln und dem Dunst, der von einem mit Medikamenten vollgepumpten Körper ausging. Endlich der Weihrauchduft der Kerze neben Carls Totenbett.

Sie öffnete ein Fenster und blinzelte in den blauen Himmel, den der Mistral leergefegt hatte. Warum nur hatte sie sich in einen Totgeweihten verlieben müssen? So hatte sie sich ihr Leben nicht vorgestellt: als trauernde Witwe. Das war keine abendfüllende Beschäftigung für eine Frau von 42 Jahren und im Übrigen nicht die Rolle, die sie sich ausgesucht hatte. Sie hatte sich ja noch nicht einmal Carl ausgesucht. Er war ihr Chef gewesen in der Anwaltskanzlei, in der sie als Spezialistin für Patentrecht gearbeitet hatte. Eines Abends kurz vor Feierabend hatte er ihr einen Heiratsantrag gemacht. Niemand hätte darüber erstaunter sein können als sie. Denn da war nie etwas gewesen zwischen ihnen, anders als es nun alle zu wissen glaubten.

Es war von vornherein eine Ehe zu dritt gewesen – Carl, sie und der Tumor in seinem Kopf. Er hatte ihr die Diagnose nicht verheimlicht. Erst hatte sie befürchtet, dass er eine Krankenschwester suchte, wozu sie sich denkbar schlecht geeignet fühlte. (Obwohl – man lernt dazu.) Aber nein: Er wollte, dass sie nach seinem Tod die Anwaltskanzlei übernahm, ohne exorbitante Erbschaftssteuern zahlen zu müssen.

Natürlich war das ein zumindest ungewöhnlicher Vorschlag gewesen, doch sie schämte sich noch heute, dass sie um Bedenkzeit gebeten hatte. Als ob er noch alle Zeit der Welt gehabt hätte! Drei Wochen später waren sie verheiratet. Mit Carl endete ihr Leben als normaler Mensch mit Berufsalltag zwischen Morgenkaffee im Stehen, U-Bahn ins Büro, Konferenzen und Klienten, Überstunden, zu viel Kaffee im Sitzen, U-Bahn nach Hause.

Kurze Zeit später geschah etwas, mit dem sie beide nicht gerechnet hatten und was auch gar nicht vorgesehen war. Es nannte sich Liebe.

Das alte Steinhaus in Belleville hatten sie gemeinsam gekauft, doch auf die Suche nach seinen Vorfahren waren sie nicht mehr gegangen. In den letzten Monaten seines Lebens feierten sie jeden Tag; ihre unerwartete Liebe, den tiefblauen Himmel, den wild bewegten Wolkenzug, die Gewitter und den Sturzregen. Die Flüsse und die Schluchten, die Vulkanberge und die Karstebenen. Die Magie der Landschaft: Wenn die Steine, aus denen die Häuser gebaut sind, von Kalksandstein zu Schiefer wechseln, je höher man hinauf in die Berge fährt; wenn die Kräuter der Garrigue Platz machen für Heidekraut und Krüppeleichen; wenn man von einer Welt übergangslos in eine andere gelangt.

Was immer hier einst gewesen oder geschehen sein mochte: Sie spürte in diesem Raum nichts außer seiner Gegenwart. Tori stand auf und zog die Tür des Zimmers sanft hinter sich zu.

Sie ging hinunter, setzte sich auf die Veranda und sah zu, wie die Mauersegler ihr Tagwerk beendeten und die Fledermäuse aus den Kellergewölben herauskamen, schwarze Silhouetten vor dem Vollmond. Dann war es Zeit, sich um den Hund zu kümmern.

July gab keinen Laut von sich, als Tori das Gartentor öffnete, aber sie stürzte sich auf das mitgebrachte Futter. Als das Tier satt war, blickte es auf, mit Hoffnung und Erwartung im Blick.

»Spaziergang?« Mit einem Satz war der Hund am Gartentor.

Der Vollmond ließ die Bäume und Sträucher wie Theaterkulissen erscheinen, es war, als wanderten sie durch ein Feenland. Am Toufache quarrten die Frösche. Ein paar Wegbiegungen weiter erhob sich vor ihnen eine Eule und flog lautlos davon. Von Ferne klang ein einzelner Ton, wie von einer angeschlagenen Triangel. Sie kannte den Laut, lange hatte sie gerätselt, wer oder was ihn erzeugte, so märchenhaft, so passend zum Feenwald. Des Rätsels Lösung war ernüchternd: Das Zauberwesen hieß Alytes obstetricans, weniger vornehm gesagt: die gemeine Geburtshelferkröte.

Julys Hundeschnauze nahm alle Gerüche auf, die am Wegesrand lockten. Mal lief der Hund voraus, dann kehrte er zurück, um nach Tori zu sehen, blieb kurz an ihrer Seite und sprang wieder ins Unterholz. Im Wald duftete es nach wilden Tieren und feuchtem Laub, es knackte und wisperte, und knarrend bogen sich die Wipfel der Kiefern, wenn der Wind hineinfuhr. Als sie aus dem Wald auf die Anhöhe hinaustraten, lag der Sternenhimmel tief über ihnen wie ein samtener Baldachin.

Tori setzte sich auf einen der weißen Felsen, die auf der Wiese standen wie Tisch und Stuhl von Riesen. July sprang neben sie, streckte sich aus und ließ zufrieden seufzend den Kopf auf die Pfoten sinken. Tori zögerte. Dann legte sie die Hand auf Julys warmen Rücken. Lange hatte sie keinen so tiefen Frieden mehr gespürt.

Der Hund wuchs ihr ans Herz. Sie begann den Moment zu fürchten, an dem seine Besitzer zurückkämen. Sein allabendlicher Jammer würde ihr das Herz brechen.

Der Ruf eines Käuzchens klang wie die Aufforderung, nach Hause zu gehen. Schweren Herzens brachte sie July zurück, die sich mit eingezogenem Schwanz in ihr Schicksal ergab.

Der Rest der Nacht brachte einen unruhigen Schlaf. Tori träumte von einer orangegelben Sonne und davon, dass die Amseln im Wald den Psalm flöteten, mit denen die Kamisarden in die Schlacht zogen: »Es stehe Gott auf, dass seine Feinde zerstreuet werden, und die ihn hassen, vor ihm fliehen!«

4

Nico saß vor dem Café De La Grand Font, als Tori eintraf, im Korb frischen Chèvre, ein dunkles Brot und ein halbes Hähnchen vom Grill. Sie hatte ihre Markteinkäufe extra früh erledigt, vor dem Einfall der Touristen, und es war ungewöhnlich, dass Nico schon vor ihr da war.

»Didier Thibon ist tot«, sagte er anstelle einer Begrüßung.

Sie ließ sich neben ihn auf den Stuhl sinken. »Was? Wieso? Woran ist er gestorben? Und woher weißt du das überhaupt?«

Nico winkte Marielle. »Zwei Grand crème, *chérie*.« Sie strahlte ihn an und schwang die Hüften, während sie zur Theke ging.

»Gestern war er doch noch …« Sie stockte. Dieser Satz war etwa so bescheuert wie »Gestern ging er doch noch« zum Handwerker, der den Fernseher reparieren sollte. Didier war nicht mehr der Jüngste gewesen, da konnte das passieren.

»Er ist die Kellertreppe runtergefallen.« Nico tat ungerührt, wie immer.

»Aha. Wann?« Sie dachte an die Begegnung mit dem barschen Neffen gestern. Ob Didier da noch gelebt hatte? Und wenn nein – hatte der Neffe das zu verbergen versucht?

»Sein Neffe hat ihn heute morgen gefunden. Didier muss abends noch in den Keller gegangen sein, um eine Flasche hochzuholen. Wahrscheinlich war er längst nicht mehr nüchtern.«

»Dabei wollte ich ihn noch ausfragen.« Tori erzählte Nico vom Versuch, den Alten zu besuchen, und von der unangenehmen Begegnung mit dem Neffen.

»Ja, der Junge ist ein miesgelaunter Nichtsnutz. Aber Didier war der Meinung, er müsse sich um ihn kümmern, er ist ja der Sohn seiner jüngsten Schwester. Die ist früh gestorben und der Erzeuger hat sich rechtzeitig dünne gemacht. Der Knabe wäre im Waisenhaus gelandet. Wie as halt so ist.«

»Hat der Neffe irgendeinen Job oder fährt er nur sein lautes Motorrad spazieren?«

»Einen Job?« Nico sah sie mit Unschuldsblick an. »Wie kommst du denn auf so eine exotische Idee?«

»Ach so. Das Übliche also.« Arbeitslosigkeit war unter den jungen Leuten im ländlichen Frankreich weit verbreitet. Der erfolgreichste kleine Bauunternehmer in der Gegend war ein Portugiese, und der beschäftigte überwiegend Landsleute.

»Das Übliche mit ein paar speziellen Zutaten. Der liebe Marcel hat sich mit Drogen und beim Klauen erwischen lassen. Keine gute Voraussetzung für eine Karriere. Wovon er lebt – außer von dem, was Didier ihm zugesteckt hat –, ist unklar.«

»Der Knabe lebte also bei und von seinem Onkel?«

»Sieht so aus.« Nico schlürfte seinen Kaffee und blickte in die Runde, aufmerksam, wie immer. Man nannte es wohl Berufskrankheit. Tori folgte seinem Blick. Fast alle Tische vor dem Café waren mittlerweile besetzt, von Touristen und Einheimischen, dazwischen kleine bis mittelgroße Kinder und Hunde in allen Größen, Formen und Farben. Ein riesiger Golden Retriever hatte sich zwischen den Stuhlreihen breitgemacht, und wer nicht über ihn hinwegsteigen wollte, musste einen Umweg nehmen.

»So richtig wohlhabend wirkte der Alte nicht gerade.«

»Vom Schafehüten wird man gewöhnlich nicht reich und von der staatlichen Rente kann man keine großen Sprünge machen. Keine Ahnung, wovon sich Marcel sein Motorrad geleistet hat.«

Marielle, die sich zu einem kleinen Mädchen hinunterbeugte, streckte ihnen ihr rundes Hinterteil entgegen.

Nico studierte Marielles Hintern, als ob ihm die Hand juckte. »Andererseits«, sagte er.

»Was andererseits?«

»Andererseits gibt es natürlich reichlich Klatsch und Tratsch. Angeblich protzte Didier mit irgendwelchen Reichtümern, über deren Herkunft er sich nicht äußern wollte.«

»Vielleicht hat er in irgendeiner Höhle einen Schatz gefunden? Unter Zentnern von Schafscheiße?«

Nico nickte, als ob er ihren Scherz ernst nahm. »Möglich ist alles.«

»Als du ihn mit Chartreuse betrunken machen wolltest, hat er etwas von den Geheimnissen der Väter erzählt. Von ›unserer Schande‹. Und dass man in die Tiefe gehen müsse.«

»In die Stollen und Schächte.« Nico hatte bei Marielle zwei weitere Café crème bestellt und sah schon wieder so aus, als ob er ihr am liebsten auf den Hintern gehauen hätte. Der Golden Retriever wurde von einem Hündchen angekläfft, das die Rangordnung zwischen ihnen klären wollte, aber der große Hund hob nur den Kopf, gähnte, und ließ ihn wieder sinken.

»Es ist ja keineswegs ausgeschlossen, dass er tatsächlich

etwas von Wert gefunden hat. In den Höhlen haben sich zu allen Zeiten Gauner und Schmuggler versteckt. Und die Nazis hatten hier irgendwo ein Waffenlager. Auch mit antikem Kriegsgerät kann man viel Geld verdienen.«

»Meinte er das mit ›unserer Schande‹?«

Nico machte eine wegwerfende Handbewegung. »Ach was, hier auf dem Land hat man es nicht so mit der hohen Moral. Was hier alles unter der Hand vertickt wird, geht auf keinen Schafspelz.«

»Der Alte wirkte allerdings nicht gerade wie jemand, der sich auf Hehlerei versteht.« Didier mochte schlau gewesen sein, aber so richtig gewitzt war er Tori nicht vorgekommen.

»Schon möglich. Doch wozu hatte er seinen Neffen?« Nico tippte sich mit dem Zeigefinger an die Nasenspitze und grinste.

5

In Belleville gab es wie in jedem anständigen Dorf einen eigenen Platz fürs Pétanquespiel. Das langgezogene Rechteck aus gestampfter Erde befand sich in der Nähe des Kriegerdenkmals mit den Namen derjenigen, die fürs Vaterland gefallen waren. Im Ersten Weltkrieg hatte fast jede Familie aus Belleville einen Toten zu beklagen. Im Zweiten Weltkrieg waren offenbar nur zwei Soldaten gefallen; das Denkmal für die getöteten Partisanen stand an einem anderen Ort.

Die Spieler hatten sich bereits versammelt, als Tori ankam; alles ältere Herren, nur zwei sahen noch nicht nach Rentenalter aus. Wahrscheinlich waren sie arbeitslos. Wer außer Rentnern und Arbeitslosen hatte schon zweimal die Woche nachmittags Zeit, sich mit den Freunden zum Spiel zu treffen? Tori setzte sich auf eine Bank am Spielfeld, es war besser, erst einmal zuzuschauen und vertrauenswürdig zu wirken, bevor sie versuchte, einen der Männer anzusprechen, es kamen ja eh nur die infrage, die gerade nicht spielten.

Sie starrte traumverloren in den Himmel, an dem ein Bussard seine Kreise zog, als sich jemand neben sie setzte. Sie drehte sich um. Ein Mann, keiner aus dem Dorf, aber sie hatte ihn schon mal gesehen. Dann fiel der Groschen: Es war der Mann, der bei Marie-Theres gesessen hatte, der durchtrainierte Typ mit den stoppelkurzen blonden Haaren, der sich mit dem Bäcker unterhielt. Ein Fahrradfahrer, hatte sie vermutet, und damit offenbar richtig gelegen – hinter der Bank lehnte ein Rennrad an einem der Maulbeerbäume, die man um den Platz herum gepflanzt hatte, und das gehörte gewiss keinem der Senioren von Belleville.

»Stör ich?«

»Natürlich nicht.« Sie zögerte einen Moment. Dann schenkte sie ihm ihr charmantestes Lächeln. »Wenn Sie mir das Spiel erklären könnten?«

»Sofern mein Französisch dafür ausreicht.« Er hielt ihr die Hand hin. »Ich heiße Jan. Jan Fessmann.«

Ein Deutscher also. »Tori Godon«, antwortete sie. »Auf Deutsch wäre mir sogar am liebsten, das ist meine Muttersprache.«

»Ihr Nachname – Godot … Sind Sie denn keine Französin?«

Tori lachte. »Godon, nicht Godot. Ein hugenottischer Name. Mein Mann hieß so.« Carl Godon, französisch ausgesprochen. Auch »Warten auf Godon« genannt von den lieben Kollegen, wenn er zu lange mit einem Klienten verhandelt hatte.

»Sehr gut, das erleichtert die Sache.« Jan Fessmann lächelte mit warmen braunen Augen. »Also. Pétanque ist typisch für Südfrankreich. Angeblich hat es ein Mann aus La Ciotat erfunden, weil sein bester Freund, ein begnadeter Boulespieler, wegen eines Rheumaleidens nicht mehr antreten konnte. Beim Boule muss man nämlich drei Schritte Anlauf nehmen und die Entfernung zur Zielkugel ist größer. Pétanque aber spielt man ohne Anlauf, die Füße nebeneinander gestellt, geschlossen, sozusagen. Auf Französisch *pieds tanqués,* auf Provenzalisch *ped tanco.*«

»Eine schöne Geschichte. Was Männerfreundschaft so alles bewirken kann.«

»Ja, Männer können auch treu sein.«

»Sicher. Jedenfalls anderen Männern.«

»Touché.« Er grinste. »So. Jetzt geht's gleich los. Schauen Sie? Die ersten Spieler sind bestimmt. Wir haben es mit einer Triplette zu tun, in jeder Mannschaft sind drei Spieler mit je zwei Kugeln. Zuerst wird die Zielkugel geworfen, genannt *cochonnet.*«

»Das Schweinchen?«

»Genau.«

Ein zierlicher Mann mit weißer Mähne und schwarz umrandeter runder Brille zog mit einem Stock einen Kreis um sich, hielt kurz inne und warf dann die kleine elfenbeinfarbene Kugel in das Rechteck.

»Wer dem Schweinchen am nächsten kommt, gewinnt«, erläuterte Jan. »Wie beim Boule. Wenn es sehr knapp ausgeht, wird der Abstand millimetergenau gemessen. Das geht selten ohne ausführliche Diskussion ab.«

Die ersten drei Kugeln kamen dem Ziel recht nahe, der Mann mit der vierten Kugel schoss die Kugel eines Konkurrenten aus dem Weg, um seine besser zu platzieren. Die Zuschauer klatschten.

Tori und der Deutsche waren längst nicht mehr die Einzigen, die auf den Bänken um das Spielfeld herum saßen. Frauen saßen schwatzend nebeneinander, zwei hatten Körbe dabei, aus dem einen, einem rot geflochtenen Korb, ragte der Hals einer Weinflasche.

Der Anblick schnürte Tori die Kehle zu. Warum war ihr Leben so ganz anders verlaufen? Warum stand nicht Carl da vorne beim Pétanquespiel, ein älter gewordener Carl, der sich noch immer gerade hielt, aber dessen Haare weiß geworden waren? Und warum saß sie nicht bei den Frauen, mit Picknickkorb?

Der Schmerz, von dem sie geglaubt hatte, dass er milder geworden sei, schnürte ihr die Kehle zu.

»Darf ich fragen – verzeihen Sie, vielleicht ist das ja zu intim …« Fessmann lächelte wieder, bis in die braunen Augen hinein. »Ihr Mann *hieß* so, sagten Sie. Ist er denn …«

»Tot. Er ist im letzten Sommer gestorben. Und nein, die Frage ist nicht intim, sie ist nur schmerzhaft.« Sie stand hastig auf und lächelte verlegen. »Verzeihen Sie – und vielen Dank. Aber ich muss gehen.«

»Es wäre schön, Sie wiederzusehen, Tori«, sagte Fessmann leise.

Das erste Mal seit Langem verkroch sie sich tagsüber aufs Sofa und versuchte zu schlafen, nur, um nicht an Carl denken zu müssen und an das gemeinsame Leben, das ihnen verwehrt geblieben war.

Doch sie konnte nicht einschlafen. Wenn sie nicht an

Carl dachte, fiel ihr Didier Thibon ein. Sie hatte sich viel von einem Gespräch mit ihm erhofft, er hatte ihr Draht zur Vergangenheit sein sollen, und nun war die Verbindung abgerissen. Das Gefühl, dass sein Tod keine natürliche Ursache gehabt haben könnte, wollte sie nicht verlassen. Und was war mit dem Holländer? Er schien noch immer nicht wieder aufgetaucht zu sein. Belleville war ihr mit einem Mal unheimlich.

Endlich dämmerte sie ein, bis ein hässliches und allzu bekanntes Geräusch sie weckte. Sie rappelte sich hoch und blickte aus dem Fenster. Unten auf der Straße fuhr ein verbeulter schmutzig weißer Lieferwagen vor, ein betagtes Modell mit unverkennbarem Sound. Der Hundebesitzer war zurück.

Sie hielt unwillkürlich die Luft an. Dem cholerischen Hausherrn würde sicher nicht entgehen, dass das Gartentor nicht verschlossen war. Als Nächstes fiele ihm unter Garantie auf, dass der Hund nicht an der Kette lag. Sie lauschte nach unten. July bellte, nicht verzweifelt, wie ein verlassenes Tier, sondern freudig erregt. Doch schon Minuten später brach das Bellen ab und ging in ein Jaulen über. Sie spürte, wie sich die Härchen auf ihrem Arm aufstellten. Der Mann fluchte, die Frau schrie. Jetzt jaulte der Hund nicht mehr, er winselte.

Das war nicht zu ertragen. Schlimm genug, was Menschen einander antaten. Doch man malträtiert kein Tier, das sich nicht wehren kann – zumal eines, das sogar seine Quälgeister noch liebt, wie es Hundeart ist. Sie war kurz davor, hinunterzulaufen und etwas zu unternehmen, irgendetwas, als das Geschrei und Gezeter aufhörte. Sie atmete auf und fragte sich im nächsten Atemzug, ob ihre Besitzer July zur Strafe hungern lassen würden – und was sie selbst jetzt mit all den Fleischresten anfangen sollte. Und wer würde mit ihr nachts durch die Gegend streifen? Sie würden July einsperren, diesmal so, dass niemand sie befreien konnte. Tori war den Tränen nah.

Bloß nicht flennen! Sie verbat sich die Tränen, ging hoch ins Schlafzimmer und zog sich eine saubere Hose und ein frisches T-Shirt an. Die Abendspaziergänge mit July würden ihr fehlen. Aber sie musste sich dazu zwingen, keinen Gedanken mehr an das Tier zu verschwenden, es führte zu nichts. Sie konnte ihr Herz nicht schon wieder an ein Wesen hängen, von dem sie sich notgedrungen trennen musste.

Dass das Telefon klingelte, war eine willkommene Abwechslung.

6

»Wir haben ein Problem.« Eva, mit Grabesstimme.

Wir? Ich habe welche, die du nicht hast, hätte Tori fast geantwortet. Und die reichen mir voll und ganz. »Was ist los?«

»Der Holländer. Er hat die Wohnung für drei Wochen gemietet und die sind jetzt vorbei, aber er hat die Bude nicht geräumt. Morgen kommen die nächsten Mieter, ich weiß nicht, was ich tun soll.«

»Der Kerl ist also noch immer verschwunden.« Es musste ihm etwas passiert sein, anders war das nicht zu erklären.

»Sieht so aus. Ich brauche die Wohnung. Was soll ich bloß machen?«

»Hast du schon mit der Polizei telefoniert?«

Sie hörte Eva schnauben. »Ich hol mir doch keine Bullen ins Haus!«

Natürlich, das hätte sie sich ja denken können. Eva war ein Kind von '68. Zu ihrer Lebensgeschichte gehörte die heroische Zeit der Studentenbewegung, als in Paris Straßenschlachten tobten, jedenfalls klang das in ihren Schilderungen immer äußerst dramatisch. Die »Bullen«, die mit Tränengas gegen die Demonstranten vorgingen, waren der natürliche Gegner der Rebellen, und so etwas vergisst man nie, Eva jedenfalls hatte es nicht vergessen.

»Wenn du die Polizei nicht verständigen willst, kann ich dir auch nicht helfen, fürchte ich«, sagte Tori.

»Könntest du nicht vorbeikommen und mir beim Ausräumen helfen? Damit niemand hinterher sagen kann, es würde etwas fehlen?«

Sie sollte also die untadelige Zeugin machen – für so etwas war offenbar auch eine Exanwältin noch gut. Tori hatte nicht die geringste Lust dazu. Andererseits: Eva zu helfen, versprach Ablenkung, und sie käme nicht mehr in Versuchung, auf ein Lebenszeichen von July zu lauschen.

»Bin schon unterwegs.«

Fayet war, bei Sonnenschein betrachtet, eines der schönsten Dörfer der Umgebung. Ein kleines *hameau,* geschützt an einem Berghang gelegen, von dem man einen weiten Blick bis zum Horizont hatte. Eva hatte oft davon erzählt, wie sie mit ihrem damaligen Lebenspartner das Dörfchen entdeckt hatte, vor fast fünfzig Jahren, als nur noch drei Bauern in zugigen Steinhäusern lebten und alles andere unter Kiefern und Dornengestrüpp zu verschwinden drohte. Heute gehörte Eva zu den Alteingesessenen, außer ihr und den Feriengästen lebten hier nur noch ein Schweizer Ehepaar, eine belgische Familie und Ingrid, eine ausgeflippte Deutsche – aber kein Franzose mehr. Als Tori mit Carl in dem kleinen Apartment gewohnt hatte, vier Jahre war das erst her, zog noch jeden Morgen eine alte Frau mit ihren Ziegen vorbei. Tori hatte das Läuten der Glocke im Ohr, die das Leittier um den Hals trug, und den schrillen Ruf der alten Madame, mit dem sie die Tiere antrieb. Madame Reynouard war im letzten Jahr gestorben, kurz nach Rigolo, einem feinen Herrn, der wilde Orchideen sammelte und Skulpturen aus dem weichen Kalkstein schnitzte, die er auf seine Gartenmauern stellte. Sie waren die letzten Franzosen von Fayet gewesen. Doch das Dorf selbst sah mittlerweile französischer aus als je zuvor.

Ingrid hielt zwei wachsame und überaus angriffslustige Gänse, die empört schreiend auf Tori zumarschierten, als sie ihr Auto auf der Straße vor dem Apartment parkte. Sie verscheuchte die beiden Schnatterliesen und tätschelte Ingrids Hund Rufus, der hinter den Gänsen hergelaufen kam.

Eva hatte bereits Klo und Spüle geputzt, was Tori mehr als recht war. Während Eva den Kühlschrank ausräumte und säuberte, machte Tori sich ans Packen.

Es war nicht viel, was da im Schrank lag, nichts wirkte wertvoll oder unersetzlich und es war gewiss kein unzulässiger Eingriff ins Privatleben, den Krempel wegzuräumen. Dennoch behagte ihr all das überhaupt nicht.

»Eva, ich finde, du kannst das nicht einfach auf sich beruhen lassen. Vielleicht hatte der Mann ja einen Unfall. Man lässt nicht einfach alles zurück, nur weil man gerade mal Lust dazu hat.«

»Na, wenn du wüsstest, was ich in der Hinsicht schon erlebt habe. Eine Dame im schönsten Mittelalter hat sich erst drei Wochen später wieder blicken lassen, weil sie in Montpellier angeblich die Liebe ihres Lebens getroffen hat. Der Mann ist allerdings schnell wieder verduftet, als ihr Geld alle war.«

Adriaans Besitztümer passten ohne Weiteres in den Rucksack, der auf dem Schrank im Schlafzimmer lag. Tori legte Bücher und Karten oben auf die Hemden und Hosen und stellte ihn vor die Tür. Eva schloss den mitgebrachten Staubsauger an und begann, den Fußboden zu saugen. »Bist du so lieb und ziehst das Bettzeug ab?«

Toris Missbehagen wuchs. Es kam ihr vor, als ob sie alle Spuren der Existenz des Mannes beseitigten, sodass alles aussah, als habe es ihn nie gegeben.

»Was sagst du seiner Familie oder seinen Freunden, wenn sie nach ihm fragen? Sie werden wissen wollen, warum du nicht nach ihm hast suchen lassen.«

Eva tat, als hörte sie nichts. »Frische Bettwäsche liegt auf dem Stuhl«, sagte sie.

Nach einer Stunde sah das Apartment wie unbenutzt aus und roch dank ein paar Zweigen mit dunkelblauem Flieder in der Vase richtig einladend. Tori half Eva, Rucksack, Staubsauger, Wäsche und Mülltüte zu ihrem Haus zu tragen. Während Eva die Wäsche in die Waschmaschine stopfte, öffnete Tori noch einmal den Rucksack und nahm die Kartenkopie heraus, die ihr schon beim ersten Mal aufgefallen war. Adriaan hatte Kreise um einige Orte gemalt, sie mit Strichen verbunden und Notizen an den Rand geschrieben. Das war die Karte von der Gegend um die Gorges d'Ardèche. Doch jetzt entdeckte sie noch eine zweite Kopie, ebenfalls mit Strichen und Notizen versehen.

»Ja, nimm das ruhig mit«, sagte Eva. »Du kannst ja auf die Suche nach ihm gehen.«

7

Delirieren hatte seine guten Seiten. Es schickte Träume: auf Breitwand und in Farbe. Die Dunkelheit wurde zum Dschungel in üppigem Grün mit prächtigen Blüten, die wogten und pulsierten, wenn das silberne Einhorn durchs Bild lief. Manchmal drängte sich eine graue Wand vor die Halluzinationen vom Paradies und es blitzte über nachtschwarzem Himmel. Er erinnerte sich meist nur noch an Bruchstücke seiner Träume, wenn Durst oder Schmerzen ihn herausholten aus der jenseitigen Welt in das Diesseits, in dem sein Verstand ihm sagte, dass ihm nicht mehr viel Zeit blieb. Immer öfter sehnte er sich in den Momenten der Klarheit zurück ins körperlose Reich der Visionen.

Der Dreiphasenlehre der Trauer zufolge war er, nach dem ersten Nichtwahrhabenwollen und der Phase der überschäumenden Wut, bei der Akzeptanz des Unabänderlichen angelangt. Er rief schon lange nicht mehr nach Hilfe. Er betete nicht mehr zu einem Gott, dem er nicht traute. Er sorgte sich längst nicht mehr um sein Bein. Er dachte nur noch selten an seine letzte Affäre, aber immer häufiger an seine Mutter. Ob er sie wohl an jenem Ort treffen würde, an den er nicht glaubte? Gab es ein Jenseits?

8

Den ganzen Tag über hatte Tori zuhören müssen, wie Julys Besitzer unten auf der Straße an irgendeinem schrottreifen Auto bastelte, immer wieder ließ er einen rachitischen

Motor aufheulen, dazwischen brüllte er französische Flüche, die sie noch nicht kannte, und dazu plärrte ein Radio, ein Sender, bei dem man Rap zorniger junger Männer bevorzugte. Es war schwer auszuhalten.

Gegen 18 Uhr erstarb das Radiogeplärre. Der Autobastler schien ins Haus gegangen zu sein, sie hörte ihn irgendetwas rufen. July bellte kurz auf, aber sie jaulte und winselte nicht. Konnte man das Tier also seinem Schicksal überlassen? Sie hatte ihre Zweifel.

Kurzentschlossen nahm sie das Fahrrad hinunter nach Joyeuse, um sich den Zorn aus dem Leib zu strampeln und bei Marie-Theres nach Nico zu suchen. Draußen vor der Bar saß eine Gruppe von Wanderern, die meisten hatten ihre Jacken ausgezogen und über die Stuhllehne gehängt, denn es war heute endlich wieder warm gewesen.

Drinnen stand die Luft. Nico saß am Tresen, inmitten der Stammkundschaft, Männer, die mit roten Köpfen und ausgreifenden Gesten aufeinander einredeten. Tori ließ sich von Marie-Theres ein Glas vom Üblichen reichen und stellte sich dazu.

»Er ist die Kellertreppe heruntergefallen. Soso. Na, wenn ich das schon höre!« Jérôme von der Müllabfuhr.

»Du meinst, es hat jemand nachgeholfen?« Tori kannte den Jüngsten in der Runde, ein breitschultriger Kerl mit blondem Pferdeschwanz im Holzfällerhemd, aber seinen Namen hatte sie vergessen.

»Ach, hört auf mit dem Quatsch. Didier war nicht mehr der Jüngste. Wahrscheinlich war er besoffen.« Nico gab den Mann, der sich auskennt. Oder den *agent provocateur*, das wusste man bei ihm nie.

»Na hör mal. Sie haben Marcel abgeholt, vor zwei Stunden, das sagt doch wohl alles!«

»Reine Formalität. Er ist der Neffe, das einzige bisschen Familie, das Didier noch hatte. Da muss alles Mögliche geklärt werden. Also keine voreiligen Schlüsse ziehen.«

»Ich traue dem kleinen Gauner nicht für fünf Minuten über den Weg.« Jérôme stellte sein leeres Bierglas mit auffordernder Geste auf den Tresen. Marie-Theres stülpte es über die ausgefranste Bürste in der Spüle, drehte es einmal rechts und einmal links herum und hielt das tropfnasse Glas unter den Zapfhahn. Tori war froh, dass sie kein Bier trank.

»Ich auch nicht. Aber vorverurteilen und rumspekulieren bringt uns nicht weiter. Bislang hat noch niemand behauptet, dass der Alte aufgrund von Fremdeinwirkung gestorben ist.«

»Na ja. Wie man's nimmt.«

Alle drehten sich um. Philippe Leconte war ein eleganter Mann mit drahtigen, graumelierten Locken. Der Arzt hatte gepflegte Hände und sprach ein ebenso gepflegtes Französisch. Er kam ursprünglich aus Paris, aber da man ihn brauchte, sahen die Einheimischen großzügig darüber hinweg.

»Ich konnte jedenfalls nicht bescheinigen, dass es keine fremde Hilfe bei seinem Sturz gegeben hat.«

»Also doch!« Jérôme knallte sein Bierglas auf den nassen Tresen. »Ich hab's doch gesagt!«

»Aber dass einer nachgeholfen hat, kann ich auch nicht bestätigen.« Philippe Leconte grinste und Jérômes Gesicht wurde noch ein wenig röter. Gleich kracht es, dachte Tori und trat ein paar Schritte zurück. Doch da stand schon jemand: Serge Masson, der »Pardon, Madame« sagte und sie sanft von sich schob.

»Serge! Klär uns auf! Hier gibt es die wildesten Speku-

lationen über den Tod von Didier Thibon und du bist der
Einzige, der uns beruhigen kann.« Nico tat, als ob er dem
Commandant de Police schmeicheln wollte, aber Masson
ließ sich weder im Positiven noch im Negativen heraus-
fordern.

»Einen Pastis, Marie-Theres, sei so lieb.«

»Nun sag schon. Ihr habt doch den Neffen mitgenommen, das muss ja wohl irgendeinen Grund haben«, meinte
der Mann im Holzfällerhemd.

Masson goss mit Andacht Wasser in das Glas, bis aus
dem goldenen Pastis eine milchige Flüssigkeit geworden war, und nahm einen Schluck. Dann blickte er in die
Runde, ohne die Miene zu verziehen. »Ich kann nur so viel
verraten: Wir haben mit Marcel Chabanel noch einiges zu
bereden.«

Alle sprachen erregt auf ihn ein, aber mehr war aus Serge
Masson nicht herauszukriegen. Er stand aufrecht wie der
letzte Baum in der brennenden Garrigue, trank gemächlich seinen Pastis aus und verabschiedete sich mit einem
huldvollen Nicken von der Runde. Damit hatte sich das
Thema erschöpft.

Es war weise gewesen, das Fahrrad zu nehmen, Tori hatte
viel zu viel getrunken und der kühle Fahrtwind klärte
den Kopf. Sie radelte am Ufer der Beaume entlang, die im
Mondlicht glänzte wie ein silbernes Krokodil, bis zur Brücke nach Rosières. In der Mitte der Brücke hielt sie an.
Noch immer führte der Fluss genügend Wasser, das über
Gestein und Geröll rauschte, bis es am Wehr in glitzern-
den Gischtwolken herabstürzte. Vor dem Wehr hatten
sich zwischen glattgewaschenen Felsen Bademulden gebildet, in denen im Sommer die Kinder plantschten, während

ihre Eltern sich auf den warmen Steinen sonnten. Es war einer ihrer Lieblingsplätze an ihrem Lieblingsfluss.

Sie fuhr weiter, durchquerte das menschenleere Rosières und bog links ab, der Straße nach Montréal folgend. Die Steigung fiel ihr leicht und ihr Puls ging ruhig, als sie Belleville erreichte.

Auch hier rührte sich nichts, nur hinter manchen Fensterläden sah man das blaue Flackern der Fernseher. Sie lehnte das Rad an den Pfeiler der Straßenlampe und horchte in die Nacht. Im Haus von Julys Besitzern plärrte die Glotze.

»July?«, flüsterte Tori. Ein leises Fiepen antwortete ihr.

Sie versuchte gar nicht erst, das Gartentor zu öffnen, sie ging gleich aufs Nachbargrundstück und kletterte über die Mauer in den Hof. July lag angekettet unter der Treppe, nur ihre Ohren zuckten, als Tori zu ihr schlich. Erst dann hob sie den Kopf und gab einen Laut von sich, der Tori fast das Herz brach. »Meine Kleine«, flüsterte sie, hockte sich neben sie und hielt ihr die Hand hin.

»Das hätte ich mir ja denken können!« Eine höhnische Männerstimme hinter ihr. Entweder konnte sich der bullige Typ geräuschlos bewegen oder er hatte ihr aufgelauert. Jedenfalls stand er mit einem Mal da, der Mann, der Karim sein musste, grinsend, mit funkelnden Augen, der Bauch ein praller Ball unter dem schmuddeligen T-Shirt.

»Dass ausgerechnet du dich hier einschleichst«, sagte er gedehnt. »Ich hab's nicht glauben wollen, was Jean-Claude mir erzählt hat. Dass du es wagst, hier einzubrechen! Ich hol die Polizei!«

Tori hatte nicht übel Lust, dem Fettsack eine zu langen. Doch dass Jean-Claude nicht dichtgehalten hatte, tat mehr weh als Karims billige Beleidigungen.

Sie sah ihn ruhig an und trat einen Schritt auf ihn zu. Was bei kläffenden Hunden half, nützte auch bei Männern: er ging unwillkürlich auf Abstand. »Ich werde Sie anzeigen. Wegen Tierquälerei. Sie sind weggefahren und haben den Hund allein gelassen, er wäre fast gestorben.«

»Was geht dich mein Hund an? Was vergreifst du dich an meinem Eigentum?«

»Tiere sind kein Eigentum. Tierquälerei ist verboten. Ich kann mir nicht vorstellen, dass Sie das nicht wissen.«

Karim lachte, mit weit geöffnetem Mund, sodass sein Goldzahn im Mondlicht blitzte. »Die Töle ist nichts wert, sonst hätte sie dich zerfleischt. Und so etwas nennt sich Pitbull!«

»Sie wollten einen Hund, der Menschen angreift? Sie wollten eine Kampfmaschine?« Tori hörte sich laut werden. Sie platzte gleich vor Wut.

»Ich brauche einen Köter, der uns den kriminellen Abschaum vom Leib hält. Mir, meiner Frau, den Kindern. Ist das so schwer zu verstehen? Hast du Kinder? Nein? Na bitte.«

Karim ein liebevoller Familienvater? Sie lachte ihm ins Gesicht. »Sie haben keine Ahnung von Hunden. Ein Tier, das misshandelt wird, fürchtet sich auch vor Kriminellen. Hat Ihnen das noch niemand gesagt?«

Karim schob sich wieder vor und hob die Fäuste. »Mir reicht's jetzt langsam. Willst du deutsche Schlampe mir vielleicht erzählen, wie man einen Hund erzieht?«

»Wie haben Sie mich genannt?«

»Du hast mich genau verstanden«, zischte der Kerl. »Dafür reicht dein Französisch, wetten?«

Tori musste sich zusammenreißen, damit sie nicht auf den Mann losging, der aussah, als ob er am liebsten zuschlagen würde. Da begann July vernehmlich zu knurren. Karim ließ die Fäuste sinken. Gut so. Er konnte nicht wissen, ob der Hund sich in ihren Streit einmischen würde – und vor allem wusste er nicht, auf wessen Seite. Sie starrten einander an.

»Sie werden den Hund nie wieder schlecht behandeln«, zischte Tori.

Karim drehte sich um, watschelte zum Gartentor und schob den Riegel zurück. »Verschwinde. Sofort.«

»Kotzbrocken«, sagte sie, auf Deutsch. Das war eigentlich noch viel zu freundlich.

Sie konnte lange nicht einschlafen. Man durfte July nicht bei diesem Ekel lassen, das stand fest. Aber wenn sie Karim anzeigte, konnte sie sich in Belleville nicht mehr blicken lassen. Hier regelte man die Dinge untereinander, ohne die Staatsgewalt zu behelligen. Recht und Gesetz standen für die Hauptstadt, für das verhasste Paris, für die Obrigkeit, das ignorierte man. Wenn gar ein Fremder wagte, den Frieden zu stören, schloss man sich noch fester zusammen. Sie hatte keine Chance.

July hatte keine Chance.

9

Es war lausig kalt, drinnen kälter als draußen, das war der Nachteil von alten Steinhäusern – dafür blieben sie im Hochsommer schön kühl, was derzeit weniger als ein schwacher Trost war. Tori trennte sich nur widerwillig von ihrem warmen Bett, zog sich fröstelnd an und tappte in die Küche. Der Blick in den Kühlschrank offenbarte gähnende Leere, es gab nur noch Marmelade und zwei Eier. Sie stellte die Kaffeemaschine an und wartete, bis sie ihr Knarzen und Nörgeln eingestellt hatte und betriebsbereit war. In das Rumpeln der Maschine und das Malmen des Mahlwerks schlich sich ein anderer Ton, den sie nur zu gut kannte. Das Totenglöckchen läutete. Adieu, Didier.

Ihre üblichen zwei Tassen Kaffee trank sie im Stehen. Dann steckte sie ihr Portemonnaie ein, nahm den Einkaufskorb vom Haken und wagte sich in die Welt da draußen.

Am Aufgang zur Kirche war ein Pult mit Kondolenzbuch aufgebaut. Halb Belleville stand Schlange, um sich einzutragen. Die andere Hälfte stand vorm Metzger, der in Abwesenheit der Crespins, die tatsächlich Urlaub in der Dominikanischen Republik machten, auch Brot verkaufte, das ihm vom Bäcker in Rosières angeliefert wurde. Alle waren im Zustand heller Erregung.

»Gibt's was Neues?«, fragte Tori die erstbeste Frau, die vor dem Metzgerladen wartete.

Die nickte gewichtig. »Die Polizei hat Didiers Neffen mitgenommen.«

Das wusste Tori bereits.

»Der Junge hat seinen eigenen Onkel die Kellertreppe heruntergestoßen«, mischte sich ein spindeldürrer Kerl in Zimmermannshosen ein. »Was für ein Lump.«

»Ist das sicher?«

»Wie's Amen in der Kirche.«

Die Frau schüttelte den Kopf. »Ach, das glaube ich nicht, Marcel hatte einen guten Kern. Warum sollte der Junge ausgerechnet seinem Onkel etwas antun, das war doch der einzige Mensch, den er noch hatte?«

Der Spindeldürre tippte sich an die Nase. »Geld«, sagte er. »Immer der Spur des Geldes folgen.«

»Quatsch. Didier hatte nichts, also hatte er auch nichts zu vererben.«

»So? Bist du da sicher?«

Tori hörte nicht weiter zu. Alles war möglich und alles blieb offen. Der Alte mochte die Treppe heruntergefallen sein, sein Neffe konnte nachgeholfen haben – man musste abwarten, was die polizeilichen Ermittlungen ergaben. Falls überhaupt ermittelt wurde. Nicos Misstrauen gegen die Polizei teilte sie inzwischen. Tori reihte sich in die Menschenschlange ein und hatte fast vergessen, was sie kaufen wollte, als sie endlich vor der Metzgerstheke stand und Jean-Claude sie fragend anblickte.

Am liebsten hätte sie ihn gefragt, warum er sie bei Karim angeschwärzt hatte. Aber angesichts der vielen anderen Kunden kaufte sie nur das übliche: Schinken. Paté. Kein Fleisch für den Hund.

Die Schlange vor dem Kondolenzbuch hatte sich aufgelöst, als sie aus dem Laden kam, die meisten Freunde und Bekannten schienen sich bereits eingetragen zu haben. Tori zögerte. Eigentlich gehörte sie nicht dazu. Und doch: sie hatte ihn gekannt, den alten Mann. Sie ging die paar Schritte hinüber zum Pult und schlug das Buch auf. »Adieu, Didier.« »R. I. P., mein Freund.« »Du hast es jetzt besser als wir.« Alles konnte sie nicht entziffern, aber Jérôme hatte »Wir sehen uns wieder« geschrieben, Paulette Theissier, die Apothekerin, verabschiedete sich in präziser Schrift von »ihrem alten Freund«, und Dany Barthus setzte ein verhuschtes »Gott befohlen« darunter. Erst als sie selbst »Merci, Didier« geschrieben hatte, fiel ihr auf, dass Monique Bonnet, die Bibliothekarin, etwas hinter ihren Namen gemalt hatte, das auch hinter dem Namen von Marie Laure Laporte, der Briefträgerin, zu erkennen war. Ein Kreuz aus vier Flügeln. Das Hugenottenkreuz.

Sie nahm den kürzesten Weg zurück zu ihrem Haus, tief in Gedanken versunken, den Blick gesenkt. Dann sah sie es. Vor dem Tor lag etwas, etwas Dunkles, lang ausgestreckt. Ein Etwas mit schwarzem Fell und einer weißen Schwanzspitze. July. Sie ging schneller, ihr Puls raste. Hatte Karim den Hund erschlagen und ihr die Leiche vor die Tür gelegt?

Doch in diesem Moment sprang das Fellbündel auf, schüttelte sich, drehte sich um und raste auf sie zu. Sie kniete sich nieder und nahm das Tier in den Arm. July lebte.

In ihrem Halsband steckte ein Zettel: »Du kannst die Töle behalten, deutsche Schlampe. Das Vieh passt zu dir. Es heißt Hitler.«

Kapitel III

I

July fraß, trank, rollte sich auf der Decke zusammen, die Tori an eine schattige Stelle auf der Veranda gelegt hatte, und schlief ein. Es schuf eine besondere Art von Frieden, einem Hund beim Schlafen zuzusehen. Aus lauter Rücksichtnahme räumte Tori die Geschirrspülmaschine aus, ohne mit den Tellern zu klappern, und zog die Küchentür hinter sich zu, damit July nicht vom Geräusch der Kaffeemaschine aufgeweckt würde. Manchmal zuckten ihre Läufe und sie japste leise, manchmal schnarchte sie. Kein Laut, fand Tori, konnte lieblicher sein.

Das wurde anders, als vom Kirchturm das Siebenuhrläuten ertönte. Mit dem ersten Ton sprang der eben noch so friedlich schlafende Hund mit gesträubtem Fell auf, stemmte die Vorderpfoten gegen die Verandabrüstung, legte den Kopf weit zurück und stimmte jaulend ein, in den höchsten Tönen und gänzlich unmusikalisch.

Ein lustiger Anblick. Weniger lustig war, dass Tori von nun an ebenfalls jeden Morgen um Punkt sieben Uhr hellwach sein würde, ob sie wollte oder nicht.

Der letzte Glockenton verhallte. July ließ sich auf alle vier Pfoten fallen, tappte zu ihrer Herbergsmutter und blickte erwartungsvoll zu ihr hoch. Eine klare Ansage,

Tori musste nur noch herausfinden, ob der Blick aus den braunen Hundeaugen »Hunger« bedeutete oder ob July andere Nöte hatte. July klärte die Angelegenheit, indem sie zur Treppe marschierte.

Es wurde kein Abendspaziergang wie sonst, der Mond war noch nicht aufgegangen. Auch mussten sie einen anderen Weg nehmen, hoch ins Dorf, wenn sie ein Treffen mit Karim vermeiden wollten.

Auf dem Weg zur Grande Rue hinterließ July hier und da Duftmarken, das größere Geschäft aber erledigte sie vor der Tür zur öffentlichen Toilette, was sicher sehr rücksichtsvoll war, aber nichts nützte: Die Tür war verschlossen und Tori hatte keine der Tüten, die man als Hundemensch dabeihaben sollte. Mit einigermaßen schlechtem Gewissen ließ sie die Bescherung zurück.

Sie begegneten niemandem, den Tori kannte. Vor Francines Café saßen Touristen, die zählten nicht. Auf dem Rückweg kamen sie an Dany Barthus vorbei, die vor der Tür zu ihrem Laden stand und eine Zigarette rauchte. Ob sich das mit Leistungssport vertrug? Dany schien ein wenig überrascht zu sein, sie mit Hund zu sehen, das glaubte Tori jedenfalls, aber sie grüßte wie immer freundlich.

Zu Hause ließ July sich wieder auf ihr Lager fallen. Tori bewachte ihren Schlaf, bis auch sie müde genug fürs Bett war. Sie hatte nicht die Absicht, den Hund in ihrem Schlafzimmer schlafen zu lassen, aber sie ließ alle Türen auf, damit July sich nicht allein gelassen fühlte. Eine Neuauflage der nächtelangen Heulerei konnte sie wirklich nicht gebrauchen.

Pünktlich um sieben Uhr in der Früh schreckte Tori aus dem Schlaf. Die Glocken läuteten und July stand neben ihrem Bett und heulte aus tiefster Seele. Das hatte man nun von seiner Tierliebe.

Sie tappte auf nackten Füßen die Treppe hinunter, dem Hund hinterher, der an ihr vorbeigehechtet war und bereits in der Küche saß, mit wedelndem Schweif und voller Erwartung im Blick, abwechselnd auf den Fressnapf und auf Tori schielend.

»Erst ich und Kaffee, du Untier«, murmelte sie und stellte die Kaffeemaschine an. Sie würde Hundefutter kaufen müssen, aber bis dahin musste sich July mit einem Stück trockenem Baguette begnügen. Sie hörte dem Knurpsen und Knacken zu, während sie ihren Kaffee schlürfte und darüber nachdachte, wie sich das Leben mit einem Tier wohl verändern würde. Karim hatte Halsband und Hundeleine dagelassen, wie nett von ihm. Aber was brauchte so ein Hund sonst noch? Wie oft und wie viel sollte er fressen? Musste er gewaschen werden, entfloht, entwurmt, geimpft? Hörte July auf so elementare Dinge wie Platz, Sitz, Aus, Komm her – und wie hieß das jeweils auf Französisch?

Langsam dämmerte ihr, was ihr die Liebe zu diesem Tier eingebrockt hatte. Was würde man im Dorf sagen, wenn man der zugelaufenen Deutschen immer öfter in Begleitung einer Töle begegnete, die nach bissigem Kampfhund aussah und die ihr Herrchen ausgerechnet »Hitler« getauft hatte? Ihr blieb wohl nichts anderes übrig, als es auszuprobieren.

Der erste Gang führte sie zu Jean-Claude Estevenon. Tori befestigte die Hundeleine an einem offenbar dafür vorgesehenen Ring neben der Ladentür. »Schön ruhig bleiben, ich bin gleich wieder da«, sagte sie, tätschelte Julys Kopf und hoffte, dass sie auf irgendeine magische Weise verstand. Tatsächlich: July ließ sich niedersinken und legte den Kopf auf die Pfoten.

Der Metzger saß wie immer auf seinem Stuhl in der Ecke und las. Als er Tori bemerkte, sprang er mit schuldbewusstem Gesicht auf.

»Madame!«

Tori machte ein strenges Gesicht. »Warum haben Sie mich bei Karim verpetzt?«

Das Schuldbewusstsein wich großen erstaunten Augen. »Verpetzt? Ich? Sie?« Er schüttelte den Kopf. »Ich hab ihm gesagt, dass er Glück gehabt hat und das Fleisch nicht verdorben ist, während er weg war, weil ich es ja Ihnen geben konnte!« Er hob die Schultern und breitete die Arme aus. »War das falsch?«

»Mehr war nicht?«

»Mehr war nicht! Ich schwör' bei meiner Mutter!« Jean-Claude blickte sie so lammfromm an, dass sie an seiner Unschuld unmöglich zweifeln konnte.

»Karim hat mich entsetzlich beschimpft und mir dann seinen Hund geschenkt.«

»Hitler?«

»Sie heißt July«, sagte Tori bestimmt. Sie wollte diesen anderen Namen nie wieder hören. »Ich brauche zwei Lammkoteletts und sechs Scheiben Schinken, bitte wie immer.«

»Ganz dünn geschnitten, ich weiß«, murmelte der Metzger.

»Außerdem Fleischreste für den Hund. Und ein Baguette.«

Estevenon verneigte sich ergebenst, justierte hier eine Schraube und dort ein Rädchen an seiner roten Aufschnittmaschine, legte den Schinken auf den Wagen und drehte bedächtig die Kurbel.

Tori hatte in aller Ruhe den Hund gefüttert, gefrühstückt und die Küche aufgeräumt, als es klingelte. Das musste die Post sein, Besuch erwartete sie nicht. Post allerdings auch nicht. July schien das ebenfalls verdächtig zu finden, sie schoss an ihr vorbei und bellte, laut, hell und scharf.

»Das ist doch die Bestie von Karim! Was macht die denn hier? Ich kenne die Töle, sie mag mich nicht.«

Marie Laure Laporte stand im geöffneten Tor. Normalerweise war die Briefträgerin stets schon die Treppe hochgelaufen, bevor Tori herunterkommen konnte, aber diesmal blieb sie stehen, in ihren kräftigen Händen ein Paket, das sie wie einen Schutzschild vor dem Bauch hielt.

»July! Aus!« Tori dachte noch, dass sie vielleicht »*Assis!*« oder »*Couche!*« oder »*Arrête!*« hätte rufen müssen, der Hund war schließlich Franzose, doch July war sofort still und setzte sich.

»Karim wollte seinen Hund nicht mehr«, sagte Tori und ging hinunter.

»Das kann ich verstehen.« Die Briefträgerin hielt ihr das Paket entgegen und sagte »Aus Deutschland«, was irgendwie missbilligend klang.

Tori lächelte Marie Laure an, jetzt erst recht, bedankte sich und schloss das Tor hinter ihr. »Vorsicht! Zerbrechlich!« stand auf dem Paket. Der Absender: Kanzlei Keller, Marquardt und Godon aus Frankfurt.

Sie trug das Paket hoch, stellte es behutsam auf den Küchentisch und schnitt mit dem Messer die Klebestreifen auf. Der Absender machte ihr ein schlechtes Gewissen; sie hatte ja die Kanzlei übernehmen sollen, das war Carls Wunsch gewesen und der Grund, warum er sie geheiratet hatte. Doch dann hatte er sich anders entschieden. Ob die Kollegen das noch immer übel nahmen?

Sie öffnete den Karton. Obenauf ein Brief in einem cremeweißen Umschlag, der schwer in der Hand lag. Darauf hatte Carl immer geachtet: dass die Anwaltspost edel aussah »und nicht wie die Wurfsendung eines Matratzenoutlets«. Sie legte den Brief beiseite. Unter einer Lage Pappe befanden sich sechs Flaschen Wein, nein: nicht einfach nur Wein. Es waren sechs Flaschen Riesling von Carls Lieblingswinzern im Rheingau und an Mosel und Nahe.

Unter dem Ansturm der Erinnerungen bekam sie weiche Knie. Sie setzte sich an den Küchentisch, die eine Hand auf dem ungeöffneten Brief, die andere Hand auf Julys Kopf, die neben ihr hockte, als ob sie ihren Menschen trösten wollte.

Jedes Jahr im September hatte Carl Kollegen und Angestellte zu einer Weinreise eingeladen – in den Rheingau, in die Pfalz, an die Mosel, an die Nahe. Einfach nur gemeinsam fröhlich zechen ging natürlich nicht, ein kultureller Mehrwert musste schon dabei sein, das gehörte sich so bei Carl. Alles, was Tori über Wein wusste, verdankte sie diesen Reisen.

Während ihres Studiums hatte das Geld selten für Wein gereicht, ab und an gab es mal eine Flasche aus dem Supermarkt, weiß oder rot, unter Studenten trank man vor allem italienisch. Rebsorten und Lagenbezeichnungen auf den Etiketten der deutschen Weine sagten ihr nichts. Wie großartig ein Wein und erst recht ein deutscher Wein sein konnte, hatte sie erst durch Carl gelernt.

Jede Weinreise wurde von ihm sorgfältig vorbereitet, sie führte zu zwei, drei Winzern, deren Weine mit gebotenem Ernst und zunehmend guter Laune verkostet wurden. Sie wurden überall freundlich empfangen, vor allem die jungen Winzer hielten übersprudelnd vor Begeisterung lange

Vorträge über ihr Metier. Faszinierend die Vorstellung, was die tief wurzelnden Reben alles aus den Gesteinsschichten aufnahmen, aus Schiefer und Keuper, aus Buntsandstein und Muschelkalk, aus Löss und Lehm.

Im Wein steckt Erdgeschichte, behauptete Carl.

Sie hatten in Frankreich deutschen Wein vermisst. Nichts gegen einen guten Côte du Rhône, natürlich, und nichts gegen einen Weißen aus dem Burgund. Das Vivarais aber war nicht für große Weine bekannt. Wer einen Weinberg besaß, baute die Trauben zum Eigenverbrauch aus, das galt noch bis vor wenigen Jahren. Als Carl und sie gut abgelagertes Holz für den Fußboden im Schlafzimmer suchten, waren sie bei einem alten Herrn gelandet, der auf seinem Grundstück alles Mögliche an Baumaterial gesammelt hatte, sein Hausfriedhof, wie er sagte, und der ihnen zwei knorrige Kastanienstämme verkaufte. Nach dem Abschluss des Geschäfts lud er sie in seinen Schuppen auf einen Wein ein. Er steckte einen dünnen Schlauch oben ins Fass, saugte an, spuckte aus und ließ die fahlrote Flüssigkeit in drei nicht sehr saubere Senfgläser laufen, von denen er ihnen zwei reichte.

Das Zeug schmeckte eher nach Traubensaft als nach Wein, aber die Erinnerung an diesen Tag und an diesen Geschmack erweckte Sehnsucht in ihr. Nach der Vergangenheit. Nach der Vergangenheit mit Carl.

Tori griff nach dem Brief. Die alten Kollegen hatten es nicht vergessen: Carls Geburtstag. Heute wäre er vierundfünfzig Jahre alt geworden. Sie musste den Brief beiseitelegen, sie hatte Tränen in den Augen.

July legte ihr den Kopf aufs Knie und schniefte leise. Tori wischte sich die Tränen aus den Augen und nahm den Brief wieder auf.

»Liebe Tori, lass Dich heute, an Carls Geburtstag, von Herzen von uns grüßen. Wir vermissen Carl – und wir vermissen Dich. Natürlich läuft der Laden auch ohne euch, aber etwas fehlt. Der Geist? Der Stil? Carls nervöse Energie, Deine spöttische Gelassenheit? All das und noch viel mehr. Möge es Dir gut gehen. Wir denken an Dich. Deine Freunde und Kollegen.«

Sie legte den Kopf auf den Tisch und hätte hemmungslos geheult, wenn July nicht gewesen wäre, die zu winseln begann. Sie durfte dem Tier ihre Trauer nicht zumuten.

2

July bellte nicht nur, wenn die Glocken läuteten, sondern auch, wenn jemand klingelte, und heute klingelte es bereits zum zweiten Mal. Tori beruhigte den Hund, lief hinunter und öffnete das Tor.

Der Mann, der davor stand, war mindestens so überrascht wie sie, als er sie erkannte.

»Tori! Ich wusste nicht …«

July, die oben an der Treppe stand, gab einen warnenden Laut von sich.

»… dass ich so gut bewacht werde?« Sie lachte in das verlegene Gesicht von Jan Fessmann.

»Ich wollte nur …« Er verdrehte die Augen. »Verzeihen Sie, aber ich habe nicht damit gerechnet …«

Sie legte ihm die Hand auf den Arm. »Kommen Sie hoch und begrüßen Sie den Hund.«

July beschnupperte die hingestreckte Hand, befand den dazugehörigen Mann für unverdächtig und zog sich auf ihr Lager zurück.

»Kaffee oder Tee?«

Fessmann schüttelte den Kopf, aber jetzt lächelte auch er. »Wenn ich gewusst hätte, dass Sie es sind, die hier wohnt, hätte ich Champagner mitgebracht.«

»Ich werde Sie nicht daran hindern, es beim nächsten Mal zu tun – doch wenn Sie dann bitte erst nach 18 Uhr kommen könnten? Es ist noch ein wenig zu früh für Alkohol.«

Er folgte ihr auf die Terrasse.

»Und warum sind Sie hier, wenn Sie schon nicht meinetwegen vorbeischauen?«

»Deshalb«, sagte er und schaute hoch. Sie standen unter Carls Schlafzimmer.

»Ich habe das Fenster von unten gesehen und mich gefragt, ob es original ist oder von einem anderen Bau als Spolie transloziert wurde. Aber wenn ich es mir jetzt so betrachte – ein gekuppeltes Fenster, darüber ein Dreipass, gekehlte Gewände mit Anlauf, Abnutzungsspuren ...«

»Ich denke, es stammt aus dem 16. oder 17. Jahrhundert.« Tori verstand sein Fachchinesisch nicht, aber es gefiel ihr, dass er das Fenster für alt und authentisch hielt.

»17. Jahrhundert?« Er sah sie mit hochgezogenen Augenbrauen an. »Ich würde sagen: 15. Jahrhundert. Oder sogar 14. Jahrhundert.«

»So alt? Das Haus gehört zwar zu den Ältesten im Ort, aber ... Woher wollen Sie das überhaupt wissen?«

»Verzeihen Sie, ich hätte das längst schon sagen sollen, es erklärt vielleicht meinen Überfall. Ich bin aus purer Neugier hier vorbeigekommen. Ich leite die Restaurationsarbeiten in der Kirche von Belleville und interessiere mich für die Geschichte des Ortes. Das Fenster hier sieht nach französischer Gotik aus, es scheint ein Original zu

sein, das nicht aus irgendeinem anderen Haus hierhin ver-
pflanzt wurde. Das ist natürlich spannend für unsereins.«

»Mehr als spannend. Auch für unsereins.« Jetzt käme
Tori der Champagner gerade recht.

»Die meisten Häuser im Ort sind weit jünger. Im 19.
Jahrhundert stieg die Population stark an, sie lag um 1840
etwa dreimal so hoch wie im Jahrhundert davor. Silber-
und Erzbergwerke sowie die Seidenproduktion verschaff-
ten den Menschen einen gewissen Wohlstand, das zog
viele Leute aus anderen Regionen an, die sich hier Häuser bauten. Aber was rede ich da, das wissen Sie natürlich
alles.«

»Sie meinen also, dass das Haus über fünfhundert Jahre
alt ist?«

»Mit Sicherheit. Womöglich noch älter.«

»Schade, eigentlich.«

Jan sah sie forschend an. »Warum schade?«

Tori lachte. »Ich hatte mir eingebildet, der Raum sei ein
Gebetsraum der Hugenotten gewesen. Es hätte so gut gepasst.«

»Gepasst? Wozu?«

Sie erzählte von Carls hugenottischen Ahnen und dass
sie sich vorgenommen hatte, mehr über die Geschichte
der »Kinder Gottes« herauszufinden. »Ich möchte wissen,
was die Menschen hier geprägt hat. Warum man in einer
solchen atemberaubenden Landschaft zum frömmelnden
Fanatiker wird, zum sturköpfigen Rebellen, zu jemandem,
der lieber ins Gebetbuch schaut als in den Himmel und auf
die Flüsse und Berge.«

Jan Fessmann legte den Kopf in den Nacken und lächelte in den blauen Himmel. »Gute Frage. Doch haben
die Menschen nicht immer schon versucht, ihrer irdischen

Existenz höhere Weihen zu geben? Der Calvinismus heroisierte das einfache und schlichte Leben, die Armut. Das kam bei Handwerkern und Bauern an – sie hatten ja nichts sonst. Mit Strenge gegen sich selbst erhöhte man dieses Leben. Die katholische Lebenslust der Herrschenden galt dagegen als verächtlich und wenig gottesfürchtig.«

»Der Urgrund jeder Art von Fanatismus – die Selbsterhöhung und die Verachtung anderer.«

»Seien Sie nicht so hart! Die meisten Menschen hoffen, dass ihr Leben einen Sinn und einen Draht zum Göttlichen hat. Besonders dann, wenn es so kurz und schwer ist. Übrigens: Haben Sie sich schon mal über den Schornstein Gedanken gemacht?«

»Es ist ein *cheminée sarrasine*, sagen sie hier, also ein Sarazenen-Schornstein.«

»Richtig. Die meisten dieser Schornsteine findet man in Ostfrankreich, in der Bresse, sie standen über einem großen offenen Kamin. Bis heute ist unklar, woher der Name kommt. Es gibt seriöse Historiker, die glauben, man habe die Form dieser Schornsteine auf den Kreuzzügen gegen die Sarazenen im 12. oder 13. Jahrhundert kennengelernt. Andere meinen, er sei durch vagabundierende Sarazenen selbst nach Frankreich gelangt«. Er sah nicht aus, als ob ihn eine der beiden Erklärung überzeugte.

Doch Tori gefiel sie. »Es passt irgendwie. Das ist ja der älteste Teil des Hauses, die anderen vier Teile sind im Laufe der Jahre dazugekommen.«

Fessmann nickte, den Blick noch immer auf das Fenster gerichtet. »Die Familie vergrößert sich, man baut an, ein Nachbar stirbt, man nimmt sein Haus dazu. So ist das in einem südfranzösischen Mas. Doch da ist noch etwas, was dieses Haus hier besonders macht.«

Er ging zur Brüstung und schaute hinunter. Die Terrasse lag drei Stockwerke über dem Straßenniveau. »Ihr Haus sieht wie eine Festung aus: in den Felsen gebaut, der Innenhof von einer Mauer umgeben, uneinnehmbar …« Er lächelte sie an. »Es sei denn, Sie öffnen das Tor, wenn ein Dahergelaufener klingelt.«

Sie lächelte zurück. »Bislang hat sich diese Unvorsichtigkeit durchaus bezahlt gemacht.«

»Der Hund dürfte das Schlimmste verhindern.«

»Der Hund schläft. Und ich wüsste gern mehr über die Geschichte dieses Hauses. Die letzte Besitzerin war die Schwiegermutter des vorvorigen Bürgermeisters, gut möglich, dass einer der alten Leute noch etwas zu erzählen hat, das war der Grund, warum ich kürzlich beim Pétanque zusehen wollte.«

»Und dann sind Sie urplötzlich gegangen. Dabei war dass Spiel noch gar nicht richtig in Fahrt!«

»Stimmt.« Sie hatte an Carl gedacht. Sie dachte noch immer viel zu oft an Carl.

»Was ist los, Tori? Sie sehen traurig aus.« Seine Stimme klang weich und besorgt und das machte sie fast noch trauriger.

»Ach was.« Sie straffte sich. »Erzählen Sie mir lieber, was genau Sie mit unserer Kirche vorhaben. Ich habe das Gerüst im Innenraum gesehen, es reicht ja bis fast unter die Kuppel.« Sie standen noch immer auf der Terrasse. »Wollen wir uns nicht setzen, während Sie erzählen?«

Jan Fessmann faltete seine langen Beine so, dass sie unter den Terrassentisch passten, legte beide Arme auf den Tisch und sah ihr in die Augen. »Interessiert Sie das wirklich, Tori?«

»Ja.«

Er lehnte sich zurück. »Wenn ich erst einmal zu reden anfange, finde ich kein Ende.«

»Umso besser.«

»Wir stellen die Gemälde in der Kuppel wieder her, die im 18. Jahrhundert übermalt worden sind. Die protestantische Abneigung gegen Zierrat hat damals auch die Katholiken nicht kaltgelassen.«

»Wie macht man das? Benutzen Sie ...« Wie hieß das Gerät noch mal, mit dem man den Untergrund abtasten konnte, ohne die verschiedenen Farbschichten zu verletzen?

Er lachte. »Wir haben hochspezialisiertes Gerät, aber mein Lieblingswerkzeug ist das Skalpell. Damit hebe ich die obere Farbschicht ab und schaue, was darunterliegt. Es hilft natürlich, wenn ich eine Vorstellung davon habe, mit welcher Art von Farbe das ursprüngliche Gemälde überstrichen worden ist.«

»Sie arbeiten mit einem Skalpell? Das dauert ja ewig!«

Fessmann nickte. »Was man in diesem Beruf braucht, ist unendlich viel Geduld und lange Unterhosen.«

»Ach?«

Er lachte wieder. »Weil es in den meisten Kirchen saukalt ist.«

Jan Fessmann erzählte und erzählte. Er war ein Glücksfall, denn er schien genau der Experte zu sein, den sie brauchte. Aber sie zögerte, ihn jetzt schon einzuweihen in ihren Fund auf dem Dachboden.

Ein paar Stunden später holte sie eine Flasche Wein aus dem Kühlschrank. Nach dem zweiten Glas bot sie ihm das Du an – das gehörte sich schließlich unter Landsleuten in der Diaspora. Er verabschiedete sich erst, als die zweite Flasche leer war.

»Alles andere erzähle ich dir am Ort des Geschehens, was hältst du davon, wenn du morgen vorbeikommst?«

Tori zögerte. »Morgen ist Samstag, da fahre ich zum Markt in Les Vans. Aber danach?«

»Wann immer du willst.«

Sie brachte ihn hinunter zum Tor. July hob den Kopf, schnaufte zufrieden und schlief weiter. Sie hatte Jan offenbar in den Kreis der vertrauenswürdigen Personen aufgenommen. Tori nahm das als gutes Zeichen.

»Das nächste Mal komme ich allein deinetwegen hier vorbei, versprochen«, sagte Jan zum Abschied. Dann drehte er sich noch einmal um. »Wäre es furchtbar aufdringlich, wenn ich dich fragte, ob du mich mitnimmst zum Markt?«

Sie schüttelte den Kopf und spürte, wie sich ihre Stimmung beim Gedanken daran hob.

3

Es war albern, sicher, aber sie führte Jan geradezu mit Besitzerstolz über den Markt von Les Vans, der sich in den engen Gässchen rund um die Place du Marché abspielte.

Der Parkplatz, der ganz in der Nähe lag, war jetzt, um 10 Uhr, zwar voll besetzt, aber die Einheimischen erledigten ihre Einkäufe früh und fuhren früh wieder ab. Schon nach zwei Runden über den Platz hatte sie eine Parklücke gefunden.

»Wir gehen zuerst zum Stand von Isabelle, es gibt jetzt den ersten Salat und Spinat, junge Radieschen und frische Kräuter, und das ist immer schnell ausverkauft.«

Jan nickte und nahm ihr den Einkaufskorb ab, wie es

nicht nur hier üblich war: Die Frauen laufen beim Beutemachen voraus, die Männer tragen die Beute hinterher, und wenn sie gefragt werden, ob sie sich dieses oder jenes zum Essen wünschen, machen sie ein ratloses Gesicht oder murmeln »Was immer du für richtig hältst, *chérie.*«

Eile war sinnlos. Französische Tratschtanten beiderlei Geschlechts standen immer in der Mitte der Gassen, die durch die Verkaufsstände noch schmaler geworden waren. Die Mitglieder holländischer Familien liefen stets möglichst breit aufgefächert nebeneinander her, sodass man sie nicht überholen konnte und sich ihrem Schlendertempo anpassen musste. Die Deutschen blieben gern abrupt stehen, wenn ihr Hund irgendetwas interessant fand, sodass man in sie hineinlief. Wenn man endlich an allen Hindernissen vorbei war, kam einem jemand entgegen, der es genauso eilig hatte wie man selbst und ebenso grimmig guckte. Kurz: für Menschen, die etwas erreichen wollten, etwa die Versorgung mit Lebensmitteln, war der Markt von Les Vans eine Herausforderung. Doch davon abgesehen war er der schönste Markt weit und breit.

Isabelle begrüßte sie wie eine alte Bekannte. Nicht nur bei ihr, auch nebenan, am Stand mit dem frischen Ziegenkäse, stand man Schlange.

»Guck ihn dir an«, flüsterte sie Jan zu, »der Alte flirtet wirklich mit jeder und alle spielen mit. Wir mögen ihn, trotz seiner schiefen Zähne.«

»Angesichts der Fortschritte der Zahnmedizin muss man ja geradezu froh sein, dass schiefe Zähne noch nicht ausgerottet sind, oder?«, flüsterte Jan zurück.

Am Springbrunnen auf dem Marktplatz tobten Kinder und Hunde und die Tische vor dem Marktcafé waren voll besetzt. Während July sich mit einem kleinen Mädchen befreundete, zog Jan Tori zum Weinausschank der Domaine Chazalis, wo sie keine Kostprobe ausließen. Es hatte was, schon am frühen Morgen beschickert zu sein. Danach flanierten sie noch entspannter durchs Gewühl.

»Les Vans war die Hochburg der Aussteiger aller Nationen, damals, in den 70er Jahren. Und schau mal: jetzt sitzen die älter gewordenen Hippies mit den Rastalocken und die Frauen mit den hennagefärbten Haaren neben uralten Bäuerchen, die Honig oder getrockneten Lavendel verkaufen.« Tori lachte.

»In welcher Mondphase die wohl den Weizen für ihr Brot geerntet haben?«, murmelte Jan, der sich über ihren Überschwang freute.

»Die Aussteiger halten das alte Frankreich am Leben. Irgendwie passt das, dass sie ausgerechnet hier gelandet sind, im Land der Rebellen.«

»Ich wette, sie glauben fast so stark an die Sündhaftigkeit des modernen Lebens wie die Kinder Gottes vor über dreihundert Jahren.« Jan nahm ihren Arm, während sie sich durch die enge Gasse hoch zum Platz Leopold Ollier zwängten, der außerhalb der Marktzeiten zum Parken benutzt wurde. Tori traute sich nicht, Jan zu einem Abstecher zu den Klamottenverkäufern zu überreden, die dort ihre Stände hatten, dabei brauchte sie dringend ein paar neue Pluderhosen. Aber das war dann doch zu intim. Sie lotste ihn stattdessen zu ihrer Lieblingskneipe, Le Dardaillon.

»Tori!« Der schwere Mann mit den dunklen Augen und dem glatt zurückgekämmten schwarzen Haar, der sich mit voll beladenem Tablett wie ein Tänzer durch die engen Reihen zwischen den Tischen bewegte, begrüßte sie mit breitem Lächeln. »Was kann ich für dich tun?«

»Das ist Richard, der schnellste Kellner, den ich kenne,

auch wenn er mit seiner Wampe nicht gerade danach aussieht. Und der netteste«, murmelte Tori, als Richard ihre Bestellung aufgenommen hatte. »Im Dardaillon treffen sich jeden Samstag die Alt- und Junghippies und trinken den ersten Pastis des Tages. Selbst im Winter sitzt man hier morgens in der Sonne.«

Sie setzten sich an eins der Tischchen mit Blick auf den großen Platz mit den bunten Klamottenständen, ließen sich von den Plattenverkäufern mit französischen Chansons beschallen, legten die Füße auf die Brüstung, tranken Wein und aßen Käse. July lag im Schatten unter dem Tisch und ignorierte die Hunde der anderen Gäste. Tori hatte sich lange nicht mehr so entspannt gefühlt.

Jan kam ihr zuvor. »Erzähl mir von dir«, sagte er in dem Moment, in dem ihr die Frage schon auf der Zunge lag.

»Erst du.« Du hast mehr zu erzählen, dachte sie. Über mich gibt es schon viel zu lange nichts mehr zu sagen. »Warum wird man ausgerechnet Kirchenrestaurator?«

»Ach, ich hätte auch Historiker werden können. Mich faszinieren die Zeugnisse aus der Vergangenheit, aber am liebsten sind mir die handfesten. Im christlichen Europa sind Sakralbauten die ältesten Architekturzeugnisse, die wir haben. Ich versuche, so viel wie möglich wieder zum Leben zu erwecken. Der Schaden, den die protestantischen Bilderstürmer und die Französische Revolution angerichtet haben, ist groß genug. Kennst du das Kloster von Cluny?«

»Nein.« Carl und sie hatten hinfahren wollen, wieder etwas, wozu der Feind in seinem Kopf ihnen keine Zeit gelassen hatte.

»Die Kirche war einst das größte Gotteshaus des Christentums. Sie wurde nach der Französischen Revolution fast gänzlich zerstört und als Steinbruch genutzt. Eine Tragödie. Ihre Reste lassen noch erahnen, wie großartig der Bau einst gewesen sein muss.«

»Ganz im Unterschied zu unserer mickrigen kleinen Dorfkirche.«

»Klein schon, mickrig nicht. Es wäre allerdings schön, wenn es bald Sommer würde. Es ist wirklich arschkalt bei der Arbeit.«

Sollte sie ihm nicht doch von ihrer Entdeckung auf dem Dachboden ihres Hauses erzählen? Sie bezweifelte zwar plötzlich, dass die Malereien irgendetwas zu bedeuten hatten, aber er hörte ihr zu, ohne auch nur eine spöttische Bemerkung.

»Ich müsste mir das ansehen, um dir eine halbwegs realistische Einschätzung geben zu können.«

»Die Malerei scheint über die ganze Wand auch unterhalb des Dachbodens gegangen zu sein. Ich frage mich, ob man sie dort wieder sichtbar machen kann.«

»Kommt darauf an.« Jan winkte nach Richard. »Es hängt viel davon ab, ob man nur über die Malereien gestrichen hat oder ob die Wand neu verputzt wurde. In letzterem Fall hat man wahrscheinlich den Untergrund aufgeraut, damit der Putz hält, das hat man früher mit dem Beil erledigt. Das könnte die Malereien natürlich beschädigt haben. Kalkfarbe hingegen kann man entfernen. Mit dem Skalpell, halt. Dauert nur ein bisschen.«

Richard brachte zwei frische Gläser mit Chardonnay.

»Wenn du ganz viel Glück hast, haben sie einfach eine zweite Mauer vor die Malereien gesetzt. In vielen alten Häusern gibt es solche Hohlräume, nicht erst seit dem 17. Jahrhundert, als die Hugenotten ihre Bibeln und Gesangbücher verstecken mussten.«

Tori spürte, wie ihr Puls sich beschleunigte. »Würdest du mir helfen …«

Sie wurde vom Schnarren seines Telefons unterbrochen. »Entschuldige bitte.« Er starrte aufs Display. Sein Gesicht wurde ernst und verschloss sich. »Es tut mir leid, Tori. Aber ich fürchte, wir müssen diesen wunderbaren Ausflug abbrechen. Ich muss noch heute nach Deutschland zurück.«

4

Tori hörte das Telefon klingeln, als sie gerade das Tor hinter sich geschlossen hatte und noch unten an der Treppe stand. Sie dachte nicht daran, sich zu beeilen, doch der Anrufer dachte ebenso wenig daran, aufzugeben. So viel Geduld oder Ungeduld, ganz wie man's nimmt, haben nur zwei, dachte sie und nahm das Telefon von der Station.

»Kannst du bitte kommen? Gleich? Hier ist die Hölle los.« Eva, die hatte beides.

»Da es kein Hochwasser sein kann, muss es sich wohl zur Abwechslung um Feuer handeln. Oder ist dir wieder ein Gast abhandengekommen?«

»Mach dich nur lustig. Die Bullen sind hier und suchen den Holländer.«

»Hab ich nicht gesagt, dass es besser gewesen wäre, du hättest sein Verschwinden angezeigt?« Himmel, klang das rechthaberisch. Aber es sah ganz so aus, als hätten sich ihre bösen Ahnungen bestätigt. Die Polizei in Gestalt von Commandant de Police Serge Masson hatte sich für das Verschwinden des Mannes am Abend bei Marie-Theres nicht die Bohne interessiert, umso alarmierender also, dass sie es jetzt tat.

»Welche Art Polizei ist denn bei dir?«

»Irgend so ein Obermacker aus Privas und sein Unterling. Kommst du? Und bring deinen Freund mit.«

»Nico?«

»Hast du sonst noch einen?«

Tori verspürte plötzlich überwältigend große Lust, Eva mit ihren Problemen allein zu lassen. »Ich komme nur, wenn du deine schlechte Laune nicht an mir auslässt.«

Sie hörte Eva tief aufseufzen,

»Tut mir leid, Tori. Mir geht das alles entsetzlich an die Nieren.«

»Schon gut. Ich bin gleich da.«

Sie hinterließ eine Nachricht auf Nicos Anrufbeantworter, überredete July, sich wieder auf ihrer Decke schlafen zu legen, und fuhr los.

Zwei Polizeiautos blockierten die enge Straße durch Fayet, sie parkten gegenüber dem Apartment Bellamie, in dem Adriaan gewohnt hatte. Tori stellte ihren Wagen dahinter ab und stieg aus. Vor der Treppe zum Eingang redete eine erhitzte Eva auf zwei Männer ein, der eine davon war Serge Masson aus Privas.

»Gut, dass du da bist.« Eva unterbrach ihre Philippika, legte Tori die Hand auf den Arm und stellte sie als ihren Rechtsbeistand vor. Masson musterte sie mit hochgezogenen Augenbrauen, dann hob er die Hände in einer Geste der Resignation. Sein Gesicht wurde noch länger, als der nächste Wagen vorfuhr und Nico ausstieg.

»Ich bin der Dolmetscher«, sagte er, bevor Masson etwas sagen konnte. »Damit es nicht zu Missverständnissen aufgrund sprachlicher Verständigungsprobleme kommt.«

Die Einzige, die manchmal sprachliche Verständigungsprobleme hatte, war Tori. Evas leichter deutscher Akzent veranlasste Menschen stets, ihr Französisch zu unterschätzen, doch das war ein Fehler.

»Vielleicht könnten wir erst einmal klären, worum es überhaupt geht.« Nico lächelte beruhigend in die Runde.

»Ich werde beschuldigt, das Verschwinden meines Vermieters nicht gemeldet zu haben, dabei ist es die Freiheit jedes Bürgers, zu kommen und zu gehen, wann er will«, sagte Eva trotzig.

»Solange er die Miete bezahlt hat.« Nico, mit gespielter Strenge.

Eva nickte. »Er hat vorausbezahlt, mir ist das lieber so, falls jemand sehr früh am Morgen abreisen möchte. Und im Übrigen bin ich kein Polizeispitzel.«

»Ich sehe in alledem nichts, was fragwürdig wäre«, mischte sich Tori ein. »Herr Postma« – endlich war ihr der Nachname wieder eingefallen – »hat nichts Wertvolles zurückgelassen und es gab kein Indiz dafür, dass ihm etwas widerfahren ist, also war Frau Gaertner auch nicht zu irgendeiner Meldung verpflichtet.« Außerdem sollte sich der liebe Serge Masson mal daran erinnern, dass er es kürzlich in der Kneipe vehement abgelehnt hatte, sich mit dem Schicksal irgendeines verschüttgegangenen Holländers zu belasten.

Masson wippte auf den Fußballen auf und ab. »Ich beschuldige überhaupt niemanden. Wir hätten Herrn Postma nur gern gesprochen und haben uns gewundert, dass über seinen Verbleib so gar nichts bekannt ist.«

»Aber ich sagte doch …«

»Pscht!« Nico nahm Eva in den Arm.

Masson lächelte mit schmalen Lippen. »Wir ermitteln in einem Todesfall, bei dem wir unnatürliche Todesursachen nicht ausschließen können. Aber da Herr Postma uns leider keine Auskunft geben kann …« Er hob die schmalen Schultern und ließ sie wieder fallen, drehte sich schneidig um und ging, gefolgt von seinem Begleiter, der die ganze Zeit stumm danebengestanden hatte.

»Ein Todesfall, bei dem wir unnatürliche Todesursachen nicht ausschließen können««, sagte Eva auf Deutsch und ahmte den steifen Tonfall Masson spöttisch nach. »Blöder Bulle.«

»Es muss um den alten Didier gehen. Ich dachte, der sei volltrunken die Kellertreppe heruntergefallen?«

»Ich dachte, sein Neffe hätte nachgeholfen?« Zumindest das Dorf, dachte Tori, war davon überzeugt. »Und was soll all das mit dem Holländer zu tun haben?«

»Vielleicht hat er ihm ein paar Drogen verkauft?« Nico lachte.

Masson, der schon fast an seinem Auto angelangt war, ließ seinen Begleiter allein weitergehen und kehrte um.

»Madame«, murmelte er und machte eine kleine Verbeugung Richtung Tori. »Vielleicht können ja Sie mir ein paar Fragen beantworten?«

Tori blickte von Eva zu Nico. »Gern. Aber ich bin Herrn Postma nie begegnet.«

»Sie haben mit Didier Thibon gesprochen, letzte Woche. Und Sie haben ihn aufgesucht, hat sein Neffe erzählt.«

»Serge! Warum sagst du nicht gleich, dass es um den alten Didier geht! Und wieso könnt ihr eine unnatürliche Todesursache nicht ausschließen?« Nico tat überrascht, was ihm keiner abnahm, der ihn kannte.

Masson seufzte. »Wann kann man das schon, *mon ami*? Noch nicht einmal, wenn einer im Bett gestorben ist. Die Nachbarn wollen in der Nacht vor seinem Tod einen heftigen Streit im Haus des Verstorbenen gehört haben. Krach zwischen Onkel und Neffe soll es öfter gegeben haben, also haben wir uns den Neffen vorgeknöpft.«

»Und?« Nico lehnte an der Mauer, Eva saß auf der Treppe und Tori hätte sich am liebsten danebengesetzt, statt wie ein Schulmädchen vor Masson zu stehen. Sie verschränkte die Arme vor der Brust.

»Marcel Chabanel ist uns nicht gerade unbekannt, da schaut man schon mal genauer hin. Natürlich bestreitet er, beim Sturz seines Onkels von der Kellertreppe nachgeholfen zu haben.«

»Natürlich. Es wäre ja auch schlecht nachzuweisen.«

»Richtig. Der junge Mann gibt im Übrigen zu, dass er sich mit seinem Onkel gestritten hat. Didier sei, wie er sich ausdrückt, in der letzten Zeit zu geschwätzig gewesen. Er habe nicht nur gegenüber Adriaan Postma mit irgendwelchen Geheimnissen geprahlt, sondern auch Ihnen gegenüber.«

Masson nahm Tori fest in den Blick. Ihr fiel auf, wie müde seine grauen Augen waren.

»Wir haben uns über mein Haus unterhalten. Und über Höhlen und Grotten.«

»Das war alles?«

»Mehr oder weniger ja.«

»Sind Sie sicher?«

»Na ja – der Alte hat sich ein bisschen wichtig gemacht. Er hat was von Geheimnissen erzählt, die er nicht verraten dürfe. Geheimnisse der Väter. Der Nachfahren der Rebellen.«

»Geschwätz.« Nico schüttelte den Kopf.

»Da war noch etwas.« Tori sah den Alten vor sich, sein gerötetes Gesicht, die schrundige Nase, die Tuffs weißer Haare, in seiner Hand das Glas mit dem grellgrünen

Getränk. »Er hat von ›unserer Schande‹ gesprochen. Das haben sicher einige mitgekriegt, die in der Kneipe saßen.«

Serge Masson atmete tief ein. Dann nickte er.

»Ich verstehe. Sie hüten ihre Geheimnisse, die Leute von Belleville. Das tun sie schon seit Jahrhunderten. Man kommt schwer dagegen an, vor allem, wenn man die Staatsgewalt verkörpert.«

»Didier hat viel erzählt, wenn er genug zu trinken hatte. Das sind doch alles Ablenkungsmanöver seines Neffen. Soll vielleicht Tori den Alten die Kellertreppe hinuntergestoßen haben?« Tori war dankbar für Nicos gespielte Empörung. Sie fand die ganze Diskussion unwirklich.

Masson wich ihrem Blick aus. »Marcel hat nach dem Streit das Haus seines Onkels verlassen und ist zur Bar von Marie-Theres gefahren, wo er eine Kneipenbekanntschaft getroffen hat, bei der er übernachtet hat. Die Frau bestätigt das. Zum wahrscheinlichen Todeszeitpunkt des Alten war er also nicht im Haus.«

»Alles schön und gut. Und warum belästigen Sie dann mich?« Eva stemmte die Fäuste in die Seiten.

Serge Masson legte die Hand an die Schläfe. »Ach, sagen Sie sich einfach: weil ich ein blöder Bulle bin, gnädige Frau.« Er drehte sich um und ging.

Sein Deutsch war zwar nicht akzentfrei, aber fließend. Eva sah ihm entgeistert hinterher.

Nico lachte. »Er ist einer von drei Polizisten in Frankreich, die Deutsch sprechen und verstehen. Wusstest du das nicht?«

5

Noch war der Morgen kühl, doch der launische April neigte sich seinem Ende zu. Der Himmel war wolkenlos blau und die Sonne wurde täglich kräftiger.

Auf dem Weg zum Bäcker kam es Tori vor, als wäre das Wetter freundlicher als ihre Nachbarn. Oder täuschte sie sich vielleicht? Dass Karim nicht grüßte, als sie an ihm vorbeilief, wunderte sie nicht, zudem lag er unter einem schäbigen alten Renault, schraubte und fluchte zu lauter Musik. Der kleine Trupp, der aus der Kirche kam, ignorierte sie, aber das konnte auch am Heiligen Geist liegen. Paulette Theissier, die in der offenen Tür zu ihrer Apotheke stand, gönnte ihr ein kaum wahrnehmbares Kopfrucken und Dany Barthus trat, als sie Tori kommen sah, hastig ihre Zigarette aus, um sich wieder in ihren Laden zurückzuziehen. Francine war beschäftigt mit der Bedienung all der Touristen, die vor dem Café an der Grande Rue in der Sonne saßen, sich unterhielten oder Zeitung lasen.

Es war alles so wie immer. Sie litt unter Verfolgungswahn.

Ihr ungutes Gefühl hatte mit Didier Thibons Tod und dem Gespräch mit Serge Masson zu tun – und mit dem Verschwinden des Holländers. War Adriaan Postma also tatsächlich etwas zugestoßen? War er verschwunden, weil er einem dörflichen Geheimnis auf der Spur gewesen war, und war Didier tot, weil er es verraten hatte?

Beim Frühstück mit July, die mit Begeisterung versuchte, den mitgebrachten Knochen zu zerkleinern, studierte sie die Kopien, die der Holländer von den beiden

Wanderkarten angefertigt hatte, und versuchte, die hineingemalten Kringel und Striche zu interpretieren. Auf den Kartenausschnitt vom Bois de Païolive hatte der Mann zwei Stellen oberhalb des Chassezac markiert.

Der Chassezac war der Ardèche durchaus ebenbürtig, nur nicht so bekannt. Auch dieser Fluss hatte sich tief in den Fels gegraben, dessen Überreste sich über ihm erhoben wie ein Geisterschloss. Inmitten eines verwunschenen Waldes aus niedrigen Steineichen standen weiße Skulpturen, die das Wasser aus dem weichen Stein gewaschen hatte, manche sahen aus wie Fabeltiere, Riesenschildkröten oder Mammuts. An einer Stelle konnte man den unterirdischen Fluss rauschen hören, und diese Stelle hatte Adriaan markiert.

Eigentlich konnte man an einem Ort, den derart viele Touristen besuchten, nicht einfach so verloren gehen. Andererseits wurden immer wieder Höhlen und Gänge entdeckt, die seit Jahrtausenden von keinem Menschen betreten worden waren. Vielleicht hatte der Mann aus Rotterdam seine Grotte Chauvet entdeckt und nicht wieder aus ihr herausgefunden? Die andere Möglichkeit, nicht weniger alarmierend: Er hatte etwas entdeckt, was er nicht hätte entdecken sollen.

Sie zog ihre Wanderstiefel an, was July in einen Freudentaumel versetzte. Ob der Hund freiwillig ins Auto steigen würde? Es waren zwar nur ein paar Kilometer zu fahren, doch Karim hatte seine ungeliebte Töle ganz gewiss nicht ans Autofahren gewöhnt. Zu ihrer Überraschung sprang July hinten in den Landrover, als ob das die natürlichste Sache der Welt sei.

Sie stellte den Wagen auf dem Parkplatz l'Agachoud ab. Der Bois de Païolive war nur im ästhetischen Sinn eine

Wildnis, das Gelände war gut erschlossen, es gab Parkplätze und markierte Wanderwege. Doch für einen Hund ging es hier noch immer romantisch genug zu.

July stürzte sich ins Gestrüpp, erkundete jede Öffnung im Gestein, lief voraus und wieder zurück, um Tori begeistert zu umrunden, bevor sie wieder losgaloppierte, dem nächsten aufregenden Geruch hinterher. Die Vögel pfiffen, hoch oben brummte ein Motorflugzeug, ansonsten Stille. Tori glaubte, die Felsen rechts und links des Weges knistern und knacken zu hören, aber wahrscheinlich waren es nur Eidechsen und Mäuse, die durchs Unterholz raschelten.

Der Pfad führte durch Felsschluchten und lichten Wald, mal sah der Fels wie das pockennarbige Stück eines Meteoriten aus, mal wie eine römische Tempelruine. Der räudige Geruch von Buchs mischte sich mit dem Duft von feuchtem Laub. Was hatte Adriaan hier gesucht – oder finden wollen?

Nach einer Wegbiegung erhob sich rechter Hand eine Felsskulptur, die wie ein aufgerichteter Bär aussah. Als Tori näherkam, begann die Luft zu vibrieren, ein blauer Schimmer legte sich über den weißen Stein und ein süßlicher Geruch ließ sie stillstehen, es roch nach verrottendem Obst oder Schlimmerem. Sie bahnte sich einen Weg durch das Gestrüpp von Brombeerranken, die sich um ihre Beine legten und sie festhalten wollten, sie musste näher heran, damit die Halluzination sich auflöste.

Doch das blaue Licht verschwand nicht, es schwebte wie ein Schleier über der Bärenskulptur und wich auch nicht, als sie die Hand auf den warmen Felsen legte. Der Geruch war so stark geworden, dass ihr Kopf schmerzte.

Sie zog die Hand zurück und machte einen Schritt zur

Seite. Langsam beunruhigte sie ihre Licht- und Geruchsempfindlichkeit. Migränekranke berichteten von ähnlichen Sensationen, vielleicht war das ja der Grund für ihre Sinnestäuschungen? Zur Diagnose »Migräne« passten auch die Kopfschmerzen. Sie musste sich endlich zu einem Besuch beim Arzt durchringen. Philippe Leconte genoss im Dorf einen guten Ruf – da war es egal, dass sie ihn nicht wirklich mochte.

July bellte, kurz und alarmiert. »Bin gleich wieder da«, rief Tori, drehte sich um und trat ins Leere.

Sie riss sich die Hände an den Brombeerranken blutig, während sie versuchte, im vom Regen feucht und glitschig gewordenen Erdreich Halt zu finden. Doch unaufhaltsam rutschte sie immer weiter, hinunter in das Loch, das unter dem Gestrüpp verborgen war. Mit Händen und Füßen versuchte sie, sich an den Wänden des Schachtes festzukrallen, griff nach Wurzelwerk und Gesteinsbrocken, aber nichts hielt ihren Sturz länger als ein paar Sekunden auf. Es ging hinab, langsam, aber unaufhaltsam. Nach schlammiger Erde kam harter Fels, eine Materie, mit der sich ihre Hände und Füße dank jahrelangem Klettertraining bestens auskannten, aber all ihre Bemühungen verlangsamten nur die Rutschpartie. Endlich landete sie, hart, auf Schlamm und Geröll, gefolgt von einem Regen aus Erd- und Gesteinsbrocken, die sie bei der Rutschpartie mitgerissen hatte.

Dann war es still. All ihre Sinne suchten verzweifelt nach Orientierung. Vor ihren Augen Schwärze, kein Lichtstrahl, noch nicht einmal ein blauer Schleier. Ihre Hände tasteten nichts außer feuchtem Geröll. Sie hörte es rauschen und gluckern, da war Wasser, ganz in der Nähe. Der süßliche Geruch war verschwunden, es roch nach nichts

Besonderem, nur nach nasser Erde. Sie versuchte aufzustehen, rutschte ab und landete neben dem Geröllhaufen auf matschigem Lehmboden. Auf den Knien ertastete sie sich ihre Umgebung. Vor ihr fließendes Wasser, hinter ihr Felsen, dazwischen ein schmales Ufer.

Sie glaubte, in weiter Entfernung July kläffen zu hören. Hol Hilfe, dachte sie mit aller Kraft, als ob ihre Gedanken den Hund erreichen könnten. Ich weiß nicht, ob ich hier allein wieder herauskomme. Sie griff in die Hosentasche und fühlte Erdkrümel und Kieselsteinchen. Auch das noch. Das konnte ihr Handy nicht überlebt haben. Sie holte es hervor und schaltete es ein. Das Gerät schien zu funktionieren, aber was half das schon hier unten, wo es keinen Empfang gab? Wenigstens hatte sie damit eine Lichtquelle. Im matten Licht des Displays sah sie, was sie schon ertastet hatte: den Schacht, den sie heruntergerutscht war, die Felswand, das gluckernde Wasser, das schmale Ufer.

Sie schaltete das Handy wieder aus, der Akku war nicht voll geladen und womöglich brauchte sie bald wieder ein wenig Licht. Dann stand sie auf. Obwohl sie aus der Übung war, kam es auf den Versuch an. Wozu war sie in Frankfurt jahrelang mindestens einmal in der Woche ins Kletterzentrum gegangen? Es gab genug Vorsprünge und Ecken in der Wand, in die man sich krallen konnte, das hatte sie beim Hinunterrutschen schmerzlich zu spüren bekommen. Sie sprang in die Wand. Die ersten Meter fielen ihr leicht, euphorisch kletterte sie weiter, bis der Fels endete und sie auf Erdreich stieß. Ihre Finger versuchten, sich in der feuchten Erde festzukrallen, damit sie sich hochziehen konnte, ihre Füße hatten noch Halt im Gestein. Doch schon nach einem Klimmzug rutschte sie ab, bei diesem und beim nächsten und all den anderen Versuchen, sie zählte sie irgendwann nicht mehr.

Erschöpft gab sie auf, hockte sich hin und versuchte, einen klaren Gedanken zu fassen. Sie war erst schnell, dann langsam hinuntergerutscht, daraus konnte man schließen, dass sie sich nicht allzu tief unter der Erde befand. Das Geröll, auf dem sie gelandet war, war sicher erst von den Regenfällen vor zehn Tagen heruntergespült worden. Die ganze Gegend hier war löchrig wie ein Emmentaler, es kam wahrscheinlich nicht selten vor, dass ein Schacht freigeschwemmt wurde.

Ihr Pech, dass man oben vom Wanderweg aus das Loch im Boden nicht sehen konnte, sicher würde niemand auf die Idee kommen, mal nachzuschauen, ob ein unaufmerksamer Idiot wie Tori Godon eventuell hineingefallen war. Ihre einzige Hoffnung war July.

Sie rief hinauf in den Schacht, so laut sie konnte. Ihr antwortete nur ein Echo, das darauf hindeutete, dass sie sich in einem Raum mit großer Ausdehnung befand. Den Hund hörte sie nicht, dafür ein leises Wispern, das wie Gelächter klang. Jetzt drehst du durch, dachte sie, schaltete ihr Handy an und versuchte, im Licht des Bildschirms etwas zu erkennen.

»Mit Besuch habe ich nicht mehr gerechnet«, sagte eine heisere Stimme in schleppendem Französisch.

Tori zuckte zusammen. Eine menschliche Stimme hätte sie hier unten als Letztes erwartet. »Ich bin nicht freiwillig hier«, antwortete sie und merkte an dem leisen Gelächter des Mannes, wie absurd das klang.

»Ich auch nicht. Wissen Sie, welcher Tag heute ist?«

Welcher Tag? Gute Frage. »Heute ist Samstag. Der 24. April, wenn ich nicht irre.«

»Ach.« Ein tiefer Seufzer. »Dann habe ich ja noch ein bisschen Zeit. Ich bin erst seit zehn Tagen hier unten. Ohne Essen stirbt man natürlich irgendwann, aber ohne Wasser ist man schneller tot, und Wasser gibt es hier genug.«

»Wer sind Sie?« Die Frage aller Fragen, aber Tori wusste keine bessere. Dabei ahnte sie längst, wer hier unten so lange schon aushielt.

»Sind Sie Deutsche? Ihr Französisch klingt so eingeboren wie meines.«

Der Mann hatte Humor. »Sie sind Adriaan Postma«, sagte Tori.

»Ach, man hat mich also doch vermisst? Sind Sie das Suchkommando?«

»Nein. Ja. Ich …« Wie sollte sie ihm erklären, was sie hierhin geführt hatte? Vor allem: Wie sollte sie ihm klarmachen, dass niemand nach ihm gesucht hatte? »Wie sind Sie hier unten gelandet?«

Adriaan seufzte. »So wie Sie, nehme ich mal an. Ich bin wie ein Trottel durchs Gestrüpp gelaufen, weil ich mir den Bärenfels genauer anschauen wollte. Schon lag ich unten. Wahrscheinlich bin ich noch nicht einmal in einer seit Tausenden von Jahren unentdeckten Bilderhöhle gelandet, nur an einem unterirdischen Wasserlauf. Das ist wirklich enttäuschend.«

»Haben Sie denn nach einer Bilderhöhle gesucht?«

»Nein.« Adriaan räusperte sich. »Wirklich nicht. Ich habe nach einem Grab gesucht. Allerdings nicht nach meinem eigenen.«

»Man wird uns finden.«

»Glauben Sie? Ich habe die Hoffnung aufgegeben. Aber ich will Ihnen Ihre nicht nehmen.«

Tori dachte mit sinkendem Mut an Evas Weigerung, das

Verschwinden ihres Feriengastes anzuzeigen – und an den Unwillen von Serge Masson, nach abgestürzten Touristen zu suchen.

»Ich habe alle seelenärztlich festgestellten Phasen bereits hinter mir: die Hoffnung, die Wut, die Trauer. Im letzten Stadium findet man sich angeblich ab mit dem, was nicht zu ändern ist. Ich bin bald so weit.«

»Ich will nicht sterben.« Der Satz war raus, bevor Tori ihn zurückhalten konnte. Es war ein Satz, wie er kindischer nicht sein konnte. Wann fragte das Schicksal schon vorher an, ob es recht wäre oder ob man gerade etwas anderes vorhatte?

»Ich auch nicht, glauben Sie mir. Vor allem möchte ich vorher noch wissen, mit wem ich es zu tun habe. Falls wir zusammen sterben. Sie haben sich nicht vorgestellt.«

Tori musste lachen. Der Mann besaß verdammt viel Galgenhumor.

»Tori Godon. Ich wohne in Belleville.«

»Und warum nicht in Frankfurt oder Köln?«

Sie setzte sich neben ihn. Er roch nach Schweiß und nach etwas anderem, das sie nicht gleich identifizieren konnte, aber es war nichts Gutes. »Sind Sie verletzt?«

Er lachte, wieder dieses leise, heisere Lachen. »Ach, erinnern Sie mich nicht.« Er tastete nach ihrer Hand und führte sie an seinem Bein entlang. Der Unterschenkel war angeschwollen und heiß. Bevor er verhungerte, würde er an Wundbrand sterben, und das wusste er.

»Erzählen Sie mir etwas. Irgendetwas. Damit ich eine menschliche Stimme höre, bevor ich hier verrecke.«

Erzählen. Irgendetwas. Tori wollte partout nichts einfallen. Was passte zu der Lage, in der sie sich befanden? Nichts. Also war es egal, was sie erzählte.

Sie erzählte ihm von der geplanten Ausstellung über die Geschichte Bellevilles, von ihrem Haus, von den geheimnisvollen Malereien, von einem Hund, der Hitler hieß, bis sie an seinen Atemzügen hörte, dass er eingeschlafen war. Tori aber blieb noch lange wach, lauschte in die Dunkelheit, hörte dem Murmeln des Bachs zu und wartete.

6

Nico hörte das aufgeregte Bellen schon von Weitem. Als er mit dem Fahrrad um die Ecke bog, sah er July vor dem Tor zu Toris Haus stehen. Der Hund kläffte einen schweren Mann mit kurzen dunklen Locken an, der auf die Klingel drückte und gegen das Tor hämmerte.

Als July ihn sah, raste sie auf Nico zu, völlig von Sinnen, und begann in den höchsten Tönen zu winseln. Nico ging schneller. »Was ist los, Karim? Wie lange schellst du schon? Ist sie nicht zu Hause?«

Der Mann drehte sich um, mit hochrotem Kopf. »Sie rührt sich einfach nicht! Und das Vieh hier macht mich noch wahnsinnig!«

»Ich dachte, du hättest es Tori geschenkt?« Hatte sie dem Kerl etwa den Hund zurückgegeben? Undenkbar.

»Eben! Aber vor einer Stunde ist die Töle bei mir aufgekreuzt und jault mich an, ohne Pause, ich frage mich, warum sie nicht längst heiser ist.«

»Vielleicht hatte sie Sehnsucht nach dir?« Unvorstellbar.

»Ach was. Ich hätte den Hund nie nehmen dürfen. Nur wegen Luc bin ich eingesprungen. Ich wusste ja nicht, dass das Rabenaas ein besserer Bettvorleger ist.«

Irgendetwas stimmt hier nicht, dachte Nico mit wachsendem Unbehagen. Er hatte Tori seit gestern Abend zu erreichen versucht, sie ging nicht ans Telefon, weder ans Festnetz noch an ihr Handy. Und jetzt machte sie nicht auf, trotz des Höllenspektakels, das der Dicke vor ihrer Tür veranstaltete.

»Was soll der Krach? Ihr müsst doch langsam kapiert haben, dass sie nicht da ist!«, rief eine Stimme über ihnen. Einer der Nachbarn blickte aus dem Fenster, ein weißhaariger Herr im Unterhemd namens Hugo. Karim stellte das Klingeln und Klopfen ein.

»Woher weißt du das?«, rief Nico zurück.

»Das kann man sich doch wohl denken! Ihr seid ja nicht zu überhören! Sie ist nicht taub, soweit ich weiß.«

»Wann hast du sie denn zuletzt gesehen?«

»Gestern früh, sie wollte wandern, hat sie gesagt.«

»Hatte sie den Hund dabei?«

»Keine Ahnung.«

»Das ist ja wohl anzunehmen, nach dem Theater, das sie wegen der Töle veranstaltet hat«, knurrte Karim.

»Und warum ist der Hund dann hier und Tori nicht?« Nico spürte, wie ihm kalt wurde. Natürlich würde sie niemals ohne den Hund wandern gehen. Wenn July allein zurückgekommen war und sich aufführte wie kurz vorm Herztod, konnte das nur eines heißen.

»Tori muss etwas passiert sein«, murmelte er.

»Ach was! Die Frau hat den Teufel im Leib«, sagte Karim, und es klang fast ein wenig bewundernd. »Sie ist bei mir eingebrochen, nur weil sie den Hund füttern wollte. Das ist doch völlig verrückt, oder?«

Ja, das war es, ohne Zweifel. Nico hoffte inständig, dass Tori sich nicht durch irgendetwas noch Unvernünftigeres in Gefahr gebracht hatte. Er hatte es bislang für unwahrscheinlich gehalten, dass jemand den alten Didier ins Jenseits befördert hatte, aber mittlerweile hielt er nichts mehr für unmöglich. Ein verschwundener Holländer, ein toter alter Mann, der etwas zu geschwätzig war – und nun Tori.

»Hat sie gesagt, wohin sie wollte?«

Der Mann im Unterhemd hatte sich eine Zigarette angesteckt und schnippte die Asche hinunter. »Nein. Warum auch.«

Es gab offenbar nur ein lebendes Wesen, das sich dafür interessierte, wo Tori war – und es wahrscheinlich sogar wusste. July, die jetzt hechelnd vor dem Tor lag.

»Karim. Der Hund braucht Wasser.«

»Warum nicht Kaffee und Kuchen?«, murrte der Mann, aber er drehte sich um und ging die Ruelle hinunter zu seinem Haus, gefolgt von Nico und dem Hund. July soff die verbeulte Schüssel, die er ihr vors Gartentor stellte, so hastig aus, dass sie sich verschluckte. Dann sah sie auf. Nie, dachte Nico, nie werde ich diesen Blick vergessen. Er sagte unmissverständlich: Und jetzt los. Und zwar sofort.

Nico schwang sich auf sein Fahrrad. July legte ein gutes Tempo vor. Er hoffte, dass sie auf Abkürzungen über Stock und Stein verzichtete, dafür war sein Fahrrad nicht geeignet, und tatsächlich bog sie brav auf die Straße Richtung Joyeuse ein. Solange es abwärts ging, musste er bremsen, um das Tier nicht zu überholen, aber sobald die Straße wieder anstieg, musste er ganz schön strampeln, damit er den schwarzen Pitbull mit dem weißen Brustlatz nicht aus den Augen verlor. Wie lange der Hund dieses Tempo wohl durchhielt? Und welche Strecke lag noch vor ihnen?

Nico spürte, wie sich die alte Panik wieder bei ihm meldete. Er durfte Tori nicht verlieren. Es war ihm schon einmal nicht geglückt, zum richtigen Zeitpunkt am richtigen

Ort zu sein, und das Schicksal war manchmal so dämlich und wiederholte sich.

Er hatte immer Polizist werden wollen, obwohl seine Eltern sich etwas anderes für ihn gewünscht hatten. Er sah sie plötzlich alle wieder in der Wohnküche sitzen, Vater, Mutter, Schwester. Erich Martens war Schweißer bei der Dortmunder Union Brauerei gewesen, sie wohnten mit Blick auf das große U auf dem Verwaltungsgebäude, also nicht in der allerfeinsten Gegend von Dortmund. Marianne Martens roch nach Bügelwasser, wenn sie von der Arbeit in der Wäscherei Rinke nach Hause kam, und ihr Mann stank nach Bier. Sein Sohn sollte es einmal besser haben. Und so kam es dann ja auch.

Die Ausbildung zerstörte alle Illusionen über den Beruf eines Polizisten, die man so haben konnte als junger Mensch. Aber ich war ehrgeizig, dachte Nico. Ich habe gelernt. Englisch, Französisch, Spanisch. Bin endlich als Zivilfahnder bei der Drogenfahndung gelandet. Und dann erwischt mich so ein kleines Kirchenlicht mit dem Messer.

Sie waren mittlerweile in La Ribeyre angelangt, die Straße war schmal geworden, es duftete nach Holzfeuer und irgendetwas Blühendem. Der Tag würde schön werden, warm war er jetzt schon. Auch July schien die Wärme zu spüren, sie torkelte und schüttelte sich, lief aber brav weiter. Was, wenn der Hund nicht weiterkonnte? Wenn er zusammenbrach? Wie würde man Tori finden können ohne July?

Nico trat mit aller Kraft in die Pedale, setzte sich vor sie und bremste sie aus. Vor einem Steinhaus mit einer Pergola über der Veranda, über die sich die langen Triebe der Glyzinen mit ihren blauen Dolden gelegt hatten, kamen sie zum Stehen. Er stieg ab und lehnte sein Rad an den Gartenzaun. July wollte gleich wieder weiterlaufen, aber sie hechelte, die Zunge hing ihr aus dem Maul, sie brauchte Wasser.

Er packte sie am Halsband und führte sie zum Gartentor, vor dem sie sich fallen ließ. ›Yvonne Beliard‹, stand auf dem Schild über der Klingel. Madame, kein Monsieur und keine Familie. Er drückte die Klingel, einmal, zweimal, ungeduldig. Unhöflich.

»Ich komm ja schon!« Eine blonde Frau in einer Art Malerkittel blickte über die Balustrade der Veranda und musterte ihn. »Von der Post oder der Feuerwehr sind Sie nicht«, bemerkte sie trocken.

»Verzeihen Sie, Madame, ich war ungeduldig. Mein Hund braucht Wasser. Ich habe gefürchtet …«

Der Kopf der Blonden verschwand.

Ich fürchte mich. Ich fürchte mich davor, zu spät zu kommen, dachte Nico. Wie damals. Dabei half der Gedanke an damals ganz und gar nicht weiter, im Gegenteil. Aber er kam nicht dagegen an.

Marti war jung und traurig und auf Heroin, aber sie war eine gute Informantin gewesen. Ihr und sein Pech: Ihr Drogendealer hatte irgendwann mitbekommen, mit wem sie sich abends traf, und zwar nicht nur beruflich. Mit einem Bullen. Mit Claus-Peter Martens, genannt Nico, Kriminaloberkommissar bei der Drogenfahndung.

Eine bittere Erinnerung. Doch was hatte das mit Tori zu tun? Nichts. Gar nichts. Er verbot sich jeden weiteren Gedanken an das traurige junge Mädchen, das an einer Überdosis gestorben war, die es sich nicht selbst gesetzt hatte.

Die Haustür öffnete sich. Die Blonde kam die Treppe herunter, ihre langen Beine steckten in Jeans, sie hatte eine Schüssel in der einen und eine Tüte in der anderen Hand.

»Wo ist Ihr Hund?« Sie war misstrauisch. Gut so.

Nico versuchte, gewinnend zu lächeln, und trat ein paar Schritte zurück. Vertrauensbildende Maßnahme nannte sich das, obwohl er davon überzeugt war, dass ihm Lächeln eigentlich nicht stand. Aber vielleicht half der Abstand.

»July liegt vor dem Gartentor.«

Die Frau öffnete das Tor. »Ein Pitbull, soso.« Angst hatte sie nicht, offenbar verstand sie etwas von Hunden. Sie kniete sich neben July, deren Kopf sich hob, als sie das Wasser roch. Sie richtete sich auf und begann zu trinken. Die Blonde namens Yvonne kraulte July hinter den Ohren, worum Nico das Tier fast beneidet hätte.

Dann blickte sie auf. »Sie dürfen den Hund bei dieser Hitze nicht so lange laufen lassen!« Ein milder Tadel. »Auch noch auf der Straße!« Sie griff nach Julys Vorderpfote, die sie ihr entzog. July hatte sich jetzt ganz aufgerichtet und schnüffelte an der Tüte, die neben der Wasserschüssel stand.

»Und Hunger hast du auch noch?« Wieder warf die schöne Yvonne Nico einen vorwurfsvollen Blick zu, der sie schäfisch anlächelte, während sie die Tüte mit dem Hundekuchen öffnete. July fraß drei wie Knochen geformte Stücke, trank noch ein wenig, schüttelte sich und blickte Nico auffordernd an.

»Ich danke Ihnen von Herzen, Madame«, murmelte Nico, während Yvonne Beliard aufstand und sich den Straßenstaub von der Jeans klopfte. »Sie haben Leben gerettet.«

Die Frau zog die Augenbrauen hoch und musterte ihn. »Das ist übertrieben. Aber ich hoffe, dass Sie es nicht mehr weit haben.«

Das hoffe ich auch, dachte Nico, verabschiedete sich und bestieg das Fahrrad. July war bereits vorausgelaufen.

Kurz vor Les Vans, auf der Höhe von Les Assions, bog sie links ab, auf eine Straße, die in den Bois de Païolive führte, den Zauberwald. Der Hund schien an Tempo zuzulegen, Nico kam kaum hinterher, er lief auf einen der Parkplätze. Nicos Herz hämmerte, als er Toris Wagen sah. Wenn sie nun dort drin saß? Wenn sie einen Schlaganfall gehabt hatte oder einen Herzinfarkt? So etwas passierte auch jungen Menschen. Er hielt die Luft an, als er sich dem Wagen nähert. Dann atmete er auf. Der Wagen war leer.

July war bereits vorausgelaufen und auf den Wanderweg eingebogen, der vom Parkplatz abzweigte. Nico lehnte sein Fahrrad gegen Toris Auto und folgte dem Hund.

7

Tori erwachte aus einem unruhigen Schlaf. Immer wieder hatte sie Adriaan stöhnen gehört. Sie streckte die Hand nach ihm aus.

»Alles gut«, flüsterte er.

»So hören Sie sich aber nicht an.«

»Dann lenken Sie mich ab. Erzählen Sie. Erzählen Sie mir, wer Sie sind.«

»Wer ich bin?« Diese Frage hatte sie noch nie beantworten können.

»Falls Ihnen die Antwort schwerfällt, fangen Sie doch einfach mit Ihrem Äußeren an. Blond? Dunkel?«

»Dunkle Haare, eher kurz. Dunkelblaue Augen. Ein Meter einundachtzig beim letzten Arztbesuch. Zu dünn. Zweiundvierzig Jahre alt.«

»Mehr fällt Ihnen nicht ein?« Wieder dieses leise, etwas heisere Lachen. »Wie war Ihre Kindheit? Mochten Sie Ihre Eltern? Die erste Liebe? Kommen Sie, da geht noch was!«

»Womit soll ich anfangen?«

»Mit dem Anfang.« Seine Stimme klang müde. »Mit Vater, Mutter, Kind.«

»Ich muss ein glückliches Kind gewesen sein, aber daran erinnere ich mich nicht. Nur daran, dass meine Mutter die schönste Frau war, die ich kannte.«

Sie hatte ihre Mutter geliebt, ihren warmen, weichen Körper, ihre langen dunklen Haare, ihre Hände, die immer nach Kuchen zu riechen schienen, ihre tiefe, volle Stimme. Carmen Peters, nomen est omen, sang beim Putzen und beim Bettenbeziehen, beim Kochen und beim Nähen. Sie war mit einer Inbrunst Hausfrau, die Tori, als sie älter wurde, entsetzlich peinlich war.

»Irgendwann habe ich meine Mutter nicht mehr für voll genommen. Meine Freundinnen hatten alle furchtbar emanzipierte alleinerziehende Mütter, die vor lauter Beruf für gar nichts Zeit fanden, erst recht nicht fürs Kuchenbacken. So muss eine moderne Frau sein, dachte ich. Das habe ich bewundert und meine Mutter verachtet. Dafür schäme ich mich noch heute.«

»Hat sie Ihnen verziehen?«

»Ich glaube, sie hat es vornehm übersehen. Ich war halt in der Pubertät, in den ›schwierigen Jahren‹, und das hat sie mir zugutegehalten. Außerdem machte sie aus ihrer Lebensweise keine Weltanschauung.«

»Und Ihr Vater?«

»Mein Vater war Prokurist bei einer Firma, die Deko- und Klebefolien herstellte. Unsere ganze Wohnung war damit gepflastert.«

Tori sah ihn vor sich, den stillen Mann, der immer etwas gebückt ging, wie das Menschen tun, die größer sind als andere. Sie hatte ihm oft übel genommen, dass er grundsätzlich die Partei ihrer Mutter ergriff. Es war ihr unmännlich vorgekommen.

»Ich war mit fünfzehn ›ganz der Vater‹, also groß und unsportlich. Die Größe und die dunkelblauen Augen habe ich von ihm, die schwarzen Haare von meiner Mutter. Die habe ich mir irgendwann abgeschnitten, aus Trotz und weil ich mit kurzen Haaren als Junge durchgehen konnte. Damals habe ich dafür gesorgt, dass mich niemand mehr Vicky nannte. Wenn ich schon nicht Victor sein durfte, dann wenigstens Tori.«

»Wenn kleine Mädchen wüssten, wie bescheuert es ist, ein Junge zu sein, würden sie sich nicht danach sehnen.« Er versuchte zu lachen, aber es klang wie ein Stöhnen.

»Ich wollte weg von zu Hause. Ich wollte nach Frankfurt, in die Großstadt. Ich wollte keine Hausfrau werden und keinen Mann wie meinen Vater heiraten.«

»Aber du hast geheiratet. Du heißt nicht mehr Peters. Du heißt …«

»Godon. Nicht Godot.«

Doch an Carl wollte sie nicht denken. Über Carl wollte sie nicht sprechen. Dafür sprudelte alles andere nur so aus ihr heraus. Sie redete gegen seine Schmerzen an – und gegen ihre wachsende Panik.

Alles rückte wieder nah, als ob nicht Jahrzehnte dazwischenlägen. Als sie gerade vierzehn geworden war, »fiel die Mauer«, wie alle sagten. »Die Mauer« war ihr immer völlig abstrakt vorgekommen, ebenso wie die Tatsache, dass es Deutschland in zwei Versionen gab. Doch plötzlich war etwas geschehen, das ihre Mutter in Tränen ausbrechen ließ. Im Fernsehen sah man Massen von winkenden Menschen, hörte die überschnappenden Stimmen der Reporter. Und dann all die seltsamen Autos, all die Menschen, die Sektflaschen schwenkten, mit Bananen winkten und »Wahnsinn« riefen. Was der November 1989 bedeutete, ahnte sie erst später, als sie mit ihrem Vater das erste Mal nach Dresden fuhr.

»Ich kannte nur das eine Deutschland und konnte mir gar nicht vorstellen, dass sich daran etwas ändern könnte.« In einem Anflug von schlechtem Gewissen versuchte sie Adriaan zu erklären, dass sich 1989 für sie keine Wunde schloss, weil sie nie eine empfunden hatte.

»Wir haben uns das alle nicht vorstellen können«, flüsterte Adriaan. Sie hörte ihn neben sich atmen, ein mühsames, beherrschtes, flaches Atmen, als ob er sich daran hindern wollte, vor Schmerzen zu schreien. »Erzähl weiter. Die erste Liebe?«

»Ach.« Sie musste lachen. Es war so durch und durch albern gewesen und so unendlich traurig zugleich. »Das war im Schwimmbad. Er trug dunkle Jeans und ein weißes Hemd und wollte mir Schachspielen beibringen. Ich lief völlig beseelt nach Hause, betrachtete mich im Spiegel und fragte mich, was er an mir findet. Am nächsten Tag erfuhr ich es.«

Adriaan gab einen fragenden Laut von sich.

»Er fragte mich nach der Telefonnummer meiner weit hübscheren Freundin.«

»The first cut is the deepest«, murmelte Adriaan.

»Der zweite und dritte tut kaum weniger weh. Ich habe mich immer in den falschen Mann verliebt. Es war entsetzlich. Einmal tat es so weh, dass ich ganz fest daran glaubte, an gebrochenem Herzen sterben zu müssen.«

Jetzt lachte er leise. »Das kenne ich. Und wie.«

»Vielleicht habe ich mich deshalb wie eine Ertrinkende an mein Studium geklammert. Es lenkte ab. Erstes Staatsexamen, zweites, dann Referendariat, Aushilfsjobs. Irgendwann bin ich in Frankfurt bei der Kanzlei Keller, Marquardt und Godon gelandet. Spezialgebiet Patentrecht. Das war mein Glück.«

»Patentrecht? Klingt langweilig!«

»Im Gegenteil. Man lernt die absurdesten Sachen.« Sie widersprach Adriaan mit einer Vehemenz, die sie überraschte. Offenbar vermisste sie ihren Beruf mehr, als sie gedacht hatte.

»Marquardt und Godon? Dein Mann? Wo ist er? Was macht er?«

Wann hatte Adriaan sie zu duzen begonnen? Aber das war ihr recht, das gehörte sich so für Leidensgenossen, die Seite an Seite sterben würden, wenn nichts geschah.

»Carl Godon war mein Chef. Aber jetzt bitte keine falschen Ideen. Wir hatten nichts miteinander, als er mir einen Heiratsantrag machte. Das hatte ganz pragmatische Gründe.«

Adriaan schnaubte ungläubig, als sie ihm die Gründe darlegte. »Ihr habt erst geheiratet und euch danach ineinander verliebt? Das ist verrückt.«

»Was sonst?«

»Na ja. Ich meine …«

»Wann wir uns das erste Mal geküsst haben? Wann wir miteinander ins Bett gegangen sind? Ort, Datum, Häufigkeit?«

Adriaan räusperte sich verlegen.

»Im Hotel war nur noch ein Zimmer frei. Und in dem stand ein Doppelbett.«

Ganz so war es natürlich nicht gewesen. Sie hatten die Koffer gepackt und waren verreist, zwei Wochen nach der Eheschließung, in Carls Wagen, Richtung Süden. Über Landstraßen und mit offenem Verdeck. Wie im Film. An einem See hatte er das Auto geparkt und einen Picknickkorb aus dem Kofferraum geholt.

»Beim Picknick habe ich mir mit einer halben Dose Krabbencocktail meinen Lieblingspullover versaut. Er hat mir beim Säubern geholfen. Den Rest der Geschichte überlasse ich deiner Phantasie.«

Hatte sie angefangen? Oder er? Oder beide gleichzeitig? Sein Gesicht war ihr noch nie so nah gewesen, sein Haar hatte ihre Wange gestreichelt, er duftete nach etwas Unbekanntem, sie hatte versucht, den Duft zu erfassen, war ihm näher gekommen, und als er den Kopf hob … Als er den Kopf hob, hatten sich ihre Lippen getroffen, wie selbstverständlich. Der Kuss war nicht lange zurückhaltend geblieben. Wie selbstverständlich. »Liebe mit Carl ist das Selbstverständlichste und Schönste von der Welt gewesen.« Beim Gedanken daran stellten sich die Härchen auf ihrem Arm auf.

»Hm. Und so einer lässt dich allein wandern gehen?«

»Wäre es lustiger, wenn wir zu dritt hier säßen?«

»Für einen ordentlichen Skat wäre das günstig.«

Sie musste lachen, obwohl ihr nicht danach zumute war. »Im Unterschied zu uns ist er bereits tot.«

Adriaan schwieg. Fast bedauerte sie, dass ihm dazu kein Witz mehr einfiel.

»Liebe war ein unvorhergesehenes Wunder, wir hatten ja von vornherein eine Ehe zu dritt. In seinem Kopf wucherte ein Monster, ein Alien, das monatelang gelauert hatte, bis es endlich groß genug war, um die Regie zu übernehmen. Das Monster wurde größer und Carl wurde weniger. Man konnte zusehen dabei. Und ich musste zusehen. Jeden Tag.«

Sie kämpfte gegen die Tränen an. »Carl wusste, was geschah. Ich war froh, dass er irgendwann zu schwach war, um ins Bad zu gehen und in den Spiegel zu schauen. Er hätte sich nicht wiedererkannt. Sein Schädel verformte sich unter dem Druck des Tumors. Das Monster begann, ihm das linke Auge aus seiner Höhle zu drücken.« Sie stockte.

Adriaan atmete tief ein und wieder aus. »Ich höre zu«, flüsterte er.

»Er konnte nicht mehr sprechen, nur mit den Augen, und seine Augen haben mich angefleht.« Sie schloss die Lider, als ob dadurch die Dunkelheit noch undurchdringlicher werden könnte, und hörte dem Murmeln des Wassers zu, bis sie spürte, dass jemand nach ihrer Hand griff.

»Du hast es getan.«

»Ja.« Sie hatte es Carl versprochen, als er noch reden konnte. »Ich habe ihm Morphium gespritzt. Ich habe ihm die Hand gehalten, bis sie ohne Spannung war, ich habe zugesehen, wie sein Gesicht weiß und spitz wurde, ich habe seine Hand nicht losgelassen, auch nicht, als sie irgendwann kalt und steif war.«

Sie spürte, wie ihr die Tränen die Wangen hinunterliefen. Sie hatte den Arzt erst am nächsten Morgen gerufen.

»Uns wird niemand beim Sterben helfen«, flüsterte sie.

Adriaan antwortete nicht, er war eingeschlafen – oder in Ohnmacht gefallen, aber auf diesen Unterschied kam es wohl nicht mehr an.

Tori horchte auf seine Atemzüge und auf das Knistern im Gestein. Der Berg bewegte sich, er zog sich zusammen, er rückte näher. Er begann, sie zu umschließen. Adriaan und sie waren Fremdkörper, die er sich einverleiben, die er verdauen wollte. Im Museum der Grotte Chauvet hatte sie das Gefühl gehabt, in der Nähe eines Kräftefeldes zu sein, hatte geglaubt, in Verbindung mit einer ursprünglichen Macht zu stehen. Hier unten wusste sie, was das hieß: Einswerden mit der Erde bedeutete nichts anderes, als begraben zu sein.

Nach einer Weile begann sie, leise zu weinen. Adriaan legte den Arm um sie und zog sie an sich. Sie ließ den Kopf gegen seine Schulter sinken und weinte um alles, was ihr im Leben lieb gewesen war.

Wenn sie an Gott oder doch wenigstens an ein Jenseits geglaubt hätte, wäre der Gedanke an die Wiederbegegnung mit Carl Trost gewesen. Doch ohne Glauben hieß ohne Hoffnung sein.

8

»Adriaan!« Tori packte ihn an der Schulter.

»Schon gut. Ich lebe noch.« Seine Stimme war nur noch ein heiseres Flüstern.

»Da ist etwas. Ein Geräusch.«

»Ich höre nichts.«

Sie lauschte angestrengt in die Dunkelheit. Litt sie wieder unter Halluzinationen? Es wäre kein Wunder, die Dunkelheit und die Gewissheit, unter der Erde eingeschlossen zu sein, zerrten an ihren Nerven. Und doch: da war etwas. Sie hatte etwas gehört, ganz bestimmt, es kam vom Geröllhaufen, dort, wo der Schacht endete, den sie beide herabgestürzt waren. Es klang, als ob jemand einen Stein hinuntergeworfen hätte. Oder kündigte sich damit die nächste Schlamm- und Gerölllawine an? Regnete es oben? Würde der Bach anschwellen? Mussten sie ertrinken?

Sie kroch näher heran an das Loch. Wieder rauschten Gesteinsbrocken herunter.

»Adriaan!«

»Vielleicht hat ein Fuchs den falschen Bau erwischt«, flüsterte er müde. »Wenn wir Pech haben, ist eine holländische Touristin ins Loch gefallen. Dann haben wir hier keine ruhige Minute mehr.«

Es rieselte weiter, irgendetwas bewegte sich im Schacht. Der Gedanke an Rettung pumpte Adrenalin in ihre Adern. Sie hörte sich schreien. Hilfe. Ist da wer. Was man alles so schreit, wenn man ein Fünkchen Hoffnung spürt in seiner Todesangst.

Auf Steine und Geröll und feuchte Erde folgte ein Lichtschein. Dann ein Seil.

»Adriaan!« Sie kroch zurück zu ihm. »Sie haben uns gefunden! Sie holen uns hier raus!« Er schien zu lachen. Aber nein, er weinte. Tori weinte mit und weinte noch immer, als sich eine Hand auf ihre Schulter legte.

»Sind Sie verletzt?«

Sie blickte auf. Das Licht blendete sie, ihre Augen waren nur noch Dunkelheit gewohnt, doch nach einer Weile erkannte sie einen Mann in einem lehmverschmierten roten Overall und mit einem Helm auf dem Kopf.

»Ich nicht. Aber Adriaan. Er braucht dringend Hilfe.«

Der Mann richtete seine Taschenlampe auf die zusammengesunkene Gestalt neben ihr.

»Ich kümmere mich. Aber Sie müssen zuerst hoch. Sagen Sie oben Bescheid. Wir brauchen eine Rettungstrage.« Er half ihr in eine Art Geschirr und zog an der Leine.

Langsam schwebte sie hoch. Im Licht der Lampe erkannte sie, wie prekär ihre Lage gewesen war. Das Sims, auf dem sie und Adriaan gelegen hatten, war so schmal, dass es beim nächsten Regen überspült worden wäre.

Es ging gemächlich hinauf. Immer wieder musste sie sich von scharfen Felskanten abstoßen, einmal hing sie kurz fest und fürchtete, wieder unten zu landen. Endlich sah sie über sich Tageslicht, hörte Männerstimmen und das aufgeregte Bellen eines Hundes. Als sie den Rand des Schachts erreichte, wäre July fast hineingesprungen, winselnd fiel der Hund über sie her und leckte ihr das Gesicht, was sie wehrlos ertragen musste, bis Nico das Tier am Halsband packte und wegzog.

»Sind Sie verletzt?«, fragte einer der Männer neben Nico, beide in voller Montur.

»Ich nicht. Aber da unten ist ein Schwerverletzter. Der braucht dringend einen Arzt. Einen Krankenwagen. Und …«

Sie sollte etwas ausrichten, was hatte der Mann unten noch gesagt? Endlich fiel ihr das Wort ein. »Sie sollen eine Rettungstrage hinunterschicken.«

Nico hatte sein Handy in der Hand und sprach in schnellem Französisch hinein. Die beiden Männer in den Overalls nickten. »Wie und wo ist er verletzt?«, fragte der eine.

»Das linke Bein scheint gebrochen zu sein, es hat sich entzündet. Er muss furchtbare Schmerzen haben.«

Die Rettungstrage war eine Art Wanne aus rotem Plastik mit Gurten und Tragegriffen an den Seiten. Nico hockte neben Tori, die ihre Arme um den Hund gelegt hatte. Sie sahen zu, wie man die Rettungstrage hinunterließ. »Es ist der Holländer«, flüsterte sie.

»Wie hast du ihn gefunden?«, fragte er, die Lippen in ihrem Haar.

»Ich bin ihm hinterhergefallen«, sagte sie und umfasste July fester. »Ohne den Hund wären wir gemeinsam gestorben.«

Adriaan war nicht bei Bewusstsein, als sie ihn ans Tageslicht holten. Aber er lebte.

»Komm, wir kaufen einen ordentlichen Schinken für deinen Rettungshund«, sagte Nico. »Er ist mindestens vierzig Kilometer gelaufen und hat seit gestern nichts gefressen.«

Kapitel IV

I

Es war verblüffend, wie sich die Stimmung im Dorf verändert hatte. Tori merkte nichts mehr von der wachsamen Distanz, die sie noch vor Tagen gespürt hatte. Im Gegenteil: Überströmende Herzlichkeit quoll ihr entgegen, als sie mit July zum Metzger ging. July ließ die neue Aufmerksamkeit stoisch über sich ergehen, »Hitler, der Heldenhund« wurde gelobt und gestreichelt, und niemand kümmerte es, dass Tori darauf insistierte, den Hund July zu nennen.

Die meisten wollten wissen, wo genau sie denn abgestürzt sei, und wenn sie die Stelle beschrieb, nickten sie und lächelten, irgendwie erleichtert. Als ob sich Tori den genau richtigen Ort für ihr Abenteuer ausgesucht hätte.

Kaum waren sie wieder zu Hause, klingelte das Telefon.

»Meine Güte! Er lebt also noch! Und du auch!« Eva.

»Für Adriaan war es knapp.« Tori verkniff sich die Bemerkung, dass sein Verschwinden vor beinahe zwei Wochen Eva nicht sonderlich beunruhigt hatte.

»Ich hatte eigentlich vor, ihn im Krankenhaus zu besuchen, aber er sei noch nicht ansprechbar, hieß es.« Sie klang fast beleidigt.

»Das hat man mir auch gesagt. Wolltest du ihm seine Sachen bringen?«

»Ja, sicher. Er braucht doch was zum Anziehen.«

»Seit wann so fürsorglich?«

»Ach, komm, Tori …« Eva klang verlegen. Nein: schuldbewusst.

»Ich mache dir keine Vorwürfe. Ich weiß nicht, ob man ihn früher gefunden hätte, wenn wir gleich Alarm geschlagen hätten. Außerdem hat Masson uns ziemlich deutlich zu verstehen gegeben, dass er sich nicht um jeden verschwundenen Touristen kümmern könne. Also entspann dich.«

Sie seufzte hörbar auf. »Wenn du meinst.«

»Ich meine. Und jetzt muss ich Schluss machen, es klingelt am Tor.«

Normalerweise sprang July bei jedem Klingeln auf und gab Laut. Doch diesmal rührte sie sich nicht, es sah beinahe aus, als versuchte sie, sich unter ihrer Decke auf der Veranda zu verstecken. Tori lief die Treppe hinunter zum Hoftor und öffnete.

Sie hatte den Mann noch nie lächeln gesehen und man sah ihm an, dass er darin ungeübt war. Die dicken Lippen verzogen sich, die dunklen Augen versanken in einem Kranz feiner Falten, es sah eher aus, als ob er gleich in Tränen ausbrechen würde: Karim, mit ein paar Zweigen Flieder in der Hand.

»Tut mir leid«, sagte er.

Tori zögerte. Die Entschuldigung musste ihm furchtbar schwergefallen sein. Dennoch hatte sie keine große Lust, ihn hereinzubitten. Er streckte ihr die Faust mit dem Flieder entgegen und versuchte noch immer, gewinnend zu lächeln. Es ging nicht anders, sie musste seiner Qual ein Ende setzen. Tori öffnete das Tor weit.

Karim folgte ihr schwerfällig die Treppe hoch. July, die

sonst jeden Gast entweder verbellte oder begrüßte, drehte ihnen den Rücken zu.

Nachdem Tori ihm den Flieder aus der Hand genommen hatte, wischte Karim sich die Hand an seiner ölverschmierten Jeans ab und blieb verlegen stehen.

Was wollte er noch? »Ich stell man schnell den Flieder in eine Vase, ja?« Sie holte die elsässische Milchkanne, die sie als Vase benutzte. »Und danke für die Blumen.«

Der Mann stand noch immer da. Erwartete er etwa von ihr die landesübliche Geste der Höflichkeit?

»Ein Glas Wein?«, fragte sie resigniert. Sein Gesicht hellte sich auf, als sie zwei Gläser und die Flasche Pfälzer Weißburgunder auf den Tisch stellte, eine aus ihrem kleinen Vorrat, die sie gestern zur Feier des Tages geöffnet hatte. Endlich setzte er sich, ganz vorne auf die Stuhlkante. Ob er den Stuhl nicht beschmutzen wollte? So viel Rücksichtnahme hatte sie ihm nicht zugetraut.

Nach dem ersten Schluck Wein verzog sich sein Gesicht zu einem beinahe seligen Lächeln. »Was ist das? Das ist super!«

»Deutscher Wein«, sagte Tori mit mehr als einer Spur Patriotismus.

Karim hob ehrfurchtsvoll das Glas, nahm einen weiteren Schluck und leerte dann das Glas in einem Zug. Tori goss nach.

Er nippte am Glas, stellte es zurück auf den Tisch, rutschte auf dem Stuhl hin und her und räusperte sich. »Also, die Sache mit dem Hund.«

Tori erstarrte innerlich. Sollte sie July etwa wieder hergeben?

»Luc hatte einen schweren Unfall.« Karim kratzte sich die dunklen Locken. »Mit dem Motorrad. Jetzt sitzt er im

Rollstuhl und keiner weiß, ob er irgendwann wieder gehen kann. Verstehst du?«

Tori schüttelte den Kopf. Wer war Luc?

Karim nickte, leckte sich die Lippen und fing noch einmal an. »Luc ist ein alter Kumpel. Früher – na ja, früher ist lange her. Seit einigen Jahren arbeitet er im Hospital von Aubenas als Krankenpfleger. Und der Hund – er hat den Hund immer mitgenommen zu den Patienten. Also der Hund ist dafür ausgebildet, sozusagen.«

Jetzt wunderte sich Tori nicht mehr darüber, dass July so gut erzogen war. Von Karim konnte sie die guten Manieren nicht gelernt haben. Umso schlimmer, dass er sie so schlecht behandelt hatte. Am liebsten hätte sie den Kerl sofort wieder vor die Tür gesetzt.

»Man denkt natürlich, dass so ein Pitbull ein Kampfhund ist.«

»Man« denkt das nicht. Nur einer wie Karim.

»Ich wusste ja nicht – ich meine, Lucs Frau hat mir nichts über das Vieh … also über den Hund erzählt.«

Karim stockte, nahm einen weiteren Schluck. Sein Gesicht rötete sich und sein Blick verirrte sich zwischen den Blumentöpfen.

»Verstehe«, sagte Tori, obzwar kein Missverständnis der Welt rechtfertigen konnte, wie Karim das ihm anvertraute Tier behandelt hatte.

»Ich habe Luc alles erzählt. Dass du dich um den Hund gekümmert hast, als wir weggefahren sind. Er hat mich beschimpft.«

»Gut so«, sagte Tori. Wieder versuchte Karim zu lächeln, doch Tori lächelte nicht zurück.

»Luc lässt dir ausrichten, dass du den Hund behalten kannst. Wenn du willst.«

Vor lauter Erleichterung nahm Tori einen viel zu großen Schluck aus ihrem Glas und musste husten.

»Also dann.« Karim stand auf, klopfte den Sitz des Stuhls ab und streckte ihr die Hand hin, eine dicke ölverschmierte Pranke. Tori zögerte. »Auf gute Nachbarschaft«, sagte der Mann. Ihre Hand verschwand fast in seiner.

Er war schon auf der Treppe, als er sich noch einmal umdrehte. »Wenn mal was ist – mit deinem Auto oder so …«

Sie nickte. Dann schenkte sie ihm doch ein knappes Lächeln. Es war auf lange Sicht gesehen immer gut, sich mit den Nachbarn zu verständigen, egal, wie unangenehm sie waren.

Sie hatte gerade die Gläser ausgewaschen und abgetrocknet, als es wieder klingelte. Diesmal bellte July, beinahe gutgelaunt. »Es ist offen«, rief sie hinunter.

Es war der Arzt, Docteur Philippe Leconte, schlank, groß, mit dunkel glänzenden, drahtigen Locken, der das Tor öffnete und sorgfältig wieder hinter sich schloss.

»Wie geht es Ihnen?«, fragte er noch auf der Treppe.

»Gut.« Sein Besuch wunderte sie, sie brauchte keinen Arzt. Sie war gestern gemeinsam mit Adriaan ins Krankenhaus gebracht und untersucht worden, außer Hautabschürfungen und blauen Flecken war ihr nichts passiert.

»Ah, da ist ja der Heldenhund«, sagte er, als er oben angelangt war, wo July ihn mit wachsam aufgestellten Ohren empfing. »Was für ein schlaues Kerlchen.« Leconte bückte sich und hielt July die Hand hin, die höflich daran schnupperte, bevor sie sich wieder auf ihr Lager begab.

»Wie gut, dass Sie den Hund dabei hatten. Ein Wunder. Er hat nicht nur Ihnen, sondern auch dem armen Kerl aus den Niederlanden das Leben gerettet. Es muss ziemlich knapp gewesen sein, offene Fraktur mit Sepsis, das hätte er nicht mehr lange durchgehalten.« Leconte folgte ihrer einladenden Geste und setzte sich an den Tisch.

»Aber dass zwei Menschen ins selbe Loch fallen …« Er schüttelte den Kopf. »Was für ein unglaublicher Zufall!«

»Nicht unbedingt. Der Felsen neben dem Schacht sieht aus wie ein aufgerichteter Bär, wie eine Skulptur, das weckt natürlich Interesse.«

Gewiss. Aber hätte sie sich ohne die Geruchs- und Lichthalluzinationen durchs Gestrüpp gequält?

»Na ja, man fragt sich schon …«

Was, dachte Tori, fragt man sich denn so?

»Gab es denn nichts – Auffälliges? Irgendeinen Hinweis? Sie müssten das Loch doch gesehen haben, es hinterlässt ja Spuren, wenn jemand hineinfällt, oder nicht?«

Das hatte Tori sich auch schon gefragt. »Der Absturz von Adriaan Postma war schon eine Weile her, der Brombeerverhau dürfte sich schnell wieder geschlossen haben.« Welchen Grund konnte es sonst dafür geben, dass sie in die gleiche Falle getappt war? Ihre Halluzinationen?

Sie gab sich einen Ruck. »Eine Tasse Kaffee? Ein Glas Wein?« Auch Leconte verschmähte das Glas Wein nicht, soviel zum Gerücht, dass gutbürgerliche Franzosen nur zum Essen Wein tranken.

»Dass Didier Thibon von uns gegangen ist, ist ein großer Verlust«, murmelte der Arzt in sein Glas.

»Ja, das ist sehr traurig. Ich hätte ihn gern noch ausgefragt, ich hatte gehofft, er könnte mir mehr über die Geschichte meines Hauses erzählen.«

»Sie haben mit ihm gesprochen, stimmt's? Bei Marie-Theres, ich habe gesehen, wie Sie die Köpfe zusammensteckten.« Leconte lachte, aber sein Lachen kam Tori verkrampft vor. Langsam fragte sie sich, was der Mann eigentlich von ihr wollte.

»Ja, Didier hatte immer viel zu erzählen. Auch mit Ihrem Leidensgefährten hat er lange gesprochen.« Der Arzt nahm einen Schluck Wein und rollte ihn im Mund. »Köstlich.«

»Weißburgunder aus Deutschland.« Tori strich das Tischtuch gerade und wünschte sich, dass Leconte endlich mit der Sprache herausrückte – oder sich verabschiedete.

»Hat Didier Ihnen von dieser – Bärenskulptur erzählt?«

»Nein, hat er nicht.«

»Ich meine: Hat er Ihnen vielleicht einen Tipp gegeben?«

»Wie gesagt: nein. Worauf wollen Sie hinaus, Monsieur Leconte?«

Die Antwort blieb dem Arzt erspart, denn wieder ging die Türglocke und schon beim ersten Ton sprang July auf, stellte sich oben an die Treppe und bellte.

Diesmal stand Serge Masson unten im Tor.

»Ah, Monsieur le Docteur.«

»Le Commandant de Police.« Leconte neigte das Haupt zum Gruß, ohne die Miene zu verziehen. »Ich wollte soeben gehen, ich habe Madames Gastfreundschaft schon viel zu lange in Anspruch genommen.«

Beide schritten aneinander vorbei, der eine die Treppe hoch, der andere hinunter, und wenn sie Kater gewesen wären, hätte man ihr gesträubtes Fell knistern gehört. Zuneigung war es nicht, was die beiden verband.

Masson ließ sich seufzend in den Stuhl fallen und streckte die Beine von sich. »Kaffee?«, fragte Tori. Sie sollte vielleicht eine Bar aufmachen.

»Gern. Und einen Aschenbecher, wenn ich darf.«

July hatte ihr Bellen sofort eingestellt, als sie Masson erkannte, saß nun neben ihm und ließ sich den Kopf streicheln.

»Gut, dass das Tier bei Ihnen ist«, knurrte Masson, als sie Kaffeetasse und Aschenbecher vor ihn stellte. »Etwas Besseres kann ihm und Ihnen nicht passieren. Sie wissen ja vielleicht, wem der Hund früher gehörte?«

»Einem Pfleger im Krankenhaus von Aubenas, hat mir Karim erzählt.«

»Genau. Luc war vor seiner Stelle in Aubenas Hundeführer bei meinen Kollegen in Valence. Er hat seine Hunde immer hervorragend ausgebildet, und ein Therapiehund passt natürlich nicht zu jemandem wie Karim.«

Tori rückte die Vase mit dem Flieder zur Seite. »Es war wohl eine Notlösung.«

»Wenn Lucs Frau mich nur gefragt hätte – ich hätte schon eine Verwendung für das Tier gefunden. Aber so sind sie, die Sturköpfe von Belleville.«

»Sie sind aber nicht wegen einiger Sturköpfe hier, oder?«

Masson lachte. »Karim hat den Hund ›Hitler‹ getauft, da kann man mal sehen, was der Mann im Kopf hat. Bei Luc hieß er Chérie, was nicht sehr einfallsreich ist, aber die Sache immerhin trifft. Pitbull-Terrier haben völlig zu Unrecht einen schlechten Ruf. Sie sind zwar für Hundekämpfe gezüchtet worden, aber jedes Exemplar wurde sofort aussortiert, wenn es auf Menschen ging. Sie sind die perfekten Arbeitstiere, großartige Such- und Rettungshunde, und …«

»Dem Hund verdanke ich Ihren Besuch sicherlich ebenso wenig.«

Masson seufzte, holte eine zerknitterte Schachtel aus der Tasche, nahm eine Zigarette heraus und zündete sie an. »Nein.« Er nahm einen tiefen Zug, steckte die Schachtel umständlich wieder ein, tippte die Zigarette in den Aschenbecher, obwohl sich noch keine Asche gebildet hatte, und nahm einen Schluck aus der Kaffeetasse. »Ich frage mich nur, warum ausgerechnet die einzigen beiden Fremden, mit denen Didier Thibon in den letzten Wochen gesprochen hat, im selben Erdloch landen.«

Tori atmete tief ein. Masson wollte das wissen, was auch der Arzt aus ihr herausholen wollte: Hatte Didier Thibon sie und Adriaan auf die Idee gebracht, nach dem Bärenfelsen zu suchen? Den Arzt ging das nichts an, den Polizisten schon. Sie stand auf. »Wenn Sie einen Moment warten …«

Sie kam mit den beiden Kopien zurück, die sie in Adriaans Zimmer gefunden hatte. »Ich habe mich gewundert, dass es niemanden so recht interessiert hat, wo der Mann abgeblieben ist, auch Sie nicht.«

Masson neigte den Kopf.

»Diese beiden Kopien habe ich bei seinen Sachen gefunden und mir erlaubt, sie mitzunehmen.«

»Sie haben nach ihm gesucht?« Masson sah July an, nicht sie.

»Nicht direkt. Also – eigentlich nicht. Andererseits …« Auch sie hatte sich nicht wirklich für das Verbleiben von Evas Mieter interessiert, wenn sie ehrlich war.

Masson nahm ihr die beiden Blätter aus der Hand. »Was hat der Holländer gesucht«, murmelte er und klopfte mit dem Fingerknöchel auf das oberste Blatt, bevor er es zur Seite legte und sich das zweite vornahm. »Was wollte er von Didier wissen. Was hat der Alte ihm erzählt.«

Tori hielt ihm den Aschenbecher unter die Zigarette, sie mochte keine Brandflecken auf dem Tischtuch. Außerdem wurde sie langsam ungehalten.

»Wofür zum Teufel ist das wichtig? Der Arzt wollte das

auch wissen. Was gibt es denn für Geheimnisse, die der Alte nicht ausplaudern durfte? Mir hat er jedenfalls keins verraten.«

»Sie sind beide aus Versehen in dieses Loch gefallen, sagen Sie?« Masson drückte die heruntergebrannte Zigarette aus.

»Ja. Wir fanden den Bärenfelsen interessant, das ist alles.« Sie musste ihm ja nicht auf die Nase binden, dass sie blaues Licht und seltsame Gerüche halluziniert hatte und dass sie nur deshalb so nah an den Felsen herangegangen war.

»Hm. Wir nennen solche Löcher wie das, in das Sie hineingefallen sind, Aven, also Schacht. Eurer dürfte sich nach dem letzten Regen geöffnet haben. Das kommt hier öfter vor, auch wenn es das Ergebnis eines langen Prozesses ist: Wasser dringt von der Oberfläche aus in feine Risse und Spalten ein, hat auf seinem Weg durch die Bodenschichten Kohlendioxid aufgenommen und dadurch Kohlensäure gebildet. Die wiederum löst brüchiges Kalkgestein vollends auf – *et voilà*. Das alles kann also tatsächlich ein Zufall sein.«

»Natürlich war es ein Zufall. Was denn sonst?«

Masson lehnte sich zurück und atmete tief ein. »Na ja. Didiers Neffe behauptet, sein Onkel habe mit irgendeinem Geheimnis geprahlt, das man im Dorf lieber nicht an die große Glocke hängen möchte. Es hätte also sein können, dass der Holländer diesem Geheimnis auf der Spur war, und deshalb ...« Er zog sich mit unmissverständlicher Geste die Handkante über den Kehlkopf.

»Was für ein Quatsch.«

»Sehe ich auch so. Und jetzt könnte ich ein Glas Wein vertragen.«

Tori goss ihm den letzten Rest aus der Flasche ein. Masson ließ den Wein im Glas kreisen, roch und nahm einen Schluck. »Guter Stoff.«

»Aus Deutschland, wenn es Sie nicht stört.«

»Nicht im Geringsten.« Er nahm noch einen Schluck. »Falls Sie dennoch mal einen französischen Wein probieren wollen – also den aus unserer Gegend würde ich nicht empfehlen. Aber der Pic Saint Loup ist eine Reise wert. Die Gegend ist spektakulär und es gibt ein paar großartige Winzer.«

Sie tranken und schwiegen, bis Tori sich endlich traute, ihm die Frage zu stellen, deren Antwort sie schon länger interessierte. »Wieso sprechen Sie so gut Deutsch? Das ist bei Franzosen eher ungewöhnlich.«

»Ungewöhnlich?« Er lachte. »Ungewöhnlich ist gar kein Ausdruck. Franzosen können aus Prinzip keine Fremdsprachen. Selbst den Elsässern haben sie ihr Deutsch abgewöhnt.«

»Also?« Sie lächelte zurück.

»Ganz einfach: Ich bin in Freiburg aufgewachsen, meine Mutter ist Französin, mein Vater war Deutscher.«

»Sie sind zu jung, um ...«

»Meine Mutter war zu jung, als sie sich in einen deutschen Soldaten verliebte. Ich bin ein Spätankömmling.« Er trank aus, setzte das Glas ab, steckte Zigaretten und Feuerzeug in die Jackentasche, erhob sich und neigte den Kopf. »Danke für Ihre Gastfreundschaft, Madame.«

Massons Geschichte beschäftigte sie, während sie Gläser und Tasse in die Geschirrspülmaschine räumte. Der Zweite Weltkrieg lag so weit zurück – und ausgerechnet in Belleville rückte er ihr plötzlich wieder nah. Er verband auf Gedeih und Verderb das Schicksal der Menschen hier mit denen in ihrer alten Heimat Deutschland. Er steckt uns allen in den Knochen, ob wir wollen oder nicht, dachte sie.

Zur Ablenkung setzte sie sich an ihr Notebook und suchte nach dem Pic Saint Loup und seinen Weingütern. Vielleicht würde Jan mitkommen? Dazu müsste er allerdings erst wieder aus Deutschland zurückkehren.

Es war keine gute Idee, an ihn zu denken.

Bei Marie-Theres waren die üblichen Verdächtigen versammelt. Draußen Touristen, deren Hunde einander um den Platz jagten, drinnen die Einheimischen, die verstummten, als Tori in den Gastraum trat, um Sekunden später umso lauter aufeinander einzureden.

Nico saß da, wo er immer saß, und schien konzentriert zu lauschen; kein Wunder, dass er stets so gut informiert war. Als er sie sah, leuchteten seine Augen auf. Tori wurde warm ums Herz. Was immer geschah: sie hatte einen Freund, dem sie vertrauen konnte. Jan war ja doch nur eine vorübergehende Erscheinung.

»Und?«

»Selber und.« Marie-Theres brachte ihr ein Glas Rosé.

»Alles gut überstanden? Keine posttraumatischen Störungen?«

Sie nahm seinen Kopf zwischen beide Hände und küsste ihn auf die Stirn. »Mir geht es blendend. Wenn du nicht gewesen wärst!«

Nico wehrte verlegen ab. »Hast du schon von Adriaan gehört? Sie werden ihm das Bein wohl doch nicht abnehmen müssen. Sein Zustand ist stabil, langsam kommt er wieder zu sich.«

»Ich sollte ihn besuchen.«

»Da musst du noch ein wenig warten, sie lassen niemanden zu ihm.« Er schob sein Glas hinüber zu Marie-Theres, die bereitwillig nachschenkte. »Ich frage mich ja immer noch, was der Mann bei uns eigentlich suchte.«

»Ich weiß nicht, ob er etwas suchte. Mir hat er jedenfalls nichts davon erzählt. Er hat sowieso nicht viel gesagt, er war zum Sprechen schon zu schwach.«

»Ich habe mich mal ein bisschen umgehört, er ist an allen möglichen Orten gesehen worden.«

Tori hatte keine Lust, die Frage nach dem, was der Holländer suchte, ein weiteres Mal zu erörtern, nach Leconte hatte auch Masson damit genervt.

»Das ist so üblich, wenn man als Tourist in unsere Gegend kommt, oder? Komm, Nico. Das sind alles müßige Spekulationen.«

Nico seufzte. »Hast ja recht. Hauptsache, du lebst noch.«

2

Am nächsten Vormittag klingelte es erneut. Wieder ein besorgter Bürger von Belleville, der sie aushorchen wollte? Tori lief hinunter und schob den Riegel zurück.

»Ich beantworte keine Fragen mehr«, sagte sie, bevor sie Jan Fessmann erkannte.

»Auch nicht, ob du heute Mittag mit mir essen gehst?«

Er hatte im Relais Fleuri einen Tisch bestellt. Tori zögerte nur kurz. Es war doch schon so lange her, dass sie mit Carl dort gesessen hatte, gab es irgendeinen Grund, den Ort zu meiden? Nein.

Madame führte sie zu einem Tisch auf der kleinen Veranda, direkt neben einer zarten hellrosa blühenden Clematis, die sich bis zum Dach hochrankte, erklärte ihnen in würdiger Ausführlichkeit die Tageskarte und war zufrieden, als sich beide für das Menü entschieden.

»Ich bin froh, dass es dich noch gibt«, sagte Jan leise.

»Bedank dich bei July!« Der Hund, der neben ihrem Tisch lag, streckte sich und seufzte zufrieden.

»Was ist mit dem Mann, den du in der Höhle gefunden hast? Wie lange hat er da unten gelegen? Ist er schwer verletzt?«

»Wir lagen an einem unterirdischen Bach, also Wasser gab es genug, damit kann man ziemlich lange überleben. Allerdings hat er sich durch den Sturz das Bein gebrochen, und das hat sich entzündet. Im Krankenhaus sagen sie nichts über seinen Zustand, und besuchen darf man ihn auch noch nicht.«

»Was für eine verrückte Geschichte. Das hätte übel ausgehen können.« Jans Blick wärmte sie. »Ich hätte dich nicht allein lassen dürfen.«

»He! Was soll das? Ich komme schon lange ganz gut allein zurecht, vielen Dank!« Tori tat empört, und eigentlich hatte sie allen Grund dazu: was bildete der Kerl sich ein? Und doch schmeichelte es ihr, dass er sich als Beschützer aufspielte. Ein bisschen, jedenfalls.

»Du musstest ja so dringend weg«, sagte sie und hätte den Satz am liebsten sofort wieder zurückgenommen.

Die Heiterkeit verschwand aus seinem Gesicht. »Es tut mir leid, ich hätte es dir sagen sollen. Mein Sohn ist, höflich ausgedrückt, in einer schwierigen Phase, seine Mutter kommt mit ihm nicht klar, da musste ich aushelfen.«

Er hatte Familie. Was sonst. Es wäre ja auch seltsam, wenn ein Mann in seinem Alter nicht gebunden wäre, das wäre ein Grund, ihm zu misstrauen. Ein bisschen enttäuscht war sie dennoch. »Verstehe. Du lässt deine Familie vielleicht zu oft allein?«

Der Scherz kam bei ihm nicht an, sein Gesicht wurde noch ernster. »Das ist einer der Gründe, warum wir uns getrennt haben, meine Frau und ich. Die Kinder leben bei ihr.«

Warum hatte sie bloß gefragt? Das Gespräch wurde viel zu persönlich. Tori begann aus lauter Verlegenheit den Salat auf ihrem Teller zu sortieren. Das hatte das Essen nicht verdient, sie kochten wirklich gut im Relais Fleuri.

»Jetzt du«, sagte Jan und versuchte ein verlegenes Lächeln. »Was spielt sich in deinem Leben ab? Ich bitte um alle Höhen und Tiefen.«

Das hatte sie nun von ihrer Neugier, dadurch hatte er ein Anrecht auf ihre Geschichte. Sie versuchte, so kurz und so unsentimental wie möglich zu erzählen.

»Wie wunderbar, dass ihr euch ineinander verliebt habt«, sagte Jan, als sie geendet hatte. »Ihr habt euch viele glückliche Monate geschenkt.«

Das hätte er nicht sagen dürfen. Beileid, Mitleid – all das war ihr vertraut. Aber nicht, dass jemand sie an das kurze Glück mit Carl erinnerte. Ja, ihre Liebe war das bislang Größte in ihrem Leben gewesen, das »Filetstück«, wie Carl es nannte, und es war ein Grund, glücklich zu sein, statt immer und ewig zu trauern. Tori versuchte vergebens, die Tränen zu unterdrücken. Jan streckte beide Hände aus und strich ihr die Nässe aus dem Gesicht.

Zu ihrer großen Erleichterung kam Madame mit dem nächsten Gang.

Tori probierte ein Stück von dem braun glänzenden Fleisch, das so zart war, dass es sich mit der Gabel zerteilen ließ. July hatte aufmerksam hoch zum Tisch geschaut, als die Teller auf dem Tisch standen, aber da niemand Anstalten machte, das Essen mit ihr zu teilen, hatte sie sich wieder zurücksinken lassen.

»Tut mir leid, dass ich so nah am Wasser gebaut habe. Das alles ist noch nicht lange genug her, aber ich versuche, mich abzulenken«, sagte Tori nach zwei Bissen.

»Ablenkung gehört zu meinen Kernkompetenzen.« Jan grinste so breit, dass sie lachen musste.

»Ich habe mich ein wenig mit der Geschichte der Hugenotten befasst, Carls Familie stammt ja ursprünglich aus dem Vivarais. Nun plant Belleville eine Ausstellung zur Geschichte des Dorfes, wozu ich beitragen soll, deshalb muss ich mehr über die Geschichte meines Hauses herausfinden.«

»Das Wandgemälde auf dem Dachboden. Du musst es mir zeigen.« Jan hatte Messer und Gabel beiseitegelegt. »Ich bringe alles mit, Licht, Kamera, Skalpell ...«

»Genau darum wollte ich dich bitten.«

Der Wein war ein angenehm temperierter weicher Côte du Rhône. Sie hoben die Gläser und stießen an, etwas, was nur Deutsche taten, die Franzosen schienen diese Sitte eher seltsam zu finden. Jan Fessmann aß mit Genuss und Tori stellte nach einer Weile mit Erstaunen fest, dass auch sie ihren Teller leergegessen hatte. Ihr Appetit kehrte zurück. Woran das lag? An ihrem neuen Projekt? Oder an der Gegenwart eines großgewachsenen Kirchenrestaurators mit Humor?

Jan brachte sie nach Hause, bis zum Tor. Beide zögerten. Dann nahm er sie behutsam in den Arm. »Ich bin gleich wieder da«, flüsterte er.

»Hm.«

Jan hatte zwei starke Lampen auf die Giebelwand gerichtet.

»Die florale Schablone, die über die ganze Giebelwand läuft, deutet auf französische Gotik. Das datiert die Malereien weit vor dem 14. Jahrhundert und würde zum Fenster passen. Dann die beiden Drachen, der eine rot, der andere schwarz – beeindruckend. Der aufgerissene Rachen, der Reißzahn, die Tatzen – großartig. Ich denke, man sollte eine C14-Untersuchung machen.«

»Eine was?«

»Radiokohlenstoffdatierung. In abgestorbenen Organismen nimmt die Menge von radioaktiven C_{14}-Atomen, also Kohlenstoff, die sie während ihrer Lebensdauer aufgenommen haben, mit der Zeit ab, das kann man messen. Wir können bis zu 50000 Jahre altes Material zeitlich sicher einordnen«, sagte er abwesend, während er mit dem Skalpell behutsam eine Stückchen Putz ablöste und in eine Plastiktüte legte, die er mit einer Maulklammer verschloss. »Auch die benutzten Farben sind aufschlussreich. Die Hintergrundfarbe sieht nach Rotholz aus, gewonnen aus Pernambuk oder Brasilholz, das ist eine Farbe, die erst mit den Kreuzzügen aus Asien nach Europa gekommen ist. Der rechte Drachen scheint mir mit Krapprot gemalt worden zu sein. Sehr spannend.«

»Hast du nicht auch den Eindruck, dass die Malereien ursprünglich viel weiter unten angefangen haben? Für mich sieht es so aus, als ob der Dachboden sie regelrecht durchschneidet.«

»Ja, klar, das glaube ich auch«, sagte Jan, der mit der Lupe vorm Auge den roten Drachen betrachtete.

Tori wusste, wann man aufgeben sollte. Jan war in seinem Element, sie wartete besser, bis er wieder ansprechbar war. Doch sie wartete nicht gern. Also stieg sie die Holzleiter wieder hinunter, an deren Fuß July saß und erleichtert aufsprang, als ob sie daran gezweifelt hätte, dass Tori wohlbehalten wieder zurückkäme.

»Komm, Kleine, wir bereiten schon mal den Tatort vor.« Wenn Jan die Wand unterhalb des Dachbodens inspizieren wollte, musste das Bett in Carls ehemaligem Schlafzimmer abgerückt werden. July schien das für ein Spiel zu halten, sie sprang auf die Matratze, während Tori das Bett an die gegenüberliegende Wand schob. Das Bücherregal konnte nicht so ohne Weiteres bewegt werden, erst musste man die Bücher ausräumen. Sie stapelte sie auf dem Bett, verstaubt, wie sie waren, und rückte dann das Regal beiseite. Jetzt war die Wand frei.

Putz und Farbe sahen frisch und unversehrt aus. Ob man mit einem Skalpell der Sache auf den Grund gehen konnte? Blieb Jans These von der zweiten Wand, hinter der ein Hohlraum liegen könnte. Tori begann, die Wand abzuklopfen.

Tatsächlich: Sie klang anders als die anderen Wände in ihrem Haus, Wände aus massivem, meterdickem Stein, die eigentlich gar keinen Klang hatten, wenn man gegen sie stieß, es sei denn, man hämmerte auf sie ein. Diese Wand gab einen hellen Ton ab, der auf einen Resonanzraum dahinter schließen ließ. Ein Versteck? Dann musste es auch einen Zugang geben, eine Art Tapetentür, ein gläubiger Camisard hätte sicher nicht jedes Mal die Wand zugemauert, um seine Bibel zu verstecken. Doch die Wand klang an jeder Stelle gleich, jedenfalls so weit ihre Arme reichten.

»Womöglich müssen wir ein Loch in die Wand schlagen.« Jan stand in der Tür. »Wahrscheinlich ist der Eingang schon vor langer Zeit zugemauert worden. Werkzeug, das dafür geeignet wäre, habe ich allerdings nicht mitgebracht.«

»Carl hat sich unten in den Caves eine Werkstatt eingerichtet. Ich schau mal, was sich da findet.«

Sie lief hinunter, gefolgt von July. Als sie das Licht im langgestreckten Gewölbekeller einschaltete, flatterte ihr eine schlaftrunkene Fledermaus entgegen.

Carl hatte Ordnung gehalten in seiner Werkstatt. Tori schaltete die Bohrmaschine ein, die einmal kurz aufheulte und dann keinen Mucks mehr tat. Das schied also schon mal aus. Die elektrische Säge kam ihr ungeeignet vor. Wahrscheinlich würde alles auf Handarbeit hinauslaufen. Sie griff sich einen Hammer und fand nach einigem Suchen in einer der Schubladen einen blitzblanken Meißel, der offenbar noch nie benutzt worden war.

Im Schlafzimmer stand Jan vor der Wand, als horchte er sie ab, und klopfte mit dem Fingerknöchel dagegen. »Oft versteckte man den Eingang hinter einem Schrank und der stand meistens in der Ecke«, sagte er. »Etwa hier klingt die Mauer anders. Außerdem ist der Putz nicht ganz glatt.«

Er hob mit dem Messer eine handtellergroße Schicht ab. »Siehst du: darunter sind Ziegel.« Er kratzte die Fuge sauber. »Und jetzt – was willst du denn damit?«

Sie hielt ihm Meißel und Hammer hin. »Ich dachte …«

Er lachte. »Eigentlich hast du recht. Damit geht's schneller.«

Tori kniete sich vor die Wand, setzte den Meißel in der Fuge zwischen zwei Ziegeln an und schlug zu. Der Putz platzte in dicken Placken ab. Wer in eine Ziegelmauer kein Loch hauen kann, soll sein Leben mit Deckchenhäkeln verbringen, dachte sie und setzte Meißel und Hammer ein weiteres Mal an. Das Loch musste wenigstens so groß sein, dass man den Kopf und den Arm mit der Taschenlampe hindurchzwängen konnte. Es war leichter als gedacht, nur ihre Knie begannen zu schmerzen.

»Lass dich ablösen«, sagte Jan, gerade rechtzeitig.

Tori schaute zu, July neben sich, die unruhig war und bei jedem Schlag mit dem Hammer zusammenzuckte.

Sie war aufgeregt wie ein Kind. Diese Lust an der Suche nach Schätzen an verborgenen Orten musste tief im menschlichen Genom stecken. Menschen schienen sich seit jeher gern ins Innere der Erde zu wühlen, in hartes Gestein, auf der Suche nach Kohle, Erz und Diamanten. Oder nach dem Einhorn. Nach Schätzen eben.

Jan stapelte die losgeschlagenen Ziegel unter dem Fenster und schob den abgeschlagenen Putz mit dem Fuß beiseite. »Das reicht für eine erste Inspektion«, sagte er. »Nach dir.«

Tori schaltete die Taschenlampe ein, holte tief Luft und zwängte Kopf und Schulter durch die Öffnung.

Staub und Spinnweben. Spinnen überlebten offenbar überall. Sie ließ den Lichtkegel der Lampe über die Wand hinter der Wand streichen. Keine Spur von den geheimnisvollen Malereien, die sie oben auf dem Speicher entdeckt hatte; das Licht beleuchtete pockennarbiges Grau.

Ihre Enttäuschung überraschte sie. Was hatte sie denn erwartet? Einen Rembrandt an der Wand eines Steinhauses im Vivarais, am Rande der Cevennen? Oder war sie enttäuscht, weil sie Jan Fessmann nun nichts mehr zu bieten hatte, das den Sachverstand eines Restaurators herausforderte?

Sie richtete den Lichtstrahl nach unten und nach rechts. Staub, sonst nichts. Dann leuchte sie nach links. Da war etwas, ganz in der Ecke. Es sah aus wie eine hochkant stehende Kiste aus Holz, etwas breiter, aber nicht ganz so lang wie ein Geigenkasten. Ihr Herz klopfte schneller.

Sie zog Kopf und Schulter aus dem Loch und lehnte sich an die Wand. July beobachtete sie noch immer angestrengt. Vorwurfsvoll, dachte Tori. Sie hält mich für verrückt.

»Und?«

»Da ist etwas, aber man kommt nicht so ohne Weiteres dran.«

Er steckte den Kopf durchs Loch. »Stimmt. Wir brauchen irgendetwas, um den Kasten herauszuziehen, wenn wir die Wand nicht weiter aufbrechen wollen.«

»Besen? Schrubber?«

»Gute Idee, die dürften aber nicht lang genug sein.«

Sie stand auf. »Bin gleich wieder da.«

In Carls Werkstatt gab es auf den ersten Blick nichts, was für ihre Zwecke geeigneter wäre als ein so schlichtes Haushaltsgerät wie ein Schrubber. Sie musste lediglich den Stiel verlängern.

Sie nahm eine Rolle Lassoband mit, holte den Besen aus dem Abstellraum, schraubte ihn vom Stiel und verband Schrubber und Besenstiel so fest wie möglich. Dann lief sie wieder nach oben ins Schlafzimmer, wo Jan auf dem Bett saß und July auf die Öffnung in der Wand starrte, als ob sie den Angriff eines Säbelzahntigers fürchtete.

Jan hielt die Taschenlampe und Tori schob den verlängerten Schrubber durch die Öffnung. Der erste Versuch scheiterte, ohne dass der Kasten sich auch nur einen Zentimeter bewegt hätte, der Schrubber löste sich vom Besenstiel und wäre fast im Inneren des Hohlraums liegen geblieben.

Tori zog den Kopf aus der Öffnung. »Wir werden das Loch vergrößern müssen.«

»Lass mich mal.« Jan umwickelte Schrubber und Besenstiel ein zweites Mal, noch fester. Als sie Gerät und Kopf wieder durch die Öffnung schieben wollte, knurrte July und bellte auf. Im gleichen Moment sah Tori einen blauen Schleier und ein scharfer Geruch strömte ihr entgegen, eine Mischung aus Desinfektionsmittel und Verwesung, aus Badeanstalt und Müllhalde. Ihr wurde schwindelig.

Als ihr Magen sich beruhigt hatte und ihr Gleichgewichtssinn wieder stabil war, lag ihr Kopf auf Jans Schoß und July leckte ihr die Hand. Sie atmete tief ein, klare Luft, die nach nichts anderem roch als nach Staub und Mörtel.

Doch sie wusste genau, woran der Gestank sie erinnert hatte: an eine Installation im Militärmuseum in Dresden, ein Kabinett, in dem man riechen konnte, wie es auf dem Schlachtfeld des Ersten Weltkriegs an der Westfront gerochen haben musste – nach einer Mischung aus Leichengeruch und dem durchdringenden Gestank von Chlorkalk, den man auf die Leichen gekippt hatte. Ihr war davon übel geworden, so wie jetzt.

»Geht's besser?« Jan blickte besorgt auf sie herab.

Sie nickte. »Hast du das auch gerochen, Jan?« Sie sah in seinem Gesicht, dass er die Frage nicht verstand. Langsam richtete sie sich auf. »Egal. Jetzt musst du ran.«

Er nahm die Taschenlampe zwischen die Zähne und machte sich an die Arbeit. Tori hörte, wie sich der Kasten langsam vorwärtsbewegte. Nach einer Weile zog Jan den Kopf aus der Öffnung, legte die Taschenlampe beiseite, griff wieder hinein, hob den Holzkasten heraus und legte ihn behutsam auf den Boden. Es handelte sich um eine Art Schränkchen aus poliertem Holz, der Deckel war mit Haken und Öse verschlossen.

July robbte vorsichtig heran, die Ohren gespitzt, mit vibrierender Nase, und beroch das fremde Ding misstrauisch, aber sie bellte nicht. Tori löste den Haken und öffnete den Kasten.

Dunkelroter Samt. Darin eingeschlagen ein Buch, eine Bibel, keine prachtvoll bebilderte Ausgabe, sondern eine, die sichtlich in Gebrauch gewesen war. Daneben ein handtellergroßes Büchlein in einem unauffälligen schwarzen Ledereinband, dessen Seiten sich bereits lösten.

»Ein Psalmbuch«, sagte Jan. »Typisch für die Zeit der Hugenottenverfolgung.«

Unter den Büchern lag ein weiterer Gegenstand, ebenfalls in ein Tuch gewickelt. Tori schlug das Tuch auseinander. Drei Teile aus Metall, zwei Schalen und eine Art Stiel. Jan nahm den Stiel, setzte ihn auf die umgekehrte kleinere der beiden Schalen und schraubte ihn fest. Tori reichte ihm die größere Schale, die er oben auf den Stiel setzte.

»Ein Abendmahlkelch zum Auseinandernehmen. Aus derselben Zeit. Ich hatte die ganze Zeit das Gefühl, dass dieser Raum etwas mit den Hugenotten zu tun hatte.«

»Sie müssen sich hier zum Gebet versammelt haben«, sagte Jan. »Dieser Fund passt doch bestens in eine Ausstellung zur Geschichte des Dorfes! Du solltest herausfinden, wem das Haus damals gehörte.«

Jans Handy meldete sich. Er blickte sie entschuldigend an und nahm das Gespräch entgegen. »Ja? Verdammt. Verstehe. Ich komme.«

Er steckte das Handy wieder in die Hosentasche und nahm ihre Hände. »Wir müssen morgen weitermachen. Ich muss zu unserer Baustelle, da hat einer Mist gebaut.«

Sie begleitete ihn hinunter. Wieder nahm er sie in den Arm, küsste sie auf die Wange, erst links, dann rechts, dann wieder links, wie es hier üblich war. »Dein Haus ist voller Geheimnisse. Eines davon bist du.«

Sie sah ihm hinterher, dem hochaufgeschossenen Mann, der die Straße hinunterging, als ob er bester Laune wäre. Die Wärme, die sie dabei spürte, war ungewohnt.

3

Erst jetzt sah sich Tori das Flugblatt genauer an, das der Metzger ihr mitgegeben hatte. Die Ausstellung sollte »1100 Jahre Belleville« behandeln, was gewiss großzügig gerechnet war, aber da die Kirche aus dem 9. Jahrhundert stammte, mochte das angehen. Ein Komitee war gebildet worden, das sich um die Organisation kümmern sollte, und die Bewohner Bellevilles waren aufgefordert, alles Alte zu sammeln, kostbar oder weniger kostbar, das sich in den Häusern, Kellern und Gärten fand: Werkzeug und Geschirr, Kleinmöbel und Bilder, Fotos und Briefe. Wer etwas beizutragen hatte, möge sich in der Bibliothek melden.

Kurzentschlossen nahm Tori den Kasten mit den Utensilien des protestantischen Gottesdienstes unter den Arm, rief nach July und machte sich auf den Weg.

Vor der Kirche zögerte sie. Sollte sie Jan stören? Eigentlich widerstrebte ihr das. Aber musste sie ihm nicht wenigstens sagen, was sie vorhatte? Sie öffnete die schwere Tür. Scheinwerfer waren auf das Gerüst gerichtet, das die Restauratoren errichtet hatten. Doch das Gerüst stand nur noch zur Hälfte, die andere Hälfte hing schräg nach vorn herunter. Vier Männer waren damit beschäftigt, es wieder zu stabilisieren, Jan mittendrin. Als er sie sah, gab er ein paar kurze Anweisungen und kam zu ihr herüber.

»Es gibt leider keine guten Nachrichten. Einer meiner Mitarbeiter ist heruntergestürzt, als das Gerüst zu kippen begann. Ein Anker hat sich gelöst, so etwas dürfte eigentlich nicht passieren.«

»Ist er verletzt?«

»Ja. Bein- und Beckenbruch, er liegt im Krankenhaus in Aubenas.«

»Das tut mir sehr leid.«

Er lächelte sie an, Wärme in den Augen. »Mir auch. Ich werde mich heute hier um allerlei kümmern müssen, ich melde mich, wenn ich wieder klar sehen kann, ja?«

»Gern. Und – pass auf dich auf.« Sie umarmte ihn beim Abschied.

Tori war schon oft an der Bibliothek vorbeigelaufen, sie war in einem prächtigen alten Bau an der Grande Rue untergebracht, über dessen Portal zwei Schlangen züngelten. Sie ließ July draußen, sie musste nicht angeleint werden, der Hund wusste, wann er warten sollte. Hinter der schweren Eichentür öffnete sich eine Glastür in einen Raum, der so zeit- und geschichtslos war wie jeder für irgendeine öffentliche Dienstleistung hergerichtete Ort. An den Lesetischen saß niemand. Nur an einem Tisch unter einem der langgezogenen gotischen Fenster schien jemand hinter einem Computerbildschirm zu arbeiten.

»Pardon.« Tori räusperte sich.

Hinter dem Bildschirm bewegte sich etwas, eine Frau erhob sich und kam hinter dem Schreibtisch vor.

»Madame! Kann ich Ihnen helfen?«

Eine schmale Person mit einem dunklen Pagenkopf, knabenhaft fast. Dass sie schon älter war, sah man erst, als sie näherkam.

»Victoria Godon«, sagte Tori, »vom Maison Sarrasine. Ich komme wegen der Ausstellung.«

»Ahhh! Wie schön, Madame! Ich freue mich, Sie endlich kennenzulernen! Ich bin Monique Bonnet, ich leite diese Bibliothek, eine sehr ruhige und friedliche Beschäftigung, wie Sie sehen können.« Ihre Hand machte eine die Leere umfassende Geste. »Da ist man für jede Abwechslung dankbar.« Ihr Blick fiel auf den Kasten. »Oh! Das sieht ja spannend aus. Kommen Sie, legen Sie Ihr Fundstück auf den Tisch da drüben.«

Tori folgte ihr. Monique Bonnet trug ein schwarzes Etuikleid, Ringe und Armbänder, Strümpfe mit Naht und hochhackige Wildlederpumps, ganz elegante Französin. Eine solche Erscheinung sah man hier im Dorf eher selten.

»*Voilà.*« Tori legte den Kasten auf den Tisch, löste den Haken und öffnete den Deckel. Die Bibliothekarin fasste mit spitzen Fingern in das Samttuch. »Caffard«, sagte sie. »Kein hochwertiger Samt, aber den konnte sich in ländlichen Gegenden wie der unseren kaum einer leisten. Auf jeden Fall ein Tuch, mit dem man etwas Kostbares umhüllte.« Sie schlug das Tuch behutsam auseinander und atmete tief ein.

»Die Genfer Bibel. Großartig.« Sie hob das Buch mit dem zerschlissenen Lederrücken heraus und öffnete es behutsam. »Das Neue Testament wurde in französischer Übersetzung erstmals im Jahre 1535 in Neuchâtel gedruckt. Das hier ist eine Ausgabe aus dem Jahr 1628. Sie wurde augenscheinlich eifrig benutzt.«

Dann nahm sie das kleine Buch zur Hand. »Und das

hier – ein *psautier de chignon*! Ein Psalmbuch, das die Frauen in ihrem Haarknoten oder unter ihrer Haube verstecken konnten! Madame Godon, das sind ja wunderbare Schätze! Wo haben Sie das alles gefunden? Wussten Sie, dass Bibel und Psalmbücher oft hinter Spiegeln versteckt wurden, die man nur umklappen musste, um eine Art Lesepult zu erhalten?«

Tori nickte und schüttelte den Kopf zugleich. »Das ist noch nicht alles«, sagte sie und holte das zweite Bündel aus dem Kasten.

Monique Bonnier erkannte sofort, worum es sich handelte, und setzte die drei Teile zu einem schmucklosen Abendmahlkelch zusammen. »Zinn«, sagte sie. »Silber war nur etwas für die Papisten.« Sie sah auf. »Ich wusste, dass Ihr Haus noch einige Geheimnisse birgt. Das konnte gar nicht anders sein.« Sie ging voraus zu einem Tisch mit zwei Sesseln in einer Ecke des Raums. »Kommen Sie, erzählen Sie.«

»Ich hoffte eigentlich, Sie könnten mir etwas erzählen über mein Haus, Madame Bonnet.«

»Monique, bitte.«

»Ich nenne mich Tori.«

»Tori? Für Victoria? Sehr hübsch.«

Monique ließ sich in eins der Sesselchen sinken, schlug die elegant bestrumpften Beine übereinander und faltete die Hände. »Also«, begann sie und sprang sofort wieder auf. »Ich habe ganz vergessen, Ihnen etwas anzubieten. Kaffee? Tee? Wasser?«

Tori bat um ein Wasser.

»So.« Monique war im Handumdrehen wieder zurück. »Ihr Haus ist ein ganz besonderes Haus. Es hat Henri Balazuc gehört, einem bei uns sehr bekannten und verehrten

Führer der Camisards. Nach der Niederlage des letzten Aufstands von 1709 gelang ihm die Flucht. Sein Haus wurde enteignet, obwohl es einen Erben gab, der rechtzeitig konvertiert war. Es ist dann eine andere Familie eingezogen.«

Dieses Detail schien Monique ein wenig unangenehm zu sein, sie rutschte auf dem Sesselchen vor und wieder zurück und blickte Tori nicht an. »Wie das eben so ist. Was hätte man auch sonst machen sollen. Jedenfalls – Ihr Fund passt zu dieser Geschichte. Es handelt sich ganz gewiss um Bibel, Psalmbuch und Kelch der Familie von Henri Balazuc. Das wird unsere Ausstellung krönen.« Monique musterte sie mit hochgezogenen Augenbrauen. »Sie wissen nicht viel über die Geschichte Bellevilles, richtig?«

»Nicht genug.« Tori lächelte verlegen.

»Hier bei uns war die letzte Bastion der Kamisarden. Der Aufstand aus dem Jahr 1702 scheiterte ja bekanntlich. Henri Balazuc und seine Genossen aber wollten die Niederlage nicht hinnehmen und sannen nach einem schrecklichen Hungerwinter im Mai 1709 auf Vergeltung. Sie suchten nach Mitstreitern und forderten sogar dazu auf, Soldaten zu töten, damit man an Waffen gelangte. Zunächst hatten sie Erfolg, auch, weil die königlichen Heere nicht über die Ardèche gelangten, die Hochwasser führte. Aber dann – nun, das Ende auch dieser Geschichte ist bekannt. Wer konnte, floh. Viele andere traten zum Katholizismus über.«

Man hörte der Bibliothekarin an, dass sie die Geschichte schon oft erzählt hatte.

»Und jetzt, liebe Tori, erzählen Sie mir doch bitte, wo Sie unsere Heiligtümer gefunden haben.«

»Hinter einer Ziegelmauer. Sie klang anders als die anderen Wände, und deshalb …«

»Phantastisch. Wirklich phantastisch.« Monique strahlte sie an. »Wenn Sie wollen, trage ich Ihnen alles zusammen, was ich über Ihr Haus herausfinden kann. Vielleicht ist das ja in unserer Ausstellung eine eigene kleine Abteilung wert? Suchen Sie weiter! Wer weiß, wie viele Geheimnisse das Maison Sarrasine noch birgt!«

Tori stand auf. »Ich werde das Haus vom Dach bis zum Keller gründlich durchsuchen. Es ist aufregend, in einem Haus mit einer so langen Geschichte zu wohnen.«

»Ja.« Monique war ebenfalls aufgestanden und strich sich das Kleid über den Hüften zurecht. »Es ist eines der ältesten hier im Ort. Damals waren nicht alle einverstanden mit dem Verkauf an Sie, aber da die Familie Ihres Mannes hugenottischer Abstammung ist ... Wir Kinder Gottes müssen zusammenhalten!«

Wir Kinder Gottes? Auch heute noch? Tori wagte einen Blick auf Moniques Dekolleté. Tatsächlich: Die Bibliothekarin trug ein Hugenottenkreuz, an dessen Spitze eine Taube hing.

4

Vor der Kirche stand eine Menschenmenge neben einem Krankenwagen, dahinter zuckte das blaue Licht eines Polizeiautos. Tori begann vor Schreck schneller zu gehen. War Jan etwas passiert? Oder einem weiteren seiner Mitarbeiter? Sie drängte sich wenig rücksichtsvoll vor. Die Tür zur Kirche war geschlossen. Doch die Tür zum Haus des alten Didier stand weit offen, zwei Männer mit einer Trage kamen heraus.

»Was ist passiert?«

Die Frau vor ihr drehte sich um. »Der Nichtsnutz hat endlich seine gerechte Strafe bekommen«, sagte sie breit lächelnd. »Marcel Chabanel ist tot.«

»Aber warum? Woran ist er gestorben?« Tori fand die Nachricht gar nicht zum Lachen.

»Altersschwäche wird es nicht gewesen sein!« Die Frau lächelte noch immer.

»War er krank? Hatte er einen Unfall?«

»Ich bin mir sicher, dass ich heute Nacht einen Schuss gehört habe.« Ein älterer Mann mit Glatze und schlechten Zähnen mischte sich ein. »Ich schlafe schlecht, wissen Sie, und da kriegt man so einiges mit.«

»Mein Lieber, du kannst doch einen Schuss nicht von einem Böller unterscheiden.«

Der Spott seiner Nachbarin konnte den Alten nicht erschüttern. »Und du hältst einen Furz für einen Donnerschlag«, gab er zurück.

»Wer hat ihn denn gefunden?«

»Na, Marie Laure!« Ein Junge mit Mountainbike drängte sich an ihnen vorbei. »Sie wollte ihm Didiers Rentenbescheid bringen! Und da lag er, im Flur, in seinem Blut!«

»In seinem Blut?«

Erst nach ein paar Sekunden fiel Tori ein, wer Marie Laure war. Die Postbotin, natürlich.

»Und neben ihm eine Nazipistole!«

Woher wollte der Junge wissen, wie eine Nazipistole aussah?

»Hab ich's nicht gesagt!« Der Alte mit den schlechten Zähnen grinste seine Nachbarin an. Bevor sie antworten konnte, teilte sich die Menge. Serge Masson, der die meisten hier um einen Kopf überragte, kam auf sie zu und grüßte Tori mit einem Kopfnicken, bevor er sich dem

Jungen mit dem Fahrrad zuwandte. »Wenn du was zu sagen hast, Alain, dann tratsch hier nicht rum, sondern gib es bitte zu Protokoll.« Der Knabe nickte, machte aber keine Anstalten, zum Polizeiwagen zu gehen, sondern stieg auf sein Rad und flitzte davon.

»Gerüchte kann ich gerade gebrauchen«, murmelte Masson.

»Was ist denn nun wirklich geschehen?«, wagte Tori zu fragen und erntete einen langen Blick anstelle einer Antwort. Klar, dachte sie. Er darf den laufenden Ermittlungen nicht vorgreifen, und so weiter und so fort.

Die Männer schoben die Bahre in den Krankenwagen. Als der Wagen abgefahren war und die Menge sich langsam zerstreut hatte, sah Tori Jan Fessmann neben der Kirchentür stehen.

»Eine Aufregung jagt die nächste«, brummte er, nachdem sie sich begrüßt hatten. »Belleville ist ja lebensgefährlich.« Er sah müde aus.

»Habt ihr euer Gerüst wieder aufgebaut? Was macht dein Mitarbeiter?« Beinahe hätte Tori ihn in den Arm genommen. Jan löste etwas in ihr aus, auf das bislang ausschließlich Carl ein Anrecht gehabt hatte.

»Das Gerüst steht. Aber ich fahre nachher noch einmal ins Krankenhaus, seine Frau hat sich angesagt, ich muss sie irgendwo unterbringen.« Er tätschelte gedankenverloren Julys Kopf.

Du musst dich nicht entschuldigen, dachte Tori. Schon in Ordnung.

Alle Klatschbasen und Trinker von Belleville schienen sich bei Marie-Theres versammelt zu haben. Als Tori den Gastraum betrat, stand die Luft vor Schweiß, Fusel und

Zigarettenqualm. Alle redeten über den toten Neffen von Didier Thibon und alle schienen der Meinung zu sein, dass ihm nur recht geschehen sei.

»Der Junge ist erschossen worden. Eine Kugel direkt ins Gesicht. Dürfte kein schöner Anblick gewesen sein.« Nico saß an seinem Stammplatz und wusste natürlich über alles Bescheid.

»Angeblich hat Marie Laure eine Nazipistole neben der Leiche gefunden.«

Nico schnaubte verächtlich. »Seit wann lernt man bei der Post, wie eine Naziknarre aussieht? Marie Laure kann unter Garantie eine Walther P.38 nicht von einer Sauer 38H unterscheiden.«

»Hauptsache, du blickst durch«, sagte Tori spitz.

»Das sehe ich auch so.«

Marie-Theres schob wortlos ein Glas Rosé über den Tresen, das Tori ebenso wortlos entgegennahm.

»Didier hat mal behauptet, er wisse, wo die deutschen Besatzer damals Waffen und Munition versteckt haben, deshalb kommt sie wahrscheinlich darauf.« Nico legte Tori versöhnlich die Hand auf den Arm. »Nur unser oberster Polizist weiß, was für eine Waffe es wirklich war.«

»Aber warum wurde der Junge erschossen? Und von wem?«

Jérôme von der Müllabfuhr, der sich am Tresen ein Glas Rotwein einschenken ließ, beugte sich zu ihnen herüber und fasste sich mit blitzenden Augen an seine Nase. »Immer der Spur des Geldes folgen, sag ich nur!«

»Geld? Hatte Marcel welches?«

»Nicht, dass ich wüsste. Aber vielleicht sein Onkel?« Jérôme hob das Weinglas, als ob er dem alten Didier salutieren wollte.

»Komm, Jérôme, Didier hat seinem Neffen außer dem Haus nichts hinterlassen, was irgendeinen Wert haben könnte.«

»Vielleicht wusste unser Marcel das nicht, als er seinen Onkel umgebracht hat?«

»Soweit ich weiß, hatte Marcel für den Tatzeitpunkt ein Alibi.«

»Dann wusste vielleicht sein Drogendealer nicht, dass Marcel nichts geerbt hat. Und als der Junge wieder nicht zahlen konnte …« Der Müllmann hob die Hand und krümmte den Zeigefinger um einen imaginären Abzug.

»Gibt es für all das irgendeinen Anhaltspunkt?« flüsterte Tori.

»Was glaubst denn du?«, flüsterte Nico zurück. »Wenn man sich das Maul zerreißen will, stören harte Fakten bloß.« Er machte eine Handbewegung, die das Kneipenpublikum vom Tresen bis zum Klo umschloss. »Die sind alle einer Meinung: Marcel hat bekommen, was er verdient hat, und zwar von irgendeinem marokkanischen Drogendealer, der gottlob nicht von hier ist.«

»Und du glaubst das nicht?«

Er blickte sie an und schüttelte den Kopf. »Ich weiß nicht. Das geht mir alles zu sauber auf. Neuerdings steht auch das Alibi des Jungen in Bezug auf Didiers Tod infrage.«

»Ist er also doch nicht im Bett seiner Kneipenbekanntschaft gelandet?«

»Wahrscheinlich schon, das ist aber nicht mehr relevant. Didier soll weit früher gestorben sein als ursprünglich angenommen. Fehler des Gerichtsmediziners, behauptet unser oberster Verbrecherjäger.« Nico verzog den Mund.

»Und auch dem glaubst du nicht.«

Er seufzte tief auf. »Was heißt schon glauben. So, wie die Dinge jetzt aussehen, wäre das die beste Lösung. Praktisch für die Polizei: Fall gelöst. Und entschieden angenehmer für die Bewohner von Belleville: Keiner kann mehr verdächtigt werden.«

»Noch vor ein paar Tagen hast du anders geredet.«

»Liebe Tori, der Kopf ist rund, damit die Gedanken auch mal die Richtung wechseln können. Ich habe nur über das nachgedacht, was der unglückliche Neffe behauptet haben soll: Dass Didier mit allerlei Geheimnissen geprahlt hat und dass er Adriaan etwas davon verraten haben muss. Wenn das Dinge waren, die man im Dorf unter der Decke halten will, dann scheint es mir durchaus plausibel, dass man den Holländer mit Absicht zur Bärenskulptur gelockt hat, dass man Didier die Treppe hinunterbefördert hat, weil er mit dir und mit mir geredet hat, und dass Marcel dran glauben musste, weil er die Wahrheit gesagt hat.«

»Der Mörder ist das Dorf?« Tori unterdrückte eine spöttische Bemerkung.

»Oder einige seiner Bewohner.«

Tori fiel wieder ein, wer ihr am Tag vor Didiers Tod begegnet war, als sie den Alten besuchen wollte. »War Didier eigentlich krank?«

»Nicht, dass ich wüsste. Alkohol konserviert. Warum fragst du?«

»Es hat wahrscheinlich nichts zu bedeuten, aber ich habe am Tag vor seinem Tod die Apothekerin und den Arzt in der Nähe seines Hauses angetroffen.«

»Siehst du! Schon haben wir zwei Verdächtige. Aber ich fürchte, dass sich die Sache niemals wird aufklären lassen. Allerdings wäre auch das nicht gut für die Bewohner von Belleville. Unaufgeklärte Todesfälle säen Misstrauen.«

5

Monique begrüßte Tori wie eine gute alte Bekannte, mit Küsschen rechts, Küsschen links, Küsschen wieder rechts. »Ich bin noch nicht sehr weit gekommen mit meinen Nachforschungen, aber ein bisschen habe ich schon zu erzählen!«

Tori folgte ihr zu dem Tisch mit den beiden Sesselchen. Monique legte einen hellblauen Aktendeckel auf den Tisch. Heute trug sie einen engen Rock über weinroten Strumpfhosen, dazu ein Jäckchen über dem Shirt, das ihr nicht ganz bis zur Taille reichte. Tori kam sich dagegen fast ordinär vor in ihren Jeans und den Stiefeln.

»Also. Henri Balazuc gelang nach der Rebellion von 1709 die Flucht. Damals sah Ihr Haus natürlich ganz anders aus als heute, es bestand eigentlich nur aus dem ältesten Teil mit dem *cheminée sarrasine* und einem Anbau. Wer als Hugenotte flüchtete, musste sein ganzes Hab und Gut zurücklassen, also verlor auch Henri Balazuc Haus und Land. Wir haben keine Aufzeichnungen von damals, Kataster wurden ja erst nach der Französischen Revolution eingeführt, damit man Grundbesitz besteuern konnte, auch Revolutionäre brauchen schließlich Geld. Doch die Grundbücher waren selten verlässlich. Jedenfalls ging das Haus wohl in den Besitz der Familie Teissier oder Theissier über.«

Monique hatte den Aktendeckel geöffnet und eine elegante Lesebrille auf die schmale Nase gesetzt.

»Theissier? Wie unsere Apothekerin?«

»Oder wie Guy Teissier, einer von Balazucs Mitverschwörern. Das wäre allerdings ein wenig irritierend.«

»Warum?«

»Nun – Teissier ist hingerichtet worden, auf sehr unangenehme Weise. Die Obrigkeit besaß ja damals viel Phantasie in diesen Dingen.« Sie zögerte kurz. »Es heißt, man habe ihm Hände und Füße abgeschlagen und ihn dann aufs Rad gebunden. Er soll sehr lange gestorben sein.«

»Aber seine Familie könnte doch das Haus übernommen haben?«

»Unwahrscheinlich. Sie waren als Angehörige eines Kamisardenführers genauso geächtet wie die Balazucs. Allerdings …« Sie biss sich auf die Lippen. »Ich weiß nicht, ob Sie das wirklich interessiert.«

»Brennend.« Tori nickte ermutigend.

»Es heißt, dass Henri Balazuc seinen Mitkämpfer Guy Teissier verraten hat, damit er selbst fliehen konnte. Aber es gibt andere Quellen, die darauf hindeuten, dass es wiederum Guy Teissier war, der das Versteck seines Genossen unter der Folter verraten hat. Jedenfalls waren sich die Familien seither nicht gerade wohlgesinnt.«

»Aber das ist über dreihundert Jahre her!«

Monique seufzte tief auf. »Ja. Wir haben ein langes Gedächtnis. Ein sehr langes. Wahrscheinlich ist das in jedem Dorf so.« Sie nahm die Lesebrille ab. »Aber manchmal denke ich, wir in Belleville übertreiben es mit der Sippenhaft. Dany Barthus nimmt mir übel, dass mein Vater früher für Le Pen gestimmt hat, während ihr Vater wie sie sozialistisch wählt.« Monique rümpfte die Nase. »Mir ist das egal, ob sie die Sozialisten wählt oder nicht, auch wenn ich von all diesen linken Ideen nicht viel halte.«

Ein uralter Familienzwist? Die Sache wurde immer spannender.

»Jedenfalls: Die letzte Bewohnerin Ihres Hauses, Marguerite Chastagne, geborene Champenard, die Schwiegermutter eines unserer Bürgermeister, war mit dem Sohn von Eugène Chastagne verheiratet. Wann und wo und ob überhaupt Paulette ins Spiel kommt, weiß ich nicht.«

Namen über Namen. Tori würde sich keinen davon merken können. »Haben Sie auch etwas über die Familie von Henri Balazuc in Erfahrung bringen können?«

Monique wiegte den Kopf. »Balazuc ist ein weitverbreiteter Name. Henri war nicht verheiratet, soweit man weiß, jedenfalls nicht zum Zeitpunkt seiner Flucht. Er hatte zwei Brüder und zwei Schwestern, was aus ihnen geworden ist, weiß ich nicht. Viele Kinder Gottes sind konvertiert, als die Repression immer stärker wurde. Aber Geheimbünde gibt es noch immer. Wir halten zusammen.« Monique griff sich an den Hals und umschloss das Kreuz mit der Taube mit ihren schmalen Fingern.

Ein Bund, der so eng zusammenhält – wie ging der wohl mit Abtrünnigen um? Tori war so viel Glaubensgewissheit und Traditionsbewusstsein unheimlich.

»Der Hund da draußen!«

Eine Stimme vom Eingang her. Tori drehte sich um. »Ja? Hat sie was angestellt?«

»Nein, die Töle ist erstaunlich brav, wie haben Sie das nur hingekriegt? Ich kenne sie nur als ewig kläffendes Ärgernis.« Paulette Theissier stand in der Tür und ausnahmsweise lächelte die sonst so spröde Apothekerin.

»Paulette! Wir haben gerade noch von dir gesprochen!« Monique war aufgestanden und ging ihr entgegen.

»Nur Gutes, nehme ich an.« Schon lächelte Mme Theissier etwas weniger herzlich.

Auch Tori stand auf. »Vielen Dank, Monique, wir bleiben in Kontakt, ja?«

»Ich suche weiter, Tori, versprochen!« Die Bibliothekarin winkte und drehte ihr dann den Rücken zu.

Julys Hinterteil wackelte so freudig wie ihr Schwanz, als Tori nach draußen trat. »Du bist erstaunlich brav, Süße, hast du das gehört?« Tori kniete nieder und streichelte die samtweichen Ohren, als sie den Zettel in Julys Halsband entdeckte. Ein liniertes Blatt aus einem Notizblock, bedeckt mit einer feinen, fast kalligraphischen Schrift.

»Liebe Tori, schon wieder muss ich nach Deutschland fahren, diesmal nicht aus familiären Gründen, sondern weil mich die Frau meines verunglückten Mitarbeiters darum gebeten hat, sie nach Hause zu bringen. Bitte lüfte nicht alle Geheimnisse Deines Hauses in meiner Abwesenheit, ich möchte dabei sein, wenn es etwas zu entdecken gibt! Von Herzen, Dein Jan.«

6

Toris Weg führte an Francines Café an der Grande Rue von Belleville vorbei. Zu ihrem Erstaunen saß Nico draußen, den July freudig begrüßte, bevor sie sich mit all den anderen Kötern bekannt machte, die unter den Tischen und neben den Stühlen ihrer Besitzer lagen. Ein Handtaschenhündchen begann bei ihrem Anblick schrill zu kläffen, was seine Besitzerin veranlasste, es beschützend auf den Arm zu nehmen. Das wusste man ja: So ein Pitbull fraß kleine Hunde und kleine Kinder.

»Was machst du denn hier?« Tori ließ July ihr Vergnügen und setzte sich neben Nico.

»Na was schon? Ich habe auf dich gewartet. Wenn

July vor der Bibliothek sitzt, kannst du ja nicht weit sein, oder?«

»*Elementary, my dear Watson.*«

»Du weißt, dass Sherlock Holmes das nie gesagt hat, oder?« Nico blickte sie mit mildem Tadel an.

»Egal. Es passt.« Tori bestellte einen *Grand crème*.

»Ich hoffe, du möchtest dich hier nicht häuslich niederlassen, wir haben heute noch einiges vor«, sagte Nico und winkte Manu zu, einem jungen Portugiesen, dem erfolgreichsten Bauunternehmer von Belleville, der sich ein zweites Frühstück gönnte. »Wir fahren nach Aubenas und besuchen Adriaan im Krankenhaus. Er ist wieder ansprechbar.«

Tori trank ihren Kaffee viel zu langsam für Nicos Ungeduld. Aber sie brauchte Zeit zum Nachdenken. Die Stunden mit Adriaan tief unter der Erde kamen ihr jetzt schon unwirklich vor, so kurz nach ihrer Rettung. Sie waren sich nahe gekommen, da unten, so nahe, dass sie ihm sogar von Carl erzählt hatte, vom Beginn ihrer Liebe bis zu seinen letzten Minuten. Zuletzt hatte sie sich an seiner Schulter ausgeweint. Wie ging man mit einer solchen Intimität um, wenn die Situation sich geändert hatte? Sie war sich nicht sicher.

Nico fuhr zu schnell für ihren Geschmack, sein verbeulter Laster heulte und spotzte, als ob er unter Blähungen litt. Nur July schien die Fahrt zu genießen, sie saß neben Tori, hielt den Kopf aus dem Fenster und ließ sich vom Fahrtwind die Ohren streicheln. Vorbildlich, dachte Tori: Der Hund wusste das Leben zu genießen. Nachahmenswert. Schließlich schien die Sonne, die Luft war warm, der Sommer war nah. Vielleicht wurde es ein gutes Jahr?

Vielleicht kam Jan Fessmann zurück? Und vielleicht würden ihre Gefühle für ihn ihr bald kein schlechtes Gewissen mehr machen?

Kaum hatte Nico den Wagen geparkt, sprang July hinaus und lief zielstrebig voraus zum Empfangsgebäude, wo sie schweifwedelnd vor der Tür wartete, bis Nico und Tori endlich ankamen und ihr öffneten. Ihr Auftritt in der Empfangshalle war spektakulär. Alle blieben stehen. Von allen Seiten schallten ihnen Lockrufe entgegen, Männer wie Frauen riefen nach *chérie*. July stürzte begeistert auf jeden zu – auf Krankenschwestern, einen Arzt, auf einen Mann mit Rollator, der fast umgefallen wäre, als er sich herabbückte, um sie zu streicheln. Niemand beachtete Tori und Nico, erst als July zu ihnen zurücklief, um sie wie ein Hütehund zu umkreisen, wurde man auf sie aufmerksam.

»Wir haben das Hundchen so vermisst«, sagte eine der Schwestern. »Seit Luc den Unfall hatte, war sie nicht mehr bei uns. Werden Sie jetzt öfter kommen?«

Die Frage brachte Tori in Verlegenheit. Eigentlich hatte sie nicht die Absicht, einen neuen Beruf zu ergreifen, obwohl es sicher löblich war, mit July als Therapiehund kranke Menschen glücklich zu machen. Der Hund hatte offenkundig Spaß daran. »Ich versuch's«, sagte sie, »aber heute möchten wir nur einen einzigen Ihrer Patienten besuchen.«

»Adriaan Postma«, sagte Nico. »Wo finden wir den?«

Adriaan lag in der chirurgischen Abteilung. Als sie die Tür zu seinem Zimmer öffneten, stolzierte July als Erste hinein, ging zum Bett und legte höchst professionell die Pfote auf die Bettdecke.

»He! Das ist aber eine nette Überraschung! Tori! Und meine Lebensretter!«

Adriaan saß im Bett, das eingegipste Bein lagerte etwas erhöht auf einem Kissen.

»Du siehst blass aus. Wie ein Engerling.« Nico streckte ihm die Hand entgegen. »Das Leben unter der Erde ist dir nicht bekommen.«

Adriaan feixte. »Mach dich nur lustig. Setzt euch und erzählt mir die Neuigkeiten aus aller Welt. Man bekommt ja gar nichts mit in diesem Luxusknast.«

Tori zog einen Stuhl heran. »Du verpasst nichts. Hier ein Krieg, da ein Anschlag, gestern standen wir am Abgrund, heute sind wir einen Schritt weiter. Selbst in Belleville häufen sich die Todesfälle. Falls die Staatsgewalt noch nicht bei dir war – lange wird das nicht mehr dauern.«

Adriaan, die Hand auf Julys Kopf, den sie in Reichweite auf die Matratze gelegt hatte, blickte seine Besucher ratlos an. »Wer ist gestorben? Wieso Staatsgewalt?«

»Didier Thibon ist tot«, sagte Tori, »und jetzt auch noch sein Neffe.«

»Der Ziegenhirt? Wie schade. Ich mochte ihn, er war ein unterhaltsamer alter Knochen. Seinen Neffen kenne ich nicht.« Adriaan kniff die Augen zusammen. »Klar, Didier war nicht mehr der Jüngste.«

»Er ist die Kellertreppe heruntergefallen. Womöglich hat der Neffe nachgeholfen, doch das wird man nicht mehr aufklären können, denn den jungen Marcel hat irgendjemand erschossen.«

Adriaan stemmte sich hoch, die Augen viel zu groß in dem blassen Gesicht unter dem ungekämmten blonden Schopf. »Um Himmels willen. Aber was habe ich damit zu tun?«

»Der Vertreter der Staatsgewalt wüsste sicher gern, wieso du den alten Didier Thibon ausgefragt hast und was er dir verraten hat. Ob er deshalb tot ist. Und überhaupt: was du in unserer geheimnisvollen Gegend gesucht hast.«

Adriaan schüttelte langsam den Kopf. Dann nickte er. »Verstehe. Das ist eine lange Geschichte und sie ist etwas merkwürdig.«

»Wir haben Zeit.«

»Wenn es dich nicht zu sehr anstrengt.« Tori fand Nico rücksichtslos.

Adriaan nahm einen Schluck aus dem Wasserglas auf seinem Nachttisch und verzog das Gesicht. »Hoffentlich kriege ich bald wieder etwas Anständiges zu trinken.«

»Beim nächsten Mal bring ich was mit. Was mit Alkohol, natürlich. Sofern es dich nicht nach Oude Genever verlangt. Den gibt es nicht in Frankreich.«

»Ja, ich weiß, ist eine kulinarisch unergiebige Gegend hier.« Adriaan lächelte wieder. Bei Tageslicht betrachtet war er ein hübscher Kerl, dachte Tori. Schlank, blond, blauäugig. Ein echter Kaaskopp.

»Also.« Er setzte das Glas wieder ab. »Mein Großvater ist vor zwei Jahren gestorben. Er muss in seiner Jugend ein ziemlich umtriebiger Kerl gewesen sein. Besonders diese Gegend hier hatte es ihm angetan, er hat immer wieder davon erzählt. Von tapferen Männern und schönen Frauen, man kennt das ja.«

»So einen hätte ich auch gern gehabt«, sagte Nico. »Meiner war maulfaul und ist früh gestorben.«

»Ganz zum Schluss hat ihn etwas geradezu gequält. Er war nicht mehr wirklich klar im Kopf, aber es hatte etwas mit einer Frau zu tun, die er Anno Tobak hier getroffen hat. Ich sollte hinfahren, ihr Grab suchen und Rosen darauf legen, irgendetwas Blühendes, jedenfalls. Und da mich die

Gegend schon immer gereizt hat – allein wegen der Grotte Chauvet lohnt sich der Besuch, wart ihr mal da?«

»Natürlich!« Tori und Nico wie aus einem Mund.

»Also bin ich los. Ich habe sogar ein Foto von seiner alten Flamme. Aber niemand kennt sie. Na ja, die Menschen werden eben älter.«

Es musste sich um das Schwarzweißfoto der jungen Frau handeln, das Tori bei seinen Sachen gefunden hatte.

»Hast du Didier nach ihr gefragt? Hat er was dazu gesagt?«

»Er ist ein liebenswerter alter Wichtigtuer, er hat furchtbar geheimnisvoll getan, aber nichts rausgelassen.«

»Er hat dir also kein Geheimnis verraten?«

Adriaan lachte. »Das kann man ihm wirklich nicht nachsagen.«

July gab einen leisen Warnlaut von sich, noch bevor die Tür aufging.

»Es geht Ihnen also schon wieder so gut, dass Sie hier Partys feiern können, Herr Postma?« Die junge Schwester mit dem zum Chignon zusammengefassten blonden Haar tat streng, obwohl man ihr ansah, dass sie am liebsten gelacht hätte, als July mit aufgestelltem Schwanz auf sie zulief. »Ich kann mir vorstellen, dass Ihre Gäste gern zuschauen würden, wenn wir Abendtoilette machen.«

»Um Himmels willen, Caroline, es ist schon schlimm genug, dass Sie mich in einem so erbärmlichen Zustand erleben müssen.« Tori bemerkte mit Vergnügen, dass Adriaans blasses Gesicht Farbe bekommen hatte. Der Junge war eindeutig auf dem Weg der Besserung.

»Dann stören wir lieber nicht weiter.« Nico hatte sich bereits erhoben.

»Ist besser so«, sagte Adriaan. »Aber es wäre schön, wenn ihr bald wiederkämt.«

7

Nico fuhr über eine Nebenstrecke zurück und bog in Saint-Sernin nach Largentière ab. Sie hatten beide Hunger und es war schon kurz vor zwei. In den meisten Restaurants bekam man um diese Uhrzeit nichts mehr zu essen, nur in der Bar l'Atlas nahm man es nicht so genau mit den französischen Regeln.

Die Bar lag an der von Platanen gesäumten Hauptstraße, von der Terrasse aus blickte man auf die Ligne und auf die erste Reihe der mittelalterlichen Stadt, die sich in den Flussbogen schmiegte. Schon die Römer hatten hier Blei und Silber abgebaut – daher der Name. Über der Stadt erhob sich ein Schloss aus dem 13. Jahrhundert, noch bis ins 20. Jahrhundert als Krankenhaus genutzt, heute Museum.

Sie setzten sich an einen Tisch in der Sonne. Drei alte Algerier mit zerfurchten Gesichtern unter bestickten Taqiyahs saßen im Schatten an der Hauswand, tranken Tee und rauchten süßlich duftende Zigaretten.

Nico und Tori bestellten Bier und Steak frites. Das Bier kam sofort und das Steak nicht viel später.

»Nach dem Gespräch mit Adriaan frage ich mich erst recht, warum alle Welt wissen will, welche Geheimnisse Didier verraten haben könnte.« Tori schnitt ein Stückchen von ihrem Fleisch ab, nahm es auf die Hand und reichte es July, die unter dem Tisch saß.

»Du verwöhnst den Hund«, sagte Nico. »Bist du etwa schon wieder satt?«

»Nein. Ebenso wenig wie July.«

Nico schnitt seinerseits einen Happen von seinem Steak ab und hielt es July hin, die es ihm manierlich aus der Hand nahm.

»Jetzt fängst auch du noch an, ihren Charakter zu verderben!« Tori drohte ihm mit der Gabel. »Es reicht doch, wenn ich es tu!«

»Ihren Charakter kann man nicht verderben.« Nico tätschelte Julys Kopf.

»Nein. Wenn sie nicht gewesen wäre ...«

Nico hob das Glas und prostete Tori zu. »Irgendwie kann ich die ganze Geschichte noch immer nicht glauben. Was für ein verrückter Zufall hat euch beide nur ins selbe Loch fallen lassen?«

Tori hob die Schultern. »Schicksal.« Aber sie wusste, dass irgendetwas sie zu der Bärenskulptur gelockt hatte. Sie glaubte nicht an Magie. Und doch – waren ihre Halluzinationen womöglich mehr als bloße Sinnestäuschung? Auch vor dem Geheimversteck im Maison Sarrasine war ein Geruch auf sie eingestürmt, den niemand sonst wahrgenommen hatte. Nicht Jan. Aber vielleicht July?

Was, wenn sie einfach so tat, als ob sie an übersinnliche Kräfte glaubte, daran, dass Licht und Geruch sie vor etwas warnen wollten? Vor einer Gefahr? Doch welche Gefahr hatte im Versteck der Hugenotten gelauert? War es eine vergangene, eine gegenwärtige oder eine zukünftige Gefahr?

Nico setzte sie vor dem Maison Sarrasine ab und fuhr mit brubberndem Motor weiter, ein Geräusch, das in der engen Gasse wie Trommelfeuer vor Verdun klang.

July lief die Treppe hoch und fiel auf ihr Lager, als ob

der Besuch im Krankenhaus einen Erholungsschlaf nötig machte. Tori nahm Besen und Kehrblech und ging nach oben in die Kapelle, wie sie den Raum mittlerweile nannte, um den Putz wegzukehren – und in der vagen Hoffnung auf irgendein magisches Zeichen, das ihr aus der Öffnung in der Wand entgegenwehen könnte.

Im Zimmer war es kälter als draußen. Kein Wunder, wenn die dicken Mauern bereits seit dem 13. Jahrhundert Sonne und Wärme abschirmen, dachte sie und öffnete die beiden Fenster. Unten auf der Terrasse tobten zwei Hausrotschwänzchen durch den Oleander und die Kletterrosen, die an der Hauswand in Kübeln wuchsen. Es musste Balzzeit sein. Die Vögel saßen oft auf der Regenrinne oder dem Dachfirst, ihre seltsamen Rufe begleiteten Tori den ganzen Tag über. Sie klangen wie Schuhe mit knarzender Gummisohle. Nur wenn July sich blicken ließ, ging das Knarzen in ein aufgeregtes »Tecktecteck« über.

Tori machte sich an die Arbeit. Der abgeschlagene Putz roch nach Kalk und Staub, nach nichts Schlimmerem. Irgendwann würde sie das Loch in der Wand wieder zumauern müssen. Andererseits: warum eigentlich? Man konnte genauso gut eine Tür hineinbauen, so, wie es einmal gewesen sein musste, man wusste ja nie, wozu man ein gut getarntes Versteck einmal brauchen konnte. Nicht, dass sie fürchtete, etwas verstecken zu müssen, religiöser oder anderer Art. Doch irgendwie gehörten Versteck und Geheimtür zu diesem Haus, das sie aus lauter Respekt schon längst nicht mehr »mein Haus« nannte, sondern Maison Sarrasine, eine Kategorie für sich.

Sie griff nach der Taschenlampe, die sie hinter der Ziegelwand liegen gelassen hatte, und leuchtete ein weiteres Mal in den Zwischenraum, erst nach rechts, dann nach links. Jetzt erst sah sie es. Dort, wo der Kasten mit der Bibel gestanden hatte, lag noch etwas, ein kleiner flacher Gegenstand, der dahinter verborgen gewesen war.

Der verlängerte Schrubber lag noch da, wo Jan ihn gestern hingelegt hatte. Sie beugte sich in die Öffnung, setzte das Werkzeug hinter das flache Paket und zog. Als es in Griffweite war, hob sie es heraus. Hinter ihr bellte July auf.

Tori hatte nicht gemerkt, dass sie ihr hinterhergelaufen war und nun in heller Aufregung vor dem geheimnisvollen Päckchen stand. Mal wollte sie es beschnüffeln, mal wich sie zurück und bellte es an. Es war eine flache Ledermappe aus genarbtem schwarzem Leder, mit zwei Lederriemen verschlossen. Tori redete July beruhigend zu, während sie die Mappe öffnete. Sie enthielt ein Buch, einen schmalen Band in hellem Einband, »Poèmes d'Amour de Verlaine«. Das Buch öffnete sich, als sie es in die Hand nahm – auf der Seite mit einem Gedicht, das sie nur zu gut kannte. »*Il pleure dans mon cœur*«, es weint in meinem Herzen, ein Gedicht, das alle unglücklich Verliebten auswendig kannten, obwohl es eigentlich den Depressiven und Melancholikern gehörte.

July drängte sich an sie und leckte ihr die Hand, so, als ob sie Tori daran hindern wollte, den Inhalt der Ledermappe weiter zu untersuchen. Tori ließ sich nicht beirren. In einem der Fächer der Mappe steckte noch etwas. Ihre Finger ertasteten ein Stück Karton mit gezacktem Rand und trafen dann auf etwas Spitzes, an dem sie sich beinahe gestochen hätte. Sie zog den spitzen Gegenstand heraus, der sich als Anhänger einer feingliedrigen Kette entpuppte: ein vierflügeliges Kreuz, an dessen unterer Spitze eine Taube hing. Das Kreuz der Hugenotten.

Es war ihr mittlerweile vertraut. Der Form nach entsprach es dem Malteserkreuz, die vier Flügel sahen aus wie Pfeile, an deren Spitzen Kugeln steckten. Einer Interpretation zufolge symbolisierten die Kugeln all die Tränen, die die Kinder Gottes während ihrer Verfolgung geweint hatten. Am unteren Flügel des Kreuzes hing, kopfüber, eine Taube – Symbol des Heiligen Geistes. Und als ob die rebellischen Hugenotten trotz aller Verfolgung ihre Loyalität dem König gegenüber bezeugen wollten, waren die Flügel durch das Wappen der Bourbonen verbunden: die Fleurs de Lis, stilisierte Lilien.

Tori legte die Halskette beiseite und streichelte July, die noch immer unruhig war. Dann zog sie das Stück Karton aus der Mappe. Eine Schwarzweißfotografie. Das Bild einer jungen Frau. Ernst sah sie aus, das dunkle Haar gescheitelt, die Augen viel zu groß für das schmale Gesicht. Tori drehte das Bild um. Jemand hatte etwas auf den grauen Karton geschrieben, die Schrift war präzise, aber klein und verblasst. »Solange Balazuc«, entzifferte Tori. Und darunter: »13. Januar 1922 bis 26. Juni 1944.«

Gerade einmal zweiundzwanzig Jahre alt war die junge Frau geworden. Tori wurde von einer grenzenlosen Traurigkeit gepackt. Sie spürte nicht mehr nur den Geist von Carl in diesem Zimmer, es wehte auch noch etwas anderes durch den Raum. Der Geist von Solange Balazuc?

In weiter Ferne glaubte sie Menschen beim Gebet zu hören.

Kapitel V

I

Diese verdammte Traurigkeit. Sie hielt Tori den ganzen Abend über besetzt und war bis in ihre Träume gedrungen. Sie wachte viel zu früh auf, weil ihre Wangen nass waren von Tränen, sie hatte geweint, aber sie erinnerte sich nicht mehr an den Traum, der sie zum Weinen gebracht hatte. Mit dem Bild der jungen Frau waren alte Gespenster aus ihrem Versteck gekrochen. Selbst July schien irgendetwas zu spüren, jedenfalls begrüßte sie ihren Menschen nicht wie sonst mit fröhlichem Überschwang, sondern ließ die Rute hängen und zog den Kopf ein.

Der Kaffee schmeckte nicht. Die strahlende Morgensonne half ebenso wenig, sie machte Kopfschmerzen. Appetit hatte sie erst recht nicht.

Sie vermisste Carl. Und, ja: sie vermisste Jan. Aber was sie mindestens so traurig machte, war das Bild, das Foto. Es war Solange Balazuc.

Erst als July sie anstupste, schreckte Tori auf. Es war höchste Zeit für einen Hundespaziergang. Sie zog sich Wanderstiefel an und eine leichte Weste und steckte nach kurzem Zögern die Ledermappe mit Buch und Foto in ihren Rucksack. Vielleicht sollte sie auch den jüngsten Fund Monique anvertrauen? Sicher konnte die Bibliothekarin mehr über das Schicksal der jungen Frau in Erfahrung bringen, die den gleichen Nachnamen trug wie der einstige Held der Kamisarden, Henri Balazuc.

July lief voraus. Sie gingen am Toufache entlang, durch einen schmalen, von den Mauern der Schrebergärten begrenzten Weg, über Felsen und Baumwurzeln, zwischen denen das Flüsschen mäanderte. July studierte mit Hingabe die Botschaften anderer Tiere an Bäumen und Steinen. Am Ende des Weges führte ein schmaler Pfad nach oben auf die Straße, der sie ein Stück folgten, um auf einen Feldweg einzubiegen, der zum Friedhof führte. Belleville begrub seine Toten ein wenig außerhalb des Dorfes, an der Kirche gab es keinen Platz für Gräber.

Tori achtete darauf, dass July neben ihr blieb, während sie über den Friedhof gingen, auch Hunde sollten die Totenruhe respektieren. Der Friedhof unterschied sich nicht von anderen in Frankreich: es gab keine aufwendigen Grüfte und Grabstätten. Die Blumen auf den Gräbern waren aus Porzellan oder Plastik, lebende Gewächse gab es nur im Herbst, zu Allerseligen, dann wurden Chrysanthemen aufs Grab gestellt. Alle Gärtnereien der Umgebung begannen schon im Frühsommer damit, sie in üppigen Sträuchern in allen Sorten und Farben zu ziehen, das war eine Landessitte, die dem November ein wenig von seiner Düsternis nahm.

Viele Namen auf den Gräbern waren Tori vertraut: hier lagen die Familien Derocles und Auriol, Galfard, Roussel, Crespin und Tourre. Es gab drei Gräber mit dem Namen Balazuc: Étienne und Aline hießen die Verstorbenen, Auguste, Camille, sogar ein Henri Balazuc lag hier, gestorben am 2. April 1923. Aber keine Solange.

Ihr Leben endete im Juni 1944. Woran war sie gestorben? An einer Krankheit, am Krieg, an Gewalt? Wer hatte ihr Bild an einem Ort hinterlassen, der einst einer Hugenottenfamilie als Versteck gedient hatte? War Solange mit Henri Balazuc verwandt?

Das Gesicht der jungen Frau erinnerte sie ein wenig an ein Foto aus einem Bildband über die Geschichte des Vivarais. Es zeigte eine kahl geschorene Frau, die nach dem Ende der deutschen Besatzung inmitten von hämisch lachenden Menschen durch die Straße getrieben wurde, weil sie ein Verhältnis mit einem Deutschen eingegangen war. Doch Solange war im Juni 1944 gestorben, die deutsche Besetzung Frankreichs endete im August 1944, soweit sie wusste. Aber sie wusste nicht genug. Sie musste mehr wissen, mehr begreifen lernen.

Sie wanderten vom Friedhof hoch zu den Weinbergen und Obstplantagen. Die Apfelblüte war auf ihrem Höhepunkt, und am Saum des lichten Wäldchens aus Steineichen und Kastanien blühten die ersten Wildrosen. Der Weg beschrieb einen großen Bogen zu einer Anhöhe, von der aus man einen weiten Blick über Rosières und Joyeuse hatte, und führte dann wieder hinab nach Belleville.

Tori kannte mittlerweile viele, aber noch nicht alle Wege um das Dorf herum. Sie konnte sich lebhaft vorstellen, wie die französische Armee vor dreihundert Jahren verzweifelte an dem Geflecht von Pfaden, auf denen ihr die Kamisarden entkamen. Heute wurden die unzähligen Wanderwege gepflegt, als ob sie ein nationales Heiligtum wären. Schon im Frühjahr begannen Mitglieder der vielen Wandervereine, das durch schwere Regenfälle in Bewegung geratene Geröll beiseitezuschieben und allzu aufdringliche Vegetation zu beschneiden.

Hier im Vivarais, in den Flusstälern und auf den Bergen, war das Paradies, hatte Tori oft gedacht. Ganz sicher war sie sich da nicht mehr. Auf der Landschaft und ihren Menschen lastete vergangenes Verhängnis.

Auf der Grande Rue von Belleville kam ihnen ein Trupp von Wanderern entgegen. Sie schwangen ihre Wanderstöcke und grüßten Tori mit dem Lächeln von Siegern über den inneren Schweinehund. Ob sie wussten, dass sie auf den Spuren der Kamisarden wanderten?

July legte sich ohne Zögern vor die Bibliothek, während Tori hineinging.

»Tori!« Monique kam ihr mit ausgestreckter Hand entgegen. »Sie haben noch etwas Spannendes gefunden, ich sehe es Ihnen an!«

Toris schlechte Laune verflog. Moniques Überschwang war ansteckend. Sie nahm die Ledermappe aus ihrem Rucksack und legte sie auf den Tisch.

»Nanu?« Monique betrachtete die Mappe von allen Seiten. »Das ist eine Kartentasche, wie sie Soldaten im Krieg benutzt haben. In sehr gutem Zustand, das Leder glänzt ja richtig. Wahrscheinlich gehörte sie einem Deutschen.« Sie öffnete den Verschluss. »Darf ich?«

Tori nickte.

Behutsam zog Monique das Buch heraus. Auch in ihren Händen öffnete es sich bei *»Es weint in meinem Herzen«*. Monique strich fast zärtlich über die Seiten. *»Aime-moi, car, sans toi, rien ne puis, rien ne suis«*, deklamierte sie gefühlvoll. »Ich liebe Verlaine, er ist einer unserer Großen, nicht wahr?«

Wieder nickte Tori. »Das ist noch nicht alles.« Sie griff in die Mappe und zog die Halskette heraus.

»Unser Kreuz.« Monique ließ die Kette durch ihre Hände gleiten. »In einer deutschen Kartentasche. Ich verstehe nicht ganz.«

»Ich auch nicht.« Tori legte das Foto auf den Tisch.

Monique nahm es in ihre gepflegten Hände. »Wer ist das?«

»Solange Balazuc«, sagte Tori leise. »Sie war erst zweiundzwanzig Jahre alt, als sie 1944 starb.«

Monique blickte auf, mit strahlendem, beinahe triumphierendem Lächeln. »Großartig! Eine Märtyrerin also«, verkündete sie. »Kommen Sie, Tori, setzen wir uns.«

Sie ließ sich in einen der Sessel in der Besucherecke fallen, legte das Foto auf den Tisch, schlug die Beine übereinander und faltete die Hände. »Wissen Sie: Bei uns verschränkt sich die Vergangenheit mit der Gegenwart. Das Land der Camisards ist das Land der Maquisards.« Sie musste Tori angesehen haben, dass sie nicht ganz folgen konnte, und lächelte verständnisvoll. »Das können Sie ja alles gar nicht wissen, Sie als …«

Boche? Das französische Schimpfwort für die Deutschen lag Tori auf der Zunge.

»Sie als Angehörige der einst mit uns verfeindeten Nation. Die Camisards rebellierten gegen eine Macht, die sie unterdrücken wollte, die katholische Kirche. Die Maquisards rebellierten gegen die Besatzungsmacht der Deutschen. Wir vergessen das nicht, hierzulande, niemals.«

Manchmal fragte sich Tori, ob es wirklich so empfehlenswert war, nicht zu vergessen. Gewiss, sie fürchtete sich davor, dass der Gedanke an Carl aus ihrem Alltag verschwinden könnte. Und doch war Vergessen eine Überlebenshilfe und gehörte zur seelischen Hygiene jedes Menschen. Ein Land, in dem sich die Menschen immer wieder

226

ihrer Geschichte versichern müssen, sei sie von Niederlagen oder Siegen geprägt, gerät in Gefahr, die Gegenwart zu vernachlässigen, dachte sie oft. Frankreich aber hatte gegenwärtig viel zu viel mit sich selbst zu tun, um von vergangenen Heldentaten zu träumen.

»Wissen Sie, woher der Name ›Maquisards‹ kommt? Von ›maquis‹, einem kleinen, zähen, dornigen Busch, der sich nach einem Feuer als Erstes wieder ausbreitet. So sind sie, unsere Männer. Sie sind in die Berge gegangen, als die Deutschen sie zum Arbeitsdienst zwingen wollten, genau wie damals, als die königlichen Armeen die Cevennen brennen sehen wollten. Die Maquisards waren das Herzstück der Résistance.«

Monique hatte blitzende Augen bekommen und ihr Gesicht war errötet. Sie beugte sich vor. »Wissen Sie, was Marie Durand an den Rand des Brunnens in ihrem Gefängnis geritzt hat?«

Tori schüttelte den Kopf.

»Sie kennen aber gewiss die Geschichte von Marie Durand?«

Jetzt keinen Fehler machen, dachte Tori. Besser gar nichts wissen, als eine falsche Antwort geben. »Ich habe von ihr gehört«, antwortete sie vorsichtig.

»Marie Durand war eine Heilige. Sie war erst neunzehn und frisch verheiratet, als man sie verhaftete.«

»Sie war in der Résistance?«

Monique sah sie erst verständnislos an und lachte dann kopfschüttelnd. »Nein. Sie war ein Kind Gottes! Sie wurde 1730 verhaftet, weil man hoffte, sie würde ihren Bruder verraten, wenn man ihr versprach, sie im Gegenzug freizulassen. Ihr Bruder war ein bekannter und beliebter hugenottischer Prediger im Untergrund. Marie weigerte sich standhaft. Daraufhin warf man sie in den Tour de Constance, den Turm der Standhaftigkeit, das Frauengefängnis von Aigues-Mortes, wo sie 38 Jahre verbrachte. Ihren Mann Mathieu sah sie nie wieder. Ihren Bruder haben die Schergen bereits 1732 gefasst und hingerichtet.«

Monique war von ihrer eigenen Erzählung sichtlich gerührt. Tori ging es wenig anders, es war eine trostlose Geschichte, auch wenn sie in der Tat von Standhaftigkeit zeugte.

»Warum hat man sie nach so langer Zeit entlassen? Hatte sie abgeschworen?«

»Abgeschworen? Marie Durand? Niemals. Sie war die Seele des Gefängnisses, sie bestärkte die anderen Frauen in ihrem Glauben, sie schrieb Briefe in alle Himmelsrichtungen und sorgte dafür, dass die Märtyrerinnen nicht in Vergessenheit gerieten. Nach ihrer Entlassung konnte sie nur noch acht Jahre in Freiheit verbringen, bevor sie starb.«

Wer wäre heute noch so fest in seinem Glauben? Diese Strenge gegen sich selbst war beeindruckend und beängstigend zugleich. Marie Durand musste von übermenschlicher Größe gewesen sein.

»Und nun kommen wir zu dem, was Marie Durand in den Rand des Brunnens in ihrem Kerker geritzt hat. ›Register‹, also: ›Résister‹! Widerstehen! Das war ihre Botschaft.« Monique hatte sich atemlos geredet. »Und genauso, nämlich ›Résistez!‹ hieß ein Flugblatt, das 1940 in Paris verbreitet wurde. Und wer hatte es verfasst? Eine Frau. Yvonne Oddon. Schauen Sie, liebe Tori, das sind die Geschichten, die uns prägen. Verstehen Sie das?«

Ja und nein, dachte Tori und nickte stumm. Manche Erzählungen dienten der Selbsterhöhung, andere halfen, eine verwundete Nation zu heilen. In der Wirklichkeit aber ging es selten so zu wie in den verklärenden Heldenlegenden, in denen mittlerweile auch die Frauen ihren Platz haben durften.

»Wir sind das Land der Camisards – und das Land der Maquisards. Das Land der Résistance! Widerstand liegt uns im Blut.« Monique flüsterte fast. »Solange Balazuc war ein Opfer der Nazis. Wir werden ihrer ehrend gedenken.« Sie strich sanft über das Foto.

Tori packte das Buch mit den Gedichten Verlaines wieder in die Kartentasche. »Ich frage mich nur, wie das alles in das Maison Sarrasine geraten ist?«

»Tja.« Monique wiegte den Kopf. »Wo genau haben Sie es denn gefunden?«

»Dort, wo auch das Schränkchen mit der Hugenottenbibel war. Im Geheimversteck hinter der Wand.«

Ihr Lächeln verwandelte Moniques Gesicht. »Offenbar haben in Ihrem Haus nicht nur Gläubige Zuflucht gefunden, sondern auch die Männer und Frauen des Widerstands. Was für eine stolze Tradition! Ihr Haus ist eine Weihestatt, ich beneide Sie darum.«

Gewiss, ein Versteck, das die Kamisarden benutzt hatten, konnte auch den französischen Widerstandskämpfern gegen die deutsche Besatzungsmacht genützt haben. Doch die Vorstellung, in einer Weihestatt zu wohnen, war ein wenig beängstigend.

»Überlassen Sie alles mir. Ich gehe der Sache nach.« Monique legte ihre kleine Hand mit den rotlackierten Nägeln auf Toris Arm. »Ich finde alles heraus. Für Sie. Und für Belleville.«

Als Tori sich bereits verabschiedet hatte, kam die Apothekerin zur Tür herein. Paulette und Monique schienen allerbeste Freundinnen zu sein.

2

Tief in Gedanken wanderte Tori mit July aus Belleville hinaus, die schmale Straße hoch Richtung Sanilhac. Wenn sie sich recht erinnerte, gab es auf dem Weg dahin ein Denkmal, das mit dem Zweiten Weltkrieg zu tun hatte. Kein Denkmal der Gefallenen, das stand auf dem Pétanque-Platz und verzeichnete nur wenige Namen, denn im Unterschied zum Ersten gab es im Zweiten Weltkrieg kaum Verluste unter den französischen Soldaten – die Niederlage kam rasch und ohne große Kämpfe.

Der Hund hatte an der Wanderung mehr Spaß als sie selbst. July schnoberte durchs vorjährige Laub und schreckte Mäuse und Amseln auf. Toris Stimmung aber war noch immer getrübt. Wenn sie ehrlich mit sich war, dann lag das auch daran, dass Jan Fessmann wieder spurlos aus ihrem Leben verschwunden zu sein schien.

Dabei war der Himmel klar und die Sonne wärmte, die Vögel lärmten, und um sie herum summten die Bienen. Der Weg ging hinauf durch einen lichten Wald und führte an Weinbergen und Wegkreuzen vorbei. An einer Weggabelung öffnete sich der Blick ins Weite. Der Hang war frisch gerodet, die rostbraune Erde zwischen Baumstümpfen und Unterholz aufgewühlt. Über diese Wüstenei hinweg sah man auf ein Tal mit einem einsamen Hof und von dort bis zu einer Bergkette am Horizont. Sie blieb für einen Augenblick stehen. Der Anblick berührte sie tief. Es war wie ein Blick in die verwundete Seele des Landes.

Niemand begegnete ihnen. Es war nach zwölf, da hielt

sich kein anständiger Franzose woanders auf als am heimischen Esstisch. Sanilhac lag in einer Senke rechts von ihrem Weg, aber Tori ging weiter, Richtung Tour de Brison. Es rankten sich allerhand Legenden um den Turm. Angeblich war er im 8. Jahrhundert von den Sarazenen erbaut und in der Französischen Revolution zerstört worden. Der Legende nach aber war es der Teufel gewesen, der eines gebrochenen Versprechens wegen Stein um Stein in die Tiefe geschleudert hatte. Vor einigen Jahren hatten ein paar Idealisten, die nicht an den Teufel glaubten, dafür gesorgt, dass der Turm wieder aufgebaut wurde.

Soweit sie sich erinnerte, lag das Denkmal in einer Nische am Wegesrand, gleich hinter dem Dörfchen Chapelette, wo es ein Restaurant gab, in dem man gut aß, auch wenn die Speisekarte nicht sehr abwechslungsreich war.

July fand es zuerst. Sie hatte ihre Nase in einen Strauß Flieder gesteckt, der in einer grünen Gießkanne vor einem schlanken grauen Obelisken stand. Die Blütendolden waren straff, kein Zweig hing müde herab, der Strauß war noch ganz frisch. Die Ereignisse, die schon über siebzig Jahre zurücklagen, waren also nicht vergessen. »Monument des Fusillés« stand auf dem Obelisken, darunter zehn Namen: Opfer deutscher Repressalien, hieß es, die hier am 21. April 1944 erschossen worden waren. Auch eine Frau war unter den Opfern, Albertine Maurin. Solange Balazucs Name aber fehlte.

Sicher, sie war ja erst zwei Monate später gestorben. Aber war das ein triftiger Grund? Hätte man nicht ihren Namen, versehen mit einem anderen Datum, später hinzufügen können?

Tori steckte die Hände in die Taschen ihrer Weste und stieß auf etwas Spitzes. In der rechten Tasche steckte die

Halskette mit dem Hugenottenkreuz. Sie hatte die Kette, die Solange Balazuc bis zu ihrem viel zu frühen Tod getragen haben musste, aus Versehen eingesteckt. Für einen kurzen Moment war sie versucht, darin ein Zeichen zu erblicken.

Der Weg zurück führte bergab, von Ferne wehte ihnen das Geläut der Kirchturmglocken von Belleville entgegen. Es schlug drei Uhr, die Mittagspause war beendet. Jetzt hatte auch die Bibliothek wieder geöffnet, man konnte die Kette also noch vorbeibringen, bevor Hund und Mensch sich dringend ausruhen mussten.

Diesmal wurde Tori nicht ganz so enthusiastisch begrüßt. »Ich muss Sie enttäuschen.« Monique flatterte wie ein aufgeschreckter Flamingo durch den Raum. »Es war alles ganz und gar falsch, was ich Ihnen gestern erzählt habe. Das Mädchen auf dem Foto war keine von uns. Sie hat …« Ihre Stimme senkte sich. »Sie hat mit den Deutschen kollaboriert.«

»Woher wissen Sie das?« So schnell wurde man also vom Helden zum Schurken – innerhalb eines Tages war der Engel auf die Erde gestürzt und hatte seine Flügel verloren.

»Es ist das Datum ihres Todes, wissen Sie. Der 26. Juni. Ich hatte das nicht mehr richtig im Kopf, aber da war unser Land ja bereits frei, sie kann also nicht von den Deutschen ermordet worden sein.«

»Ich dachte, Frankreich wurde erst im August 1944 befreit?«

»Ach, mit der Landung der Amerikaner in der Normandie Anfang Juni war doch im Grunde schon alles entschieden. Hier im Süden waren die Deutschen bereits abgezogen und der Widerstand hatte das Kommando

übernommen, es war die Zeit der Säuberung, verstehen
Sie?«

Das Wort löste ein Echo aus, das Tori erschauern ließ.
»Säuberung« nannte sich zu allen Zeiten das große Reine-
machen nach einem Krieg oder Staatsstreich, wenn die
neuen Machthaber mit den Gegnern aufräumten und alte
Rechnungen beglichen. Die Eifrigsten beim reinigenden
Blutbad waren oft jene, die noch nicht lange auf der neuerdings richtigen Seite standen. Ein Fest für alle, die sich
für ihre eigene Schwäche an anderen rächen wollten.

»Ist das denn sicher, dass sie eine Kollaborateurin war?«

»Oder eine Verräterin, was weiß man schon. Jeden-
falls …« Monique ging zu ihrem Schreibtisch, öffnete eine
Schublade, holte die Kartentasche heraus und drückte sie
Tori in die Hand. »Ich fürchte, das ist nichts für unsere
Ausstellung. Es würde nur alte Wunden aufreißen.«

Tori zögerte, bevor sie die Tasche entgegennahm. »Was
für alte Wunden?«

»Ein anderes Mal.« Monique schob sie sanft Richtung
Ausgang. »Ich habe heute noch viel zu tun.«

Tori war enttäuscht. Weil sie sich getäuscht hatte? Wenn
ja, in wem – in Monique oder in Solange Balazuc? Sie ging
hinauf in die »Kapelle«, in das Zimmer, das man im Lichte
der neuen Erkenntnisse ebenso gut Mausoleum nennen
konnte, und legte die Kartentasche wieder in das Versteck,
behutsam, als ob sie Solange Balazuc zur letzten Ruhe bet-
tete.

Doch die ganze trostlose Geschichte ließ sie nicht los.
Sie legte sich aufs Sofa, konnte aber nicht einschlafen, was
July längst mühelos gelungen war. Also stand sie wieder
auf, lief treppauf, treppab durchs Haus und erledigte all

die Kleinigkeiten, vor denen sie sich seit Wochen drückte. Wechselte kaputte Birnen aus, wienerte den Herd, putzte den Kühlschrank und befreite das Sofa von Hundehaaren, bis es endlich sechs Uhr schlug. Sie zog sich um, bürstete sich die Haare, trug Lippenstift auf und steckte Portemonnaie und Autoschlüssel ein. Es war besser, jetzt unter Menschen zu sein.

Nico tat erst amüsiert, doch sein Gesicht veränderte sich, als sie ihm vom Versteck im Maison Sarrasine erzählte. Vorsichtshalber verschwieg sie Jans Rolle bei der Entdeckung, nicht, weil sie ihren alten Freund Nico für eifersüchtig hielt, aber sie wollte keine Sätze hören wie: »Wurde ja auch langsam Zeit« oder »Ich hoffe, er ist ein anständiger Kerl«.

»Ein Geheimversteck der Hugenotten. Das ist spannend. Aber was macht eine Kartentasche aus dem Zweiten Weltkrieg da drinnen?«

»Vor allem mit diesem Inhalt: ein Buch mit Liebesgedichten. Eine Kette mit dem Hugenottenkreuz.«

»Hm. Wie hängt das zusammen? Das Kreuz könnte das Verbindungsglied zwischen den beiden Funden sein. Aber in welcher Hinsicht? Im Zweiten Weltkrieg mussten sich die Juden vor den Deutschen verstecken und nicht die Hugenotten.«

»Ich weiß es nicht, Nico. Viel wichtiger: es lag ein Foto dabei. Von einer jungen Frau, die gerade mal zweiundzwanzig Jahre alt wurde. Solange Balazuc, gestorben am 26. Juni 1944. Auf dem hiesigen Friedhof gibt es jede Menge Balazucs, aber keine Solange.«

»Selbstmord? Das mag keine der einschlägigen Glaubensrichtungen.«

Tori hätte beinahe gelacht. Sie mochte es, wenn Nico den abgebrühten Ermittler gab. »Ich weiß nicht, ob es Selbstmord war, ich bezweifle das eher. Monique jedenfalls hat die junge Frau erst zur Märtyrerin erklärt und dann behauptet, sie sei eine Kollaborateurin gewesen.«

Türen und Fenster der Bar standen weit offen. Draußen saß eine ganze Gruppe an einem langen Tisch, ausnahmsweise alles Franzosen, sie schienen einen Geburtstag zu begießen, jedenfalls sangen sie immer wieder »Happy birthday to you«, charmanterweise mit französischem Akzent.

»Das spricht nicht gegen Selbstmord. Sie ahnte wahrscheinlich, was sie nach dem Abzug der Deutschen erwartete.«

Tori wiegte zweifelnd den Kopf.

»Fragen wir doch einfach mal die versammelte Gemeinde.« Nico stand auf. »Sagt euch der Name Solange Balazuc etwas?«

Seine Stimme musste noch auf Marie-Theres' Klo zu hören gewesen sein. Selbst die Geburtstagssänger draußen waren sekundenlang still. Alle Gesichter wandten sich ihm zu – und wandten sich wie in einer gut einstudierten Choreographie sofort wieder ab. Alle schwiegen. Niemand antwortete. Dann setzten die Gespräche wieder ein, als ob die Frage nie gestellt worden wäre.

Nico setzte sich wieder. »Keiner hat auch nur den Kopf geschüttelt. Das deutet darauf hin, dass ihnen der Name etwas sagt. Doch wenn die junge Frau tatsächlich mit den Deutschen kollaboriert hat, würden sie nicht ausgerechnet mit uns beiden darüber reden wollen. Schon aus Scham nicht. Halb Frankreich hat mit den Deutschen kollaboriert. Das Vichy-Regime von Gnaden der Deutschen glaubte nicht zu Unrecht, mit der Kollaboration Schlimmeres von den Franzosen abwenden zu können.«

Ja, Scham war ein mächtiges Gefühl. Und Scham gebiert Wünsche nach Rache. »Monique meint jedenfalls, Solange sei der Säuberung zum Opfer gefallen, nicht den Deutschen.«

Nico hob die Schultern und ließ sie wieder fallen. »Vielleicht hat sie tatsächlich kollaboriert. Vielleicht hat sie jemanden verraten. Vielleicht liebte sie den falschen Mann. Vielleicht kam sie nicht aus der richtigen Familie. Die Säuberung war für viele eine gute Gelegenheit, alte Rechnungen zu begleichen – so ist das doch immer.«

»Sei nicht so zynisch.«

»Ich bin Realist, sonst nichts. Ich glaube nicht an die säuberliche Einteilung der Welt in Gut und Böse. Auch Opfer sind nicht gleich die besseren Menschen. Wie erbärmlich die Kollaboration mit den deutschen Besatzern auch gewesen sein mag – der Hass, der sich nach der Befreiung ausgetobt hat, ist kaum weniger verächtlich.«

Nico leerte sein Glas und wich ihrem Blick aus. Als ob ihr hätte entgehen können, dass er an eben dieser Realität litt, auf die er sich berief. Er winkte Marie-Theres, die mit der Flasche Rosé angeschlurft kam und beiden nachgoss. Tori hörte auf das Stimmengewirr drinnen und draußen und fragte sich, wie es Menschen miteinander aushielten, denen die Vergangenheit stets präsent war, als ob sie die Sünden und die Fehden ihrer Vorfahren noch heute austragen müssten.

»Kennst du das Chateau de Logères bei Joannas?«, fragte Nico nach einer Weile.

Tori nickte. Eines der Häuser, die Carl und sie besichtigt hatten, bevor ihnen das Haus in Belleville angeboten worden war, befand sich kurz vor Joannas. Es stand allein, ein großer viereckiger Kasten mit einem hohen Dachboden, so, wie Häuser gebaut wurden, in denen man Seidenraupen züchtete. »Das Haus hat Potenzial«, hatte der Makler geraunt. Der Besitzer aber, ein Lastwagenfahrer aus Aubenas, wollte nicht an Deutsche verkaufen.

Wenn man von diesem Haus aus weiter Richtung Joannas fuhr, kam man am Chateau de Logères vorbei, einem besseren Herrenhaus, das rechter Hand auf einer Anhöhe lag. Eines Tages waren sie aus lauter Neugier den Schotterweg hinaufgegangen und hatten es sich angesehen. Das Schloss stand auf den Resten eines noch älteren Bauwerks, von dem nur die Kapelle übrig geblieben war. Die Obstgärten waren gepflegt und die Orangerie renoviert, doch das Haupthaus stand leer, die Fenster waren zerbrochen und die Türen verrammelt. Die Gemeinde schien nicht recht zu wissen, was sie damit anfangen sollte. Irgendwann hatte es jemand mit einem Café im Schlosshof versucht, dann wurde es zum Kulturzentrum und Ort der Begegnung erklärt, ein, zwei Konzerte fanden statt, doch der Verfall schien unaufhaltsam.

»Im Chateau de Logères liquidierten die Genossen von der Résistance deutsche Kriegsgefangene und französische Kollaborateure, aber auch alle möglichen anderen Leute, die ihnen im Weg waren oder einem von ihnen nicht passten. Nach allem, was man hört, war das alles andere als eine Heldentat. Die Toten haben sie in einen alten Minenschacht geworfen.«

»›Unsere Schande‹?«

»Gut möglich, dass Didier genau das gemeint hat.« Nico legte den Zeigefinger an die Nase. »Hat er nicht irgendetwas von Stollen und Schächten gesagt?«

»›Man muss in die Tiefe gehen.‹ Genau.« Tori hatte unwillkürlich zu flüstern begonnen.

Nico trank sein Glas in einem Zug aus. »Ja, die Leute haben hier ein besonderes Verhältnis zum Untergrund. Sie werfen auch schon mal was in die Tiefe, was ihnen nicht passt. Die Schafe des Nachbarn oder seinen Hund. Und manchmal auch Menschen.«

Marie-Theres füllte ihre Gläser auf und blickte missbilligend auf sie herab, die Fäuste in die Seiten gestemmt. »Sucht euch endlich ein Thema, bei dem ihr nicht ganz so saure Gesichter macht«, sagte sie. Nico warf ihr eine Kusshand zu.

»Dass das alles nach so vielen Jahren noch immer eine Rolle spielt!«, flüsterte Tori, als Marie-Theres ihnen ihr üppiges Hinterteil zugedreht hatte.

»Man ist hier wahnsinnig stolz auf seine Rebellen, auf die Camisards und auf die Maquisards. Das Leben der Menschen wurzelt in der Vergangenheit, hier vielleicht mehr als anderswo; jeder fühlt sich als Teil seiner Familie, deren Andenken er heiligt. Daran darf man nicht rühren, damit kann man sich extrem unbeliebt machen.«

Will ich das?, fragte sich Tori. Wenn sie an das Gesicht von Solange Balazuc dachte, lautete die Antwort: Wenn es sein muss, ja.

»Als ich Adriaans Sachen zusammengepackt habe, ist mir ein Foto heruntergefallen, auf dem eine Frau zu sehen war, die Ähnlichkeiten mit Solange Balazuc hat«, sagte sie zögernd.

Plötzlich war sie sich nicht mehr so sicher, dass Adriaan aus Versehen in das Loch am Bärenfelsen gestürzt war.

3

Tori erwachte vom Blaffen des Hundes. July klang aufs
Äußerste gereizt, das scharfe Bellen wurde immer wieder unterbrochen von grollendem Knurren. Noch halb
im Tiefschlaf schälte sie sich aus der Bettdecke und suchte
im Dunkeln nach ihren Hausschuhen. Dann zog sie Hose
und Pullover an und tastete sich die Treppe hinunter. July
war es mittlerweile gewohnt, draußen auf der Veranda zu
schlafen, wo sie das Tor im Blick hatte, und ihr erregtes
Kläffen konnte nur eines bedeuten: jemand versuchte, sich
Zutritt zum Haus zu verschaffen. Hektisch suchte Tori in
der Schublade des Büfetts nach der großen Taschenlampe,
mit der man zur Not auch jemanden erschlagen konnte.
Um sich selbst sorgte sie sich nicht, sie hoffte nur, dass niemand July etwas antat.

Kaum stand sie auf der Veranda, kam der Hund die
Treppe hochgelaufen, knurrend und mit gesträubtem Na-
ckenhaar. »July! Was ist los?«

Doch da roch sie es schon. Irgendetwas brannte, unten,
im Keller. Ihr Vorrat an Brennholz? Nicht auszudenken,
wenn der Brand sich ausbreitete und die Gasflaschen erfasste, die Ersatzflaschen für den Küchenherd und für den
Heizofen.

Sie umklammerte die Taschenlampe noch ein wenig fester und ging die Treppe hinunter. Beißender Qualm quoll
ihr entgegen, es roch nach Plastik und Pappe und nach
etwas Undefinierbarem. Das Licht funktionierte nicht.
Tori knipste die Taschenlampe an, was nicht viel nützte,
die Batterien waren nicht mehr die frischsten, der Schein

drang kaum durch den Qualm. Hustend zog sie sich den Pullover über Nase und Mund und ging an der Wand entlang zum Wasserhahn mit dem Gartenschlauch. Ihre Augen tränten. Ihre Hand ertastete Schlauch und Wasserhahn, sie öffnete den Hahn, befeuchtete den Pullover über Mund und Nase und richtete dann den scharfen Wasserstrahl nach vorn. »Ist da wer?« rief sie, während sie Schritt für Schritt voranging. Eine Frage, so uralt wie die Menschheit und so hilflos zugleich.

Der Wasserstrahl zerstreute den Qualm vor ihr und das Atmen fiel ihr etwas leichter. Endlich sah sie genug, um im Licht der Taschenlampe den Brandherd erkennen und den Wasserstrahl gezielt darauf richten zu können. Jemand hatte am Ende des Ganges vor Carls Werkstatt eine Art Scheiterhaufen aus Farbeimern, Bauholz und den Resten zweier alter Weinfässer errichtet. Obenauf lag der hölzerne Kasten, den Jan und sie aus dem Hugenottenversteck geholt hatten. Der Lack hatte Blasen geschlagen, eine Ecke war schwarz angelaufen.

July stand knurrend vor der Öffnung im Felsen, die Carl für den Zugang zu einem unterirdischen Gang gehalten hatte, und machte Anstalten, in das Loch hineinzuklettern. »Du bleibst hier«, sagte Tori und zeigte auf den Platz neben sich. Der sonst so wohlerzogene Hund zögerte, bevor er folgte und sich neben Tori setzte, angespannt, den Blick auf die Öffnung gerichtet, wie auf dem Sprung.

Gab es den unterirdischen Gang wirklich? Sie waren der Sache damals nicht nachgegangen. War der Brandstifter auf diese Weise in den Keller gelangt und hielt er sich dort womöglich noch versteckt? Auf jeden Fall musste sie die Öffnung auf irgendeine Weise verschließen. In Carls Werkstatt lehnten zwei alte Zimmertüren an der Wand, die sie eine nach der anderen in den Gang schleppte und vor die Felsöffnung stellte. Den Betonmischer, den sie nie benutzt hatten, rollte sie vor die provisorische Barrikade. Das würde nichts nützen gegen jemanden, der es bitter ernst meinte, aber es würde ihn wenigstens aufhalten und ordentlich Lärm machen, wenn er gewaltsam versuchte, die Barrikade zu überwinden.

July begann, sich zu beruhigen. Sie witterte offenbar keine Gefahr mehr, und Tori spürte nach all der Aufregung ihre Müdigkeit. Erschöpft schleppte sie sich wieder nach oben, ließ July ins Haus und verriegelte die Verandatür. Im Bett war sie sicher, redete sie sich ein, mit July als Wachhund konnte ihr nichts passieren. Obwohl ihr Puls noch immer raste, schlief sie erschöpft ein.

Gegen Morgen kehrte das Aprilwetter zurück, obwohl es in wenigen Tagen Mai wurde. Tori erwachte vom Sturm, der an den Fensterläden rüttelte, und der eisigen Luft, die ins Zimmer strömte und nach angekokeltem Plastik roch. Irgendein Nachbar verbrennt etwas im Kamin, was man dort nicht verbrennen sollte, dachte sie zuerst. Dann fiel ihr die letzte Nacht wieder ein. Sie schreckte hoch.

July, die auf der Matte neben ihrem Bett geschlafen hatte, gab einen überraschten Laut von sich. »Du bist und bleibst ein Heldenhund«, flüsterte Tori und kraulte ihr die Ohren. Sie zog sich ihren dicken Pullover übers Nachthemd, obwohl er nach Qualm roch, und ging in warmen Socken nach unten. In den Caves stank es noch immer nach verschmortem Kunststoff, kaltem Rauch und feuchtem Holz, aber die provisorische Barriere vor dem Loch im Felsen war unberührt.

July stand schon in der Küche und reckte und streckte sich. Tori stellte die Kaffeemaschine an und öffnete eine Dose Hundefutter. Der Hund schlang die Pampe gierig in sich hinein, was ein weiteres Argument dafür war, wieder Fleischreste vom Metzger zu holen. Irgendeine Substanz im Dosenfutter schien süchtig zu machen, richtiges Fleisch fraß die Hündin weit manierlicher.

Nach dem ersten Kaffee rief sie Nico an. Mittlerweile war sie der festen Überzeugung, dass die Öffnung im Felsen zu einem Geheimgang führte und dass der Brandstifter tatsächlich auf diesem Weg ins Haus gekommen war. Das Maison Sarrasine schmiegte sich in den Felsen, auf dem die Kirche stand, und es lag nahe, dass der Gang auch dort endete. Die Kirche bot seit jeher Schutz vor obrigkeitlicher Verfolgung, lange vor dem Terror gegen die Hugenotten, und wenn ihr Haus wirklich so alt war, wie Jan vermutete, dann passte das alles zusammen.

Aber wer wusste von diesem unterirdischen Gang? Es konnte eigentlich nur ein Dorfbewohner sein, der sich mit den Geheimnissen von Belleville auskannte.

Endlich meldete Nico sich, er saß im Auto und war entsprechend schlecht zu verstehen.

»Heute Nacht hat jemand versucht, mein Haus anzuzünden.«

»Wie bitte?« Sie hörte, wie er den Motor drosselte und anhielt. »Sag das noch mal.«

»July hat mich rechtzeitig aufgeweckt, ich habe das Feuer löschen können.«

»Du hattest Einbrecher im Haus?«

»Nein, regelrecht eingebrochen ist niemand, das Tor war nach wie vor von innen verriegelt. Ich fürchte, der Brandstifter ist durch einen unterirdischen Gang ins Haus gekommen.« Sie erzählte ihm vom Loch im Felsen und dass July drauf und dran gewesen sei, hineinzuklettern und dem Täter hinterherzulaufen. »Das kann eigentlich nur einer aus dem Dorf gewesen sein.«

»Kann sein, dass dir jemand Angst einjagen will. Aber warum?«

»Keine Ahnung. Oder doch: Sie wollen nicht, dass man sich in ihre Angelegenheiten mischt, ganz einfach.«

»Solange Balazuc«, sagte Nico. »Sie ist die Schlüsselfigur.«

»In diesem Fall wohl nicht. Das ist es ja, was ich nicht verstehe. Jemand hat unten in meinem Keller eine Art Scheiterhaufen errichtet, auf dem der Kasten mit der Hugenottenbibel lag. Es muss also um die weit ältere Geschichte des Hauses gehen.«

»Du hattest den Kasten doch zu Monique gebracht, oder?«

»Ja. Aber ich kann mir schlecht vorstellen, dass sie sich mit der Kiste im Arm auf ihren eleganten Pumps durch einen düsteren, feuchten Geheimgang gezwängt hat.«

»Auch wieder wahr. Andererseits ist sie wohl die einzige Bewohnerin von Belleville, die von dem Fund in deinem Haus wusste.«

Tori zögerte. »Und wenn sie jemandem davon erzählt hat?«

»Möglich. Aber wer hat außer ihr Zugang zur Bibliothek?«

»Ich weiß nicht. Das ist alles mehr als verwirrend.«

Nico schwieg. »Ich wünschte, ich könnte sofort zu dir kommen. Aber ich bin noch eine Weile unterwegs, ich wollte dich eigentlich erst heute Nachmittag abholen zu einem Besuch bei Adriaan.«

»Mach dir keine Sorgen. Ich glaube nicht, dass sich das wiederholt, jedenfalls nicht, wenn die Hugenottenkiste der Grund des nächtlichen Besuchs war. Wer sie extra hergebracht hat, wird sie nicht wieder zurückholen wollen.«

Tori versuchte, Ordnung in ihre Gedanken zu bringen. Warum hatte jemand die Kiste zurückgebracht, mit der Absicht, sie zu verbrennen? Aber sie war nicht verbrannt. Das war der Punkt. Sie sprang auf und lief hinunter in die Caves, gefolgt von July, die das für ein Spiel zu halten schien.

Tori ging um den feuchten, stinkenden Müllhaufen herum und zog die Kiste herunter. Der Lack hatte Blasen geschlagen und das Wasser aus dem Gartenschlauch hatte rußige Schlieren hinterlassen. Sie öffnete den Deckel. Das Samttuch war feucht geworden. Sie schlug es auseinander. Es hatte die Bibel und das Psalmbuch geschützt, nur der schwarze Einband des Büchleins fühlte sich feucht an. Auch der Abendmahlkelch war unversehrt.

War das Ganze also nur ein symbolischer Akt gewesen? Nein. Ein Feuer ist alles andere als symbolisch und wer eins legt, meint es tödlich ernst.

4

Ein bösartiger Windstoß riss ihr das Hoftor aus der Hand und knallte es gegen die Wand. Tori stemmte sich gegen den kalten Nordwind, der July nichts auszumachen schien, sie war munter wie immer. Tori aber spürte den Wind wie einen scharfen Schmerz im Gesicht. Sie zog den Schal, den sie über der Lederjacke trug, hoch bis über die

Ohren, während sie das Tor hinter sich verschloss und July folgte, die längst den Weg zum Metzger eingeschlagen hatte. Kluges Tier.

Heute saß niemand vor Francines Café, obwohl die Sonne schien. Die Mütter, die hier normalerweise beieinander hockten und schwatzten, nachdem sie ihre Kinder in die Schule gebracht hatten, waren vor dem Mistral geflohen, keines der geländetauglichen Familienautos parkte in den Seitenstraßen. Nur vor der Apotheke standen ein paar Dorfbewohner und redeten aufeinander ein.

Beim Metzger herrschte Hochbetrieb. July blieb draußen vor der Tür, während Tori sich in den überfüllten Laden kämpfte.

Alle redeten aufeinander ein, es musste sich also um ein Thema von Bedeutung handeln. Jérôme von der Müllabfuhr stand neben seiner Frau, vor ihnen Hugo aus dem Nachbarhaus, dahinter Karim und ein paar andere Leute, die sie nur vom Sehen kannte.

»Gestern hatte sie noch auf, man hat ihr nichts angemerkt«, raunte Jérômes Frau.

»Aber wir wussten doch, dass sich Paulettes Apotheke nicht mehr rentierte. Alle Welt fährt zum Einkaufszentrum nach Rosières, da hat man alles auf einem Fleck, Supermarkt, Wäscherei, Tankstelle und eine Apotheke, die viel größer ist als ihre kleine Klitsche.« Eine Frau mit jener Kompetenz in der Stimme, die auf Lehrerin schließen ließ.

»Ach, da haben sie vor allem irgendwelche teuren Cremes in den Regalen stehen, dafür brauche ich doch keine Apotheke!« Eine ältere Frau.

»Na komm, Marie, eine gute Gesichtscreme täte dir nicht schaden!« Jérôme nahm sie mit liebevollem Spott in den Arm. Alle lachten.

»Paulettes Geschäft muss sich genauso wenig rentieren wie meins.« Jean-Claude Estevenon ließ sich hinter dem Tresen hören. »Ihr gehört das Haus. Und solange es noch alte Leute und einen guten Arzt in Belleville gibt, braucht sie sich um ihren Umsatz keine Sorgen zu machen. Ihr müsst nicht jedes Gerücht glauben.«

»Aber warum ist die Apotheke dann geschlossen?«

»Vielleicht ist sie krank?«

»Zwei Lehrerinnen haben sich krankgemeldet, irgendein Magen-Darm-Virus ist unterwegs, hat Docteur Leconte erzählt, sein Wartezimmer ist jeden Tag überfüllt.« Die kompetente Frau, die offenbar doch keine Lehrerin war. Vielleicht war sie eine der beiden Gemeindeschwestern? Tori kannte bislang nur eine, Henriette, eine gemütliche, warmherzige Frau in mittleren Jahren, sie hatte ihr in seinen letzten Wochen geholfen, Carl zu versorgen.

Alle redeten und redeten. Und so würden sie wahrscheinlich noch ewig hier stehen und sich über Paulette den Kopf zerbrechen, statt einfach mal bei ihr zu Hause nachzuschauen, dachte Tori. Bei ihrer Begegnung gestern in der Bibliothek hatte die Apothekerin nicht krank ausgesehen, sie war so blass und mausgrau gewesen wie immer.

»Na, jedenfalls weiß unsere Paulette, was sie nehmen muss, wenn es ihr mal nicht so gut geht.«

Wieder lachten alle. Niemand schien sich große Sorgen zu machen um Paulette Theissier, also machte sich auch Tori keine, sie mochte die Apothekerin nicht sonderlich. Sollte es wirklich so schlecht stehen um ihren Umsatz, dann war Tori ebenfalls daran schuld, auch sie kaufte, seit sie hier wohnte, lieber in der großen hellen Apotheke in Rosières und nicht in dem kleinen, immer etwas muffigen Kabinett in Belleville.

Estevenon hatte alle Hände voll zu tun, hinter Tori drängten sich neue Kunden und das Rätselraten über die geschlossene Apotheke begann von Neuem. Doch keiner wusste mehr als die anderen.

Als Tori endlich aus dem Metzgerladen heraustrat, war der Platz vor der Apotheke leer.

5

Nico holte sie am späten Nachmittag ab.

July erklärte Adriaan für gesund, sobald sie sein Krankenzimmer betreten hatten, sie versuchte sich gar nicht erst in der Pose des vielfach bewährten Therapiehundes, sondern lief fröhlich wedelnd auf ihn zu. Tatsächlich sah der Holländer längst nicht mehr blass und leidend aus, der Kerl schien eine gute Kondition zu haben.

»Ich dachte, ihr kommt mit Champagner und Kaviar?«, sagte er mit Blick auf Nicos leere Hände.

»Das gibt's erst nächste Woche!« Nico rückte für Tori einen Stuhl ans Bett und setzte sich auf die Fensterbank. »Auch wenn du schon erstaunlich kregel wirkst – kein Alkohol, solange du noch im Bett liegst.«

»Ich bin heute schon zweimal über den Flur gelaufen, mein Freund.« Adriaan deutete auf das Paar Krücken, das neben seinem Bett an der Wand lehnte. »Ich hoffe, dass Eva mir heute meinen Rucksack bringt, damit ich endlich aus diesem trostlosen Nachthemd herauskomme.«

»Also von engen Jeans würde ich abraten, wenn ich mir deinen Gips so betrachte.«

Adriaan funkelte Nico an und zog dann die Bettdecke von seinem Bein. »Ich habe nichts zu verbergen!« Der weiße Verband war übersät mit Herzchen und Blümchen. »Jeder darf sehen, wie beliebt ich hier bin.«

»Respekt! Wie viele Krankenschwestern hast du dafür an dein Bett gelockt?«

»Alle«, flüsterte Adriaan.

Tori platzte fast vor Lachen, was July dazu veranlasste, begeistert zwischen den drei Menschen hin- und herzulaufen und sich tätscheln zu lassen. Ihnen entging, dass sich die Tür geöffnet hatte.

»Ich will ja nicht stören …« Eva stand im Türrahmen, vor sich, wie eine Art Schutzschild, Adriaans Rucksack, hinter dem sie fast verschwand.

»Ah! Endlich!« Adriaan breitete die Arme aus. »Zivilkleidung!«

Nico war aufgesprungen und nahm Eva den Rucksack ab. Adriaans ehemalige Vermieterin wirkte ein wenig verschnupft. »Was heißt hier endlich? Die Gewitterziegen in diesem verdammten Krankenhaus haben mich ja nicht zu dir gelassen.«

Adriaan strahlte sie an. »Ich danke dir von Herzen, dass du dennoch gekommen bist! Noch ist Champagner verboten, aber in ein paar Tagen feiern wir die Wiederauferstehung von den Toten! Tori und ich hatten zwar eine nette Zeit da unten, aber oberirdisch ist mir lieber.«

Nico legte den Rucksack auf Adriaans Bett, der dessen Inhalt auf der Bettdecke ausbreitete. »Sogar an meine dreckigen Socken hast du gedacht! Zur Feier des Tages werde ich mein Lieblingsshirt aus der Grotte Chauvet anziehen.« Er hielt das T-Shirt mit den vier Pferdeköpfen hoch. »Andererseits – es riecht.« Er legte es wieder beiseite.

Tori griff nach einer der topographischen Landkarten. Das kleine Schwarzweißfoto mit dem gezackten Rand lag noch immer zwischen den Falten. Es zeigte eine junge Frau, die in die Kamera lächelte. Sie trug einen Blouson und Hosen, dazu Schnürstiefel. Das Haar war zurückgebunden, aber eine Strähne hatte sich gelöst und fiel ihr ins Gesicht. Jetzt wusste sie, warum ihr das Bild von Solange Balazuc so vertraut vorgekommen war. Sicher, auf dem Foto aus dem Maison Sarrasine lächelte sie nicht und ihr Haar war ordentlich gescheitelt. Aber die Ähnlichkeit war unverkennbar.

»Ist sie das?«, fragte sie und hielt Adriaan das Foto hin. »Ist das die Geliebte deines Großvaters?«

»Ja, sicher.« Er blickte sie erstaunt an.

»Hieß sie vielleicht Solange? Solange Balazuc?«

Adriaan nahm Tori das Bild aus der Hand und betrachtete es. »Ich weiß nicht, wie sie hieß. Er hat sie Engel genannt.«

Nico nickte. »Der Engel heißt auf Französisch *l'ange.* Das passt.«

Adriaan schob Rucksack und Kleidungsstücke beiseite und versuchte, sich aufzusetzen. »Kann sein. Kann auch nicht sein«, sagte er. »Mein Großvater war in seinen letzten Lebensjahren nicht mehr ganz klar im Kopf.«

»Was hat ihn überhaupt in diese Gegend hier verschlagen?«

Adriaan griff nach dem Wasserglas auf dem Tisch neben dem Bett und leerte es in tiefen Zügen. »Ihr wollt seinen Lebenslauf hören, handlich zusammengefasst?«

»Wir bitten darum.« Tori nahm ihm das Glas ab, stand auf und füllte es aus dem Hahn am Waschbecken.

»Also. Mein verrückter Großvater war in seiner Jugend ein überzeugter Kommunist – aber heute denke ich, dass er vor allem ein Abenteurer war. Jedenfalls hat er sich im

Spanischen Bürgerkrieg den Internationalen Brigaden angeschlossen, und als Franco und seine Truppen 1939 gesiegt hatten, floh er mit vielen seiner Genossen nach Frankreich.«

»In die ›freie Zone‹, also in den Süden, der nicht von den Deutschen besetzt war.«

»Genau. Auf diese Weise kam er in unsere Gegend hier und schloss sich dem Widerstand an. Dabei traf er seinen Engel, wie er sie nannte.«

»So, wie sie auf diesem Bild aussieht, war sie kein Dorfmädchen, sondern selbst Mitglied der Résistance«, murmelte Nico.

Adriaan nickte. »Für meinen Großvater war sie seine Soldatin, seine Kämpferin, seine Amazone.«

»Und wie ist sie gestorben?«

»Wenn ich das wüsste. ›Ich konnte nichts tun‹, hat er zum Schluss immer wieder gesagt.«

»Hast du Didier Thibon das Bild gezeigt? Hast du ihm die Geschichte deines Großvaters erzählt?«, fragte Tori mit trockenem Mund.

»Ja, sicher. Aber wie ich schon sagte: der Alte hat nichts rausgelassen. Rein gar nichts.«

»Aber vielleicht hat er deine Geschichte anderen erzählt«, ließ sich Eva vernehmen.

Alle verstummten.

»Das allerdings würde manches erklären«, sagte Nico endlich.

Schweigen auf der Fahrt nach Hause. Erst kurz nach der Kreuzung bei Vinezac räusperte Nico sich.

»Ich denke, wir können davon ausgehen, dass Solange Balazuc weder von den Deutschen ermordet wurde noch

Selbstmord begangen hat. Erstens. Arbeitshypothese: Sie wurde von ihren Genossen aus der Résistance liquidiert.«

»Aber warum? Doch sicher nicht, weil sie mit einem Holländer liiert war.«

»Zweitens. Adriaan hat mit seiner Suche an eine Geschichte gerührt, die man im Dorf gern verdrängen würde. Didier hat zwar den Mund gehalten. Aber woher sollten seine Nachbarn das wissen? Arbeitshypothese: Aus Furcht vor seiner Schwatzhaftigkeit haben sie den Alten zum Schweigen gebracht.«

»Ich habe den Arzt und die Apothekerin vor Didiers Haus gesehen, am Nachmittag, bevor er die Treppe hinuntergefallen ist. Und dabei fällt mir ein …« Tori starrte ins Leere. »Die Apothekerin ist heute nicht in ihrer Apotheke erschienen.«

»Ach ja? Das würde passen. Dritte Arbeitshypothese: Didier war nicht der Letzte, der aus dem Weg geräumt wird, weil …«

»Weil?«

Nico trat scharf auf die Bremse und würgte den Motor ab. Er hatte die Katze nur knapp verfehlt, die direkt vor ihnen auf die Straße gesprungen war. »Mistvieh«, brummte er und versuchte, das Auto wieder zu starten. Tori holte tief Luft, während July dem armen Kätzchen hinterherbellte. Der Motor stotterte endlos lange, bevor er unwillig wieder aufheulte.

»Wir fahren zu dir. Ich will mir deinen Schlamassel mal genauer ansehen.«

Tori reichte Nico die Taschenlampe und sah mit gemischten Gefühlen zu, wie er den Kopf in das Loch im Felsen steckte und hineinleuchtete. »Eindeutig«, sagte er und zog den Kopf wieder heraus, »hier war jemand. Schleifspuren im Schlamm, noch ganz frisch.«

»Dein Jemand hat sich die Mühe gemacht, eine eher unhandliche Holzkiste mitzubringen – ist der Gang dafür überhaupt breit genug?«

»Sieht ganz so aus.« Er kratzte sich am Kopf. »Das verstehe, wer will. Das Feuerchen wurde mehr als dilettantisch gelegt, sonst wäre von deinen heiligen Büchern nichts mehr übrig. Entschuldige bitte – aber das kann nur eine Frau gewesen sein.«

Er sah sie scharf an, aber Tori nickte. Auch ihrer Erfahrung nach war Feuermachen Männersache.

»Die Bibliothekarin?«

Sie schüttelte den Kopf. »Schwer vorstellbar. Monique trägt das Hugenottenkreuz. Für sie sind das Reliquien. Ich glaube nicht, dass sie ausgerechnet die Bibel eines berühmten Kamisardenführers verfeuern würde.« Tori verstummte. »Der Mann war einer der letzten Kämpfer im Vivarais«, sagte sie langsam. »Er ist nach dem gescheiterten Aufstand 1709 in die Schweiz geflohen. Und nun rate mal, wie er hieß.«

»Ich rate nicht«, brummte Nico. »Spuck's aus.«

»Henri Balazuc.«

Tori rannte die Treppe hoch, ins Haus, dann weiter zu den Schlafzimmern, gefolgt von July und, weit langsamer, von Nico. Sie kniete sich vor das Versteck in der »Kapelle« und steckte den Arm in die Öffnung, um nach der Kartentasche zu greifen. Der Geruch, der ihr entgegenschlug, überwältigte sie beinahe wie beim letzten Mal, doch diesmal roch es nicht nach Tod und Verwesung, sondern nach einer Art strengem Parfüm. Nach Zedernholz und Zimt. Hastig zog sie den Kopf wieder aus der Öffnung und reichte Nico die schmale Ledertasche. Ihm war der Geruch nicht aufgefallen. Natürlich nicht.

»Ein schönes Stück«, murmelte er, während er die Riemen löste. Er zog das Buch heraus und schnupperte daran. Dann schlug er es auf, es öffnete sich an der bekannten Seite: *Il pleure dans mon cœur.* »Liebesgedichte. Das spräche für Adriaans Geschichte vom Liebesdrama seines Großvaters.«

In ihrer Ungeduld nahm Tori ihm die Tasche vom Schoß, griff hinein und tastete nach dem Foto. Nichts. Sie stand auf, ging zum Fenster, hielt die Tasche ans Licht. Kein Foto.

Sie drehte sich um. »Schau doch mal, ob Monique das Foto ins Buch gelegt hat.«

Ohne Rücksicht auf das ehrwürdige Alter des Buchs packte er es am Rücken, drehte es um und schüttelte. Auch zwischen den Seiten hatte sich das Foto nicht verborgen.

»Verdammt. Monique hat das Foto behalten. Obwohl sie doch von der Sache nichts wissen wollte, weil es alte Wunden aufreißen könnte.«

»Dann sollten wir die Dame dringend heimsuchen, bevor die Bibliothek schließt«, befand Nico.

6

July hatte sich auf ihrem Stammplatz zusammengerollt und machte keine Anstalten, ihnen zu folgen, selbst ihr war es offenbar zu kalt. Der Mistral hatte sich zu einem veritablen Sturm entwickelt und peitschte ihnen Zweige, Blätter und Blüten entgegen. Tori spürte den schneidend kalten Wind in allen Nervenfasern.

An der Tür zur Bibliothek hing ein Zettel: »Geschlossen wegen eines Todesfalls.«

Tori fühlte, wie ihr schwindelig wurde. »Wen hat es denn jetzt schon wieder erwischt?«, flüsterte sie.

Nico drückte sie an sich. »Du frierst ja. Lass uns bei Francine was Warmes trinken. Außerdem kommt das jüngste Gerücht dort meistens als Erstes an.«

Das Café an der Grande Rue war überfüllt, sie fanden nur noch einen Platz an der Theke und mussten lange warten, bis Francine ihre anderen Gäste bedient hatte und zu ihnen kam.

»Was gibt's Neues, *chérie*?« fragte Nico mit geöltem Charme.

Francine beugte sich konspirativ zu ihm herunter: »Paulette Theissier ist tot.«

Deswegen also hatte Monique die Bibliothek geschlossen. Es war nicht die Kälte, die Tori zittern ließ.

»Sie hat sich erhängt«, flüsterte Francine geheimnisvoll, dabei wussten das alle anderen im Café sicher längst. »Die Männer, die in der Kirche die Deckengemälde restaurieren, haben sie gefunden.«

Tori begriff nicht. Wie waren Jans Mitarbeiter in Paulettes Wohnung gelangt? Oder gar in die Apotheke, falls die Apothekerin sich dort erhängt hatte?

»Sie sind morgens in die Kirche gekommen, haben sich ihre Arbeitsklamotten angezogen, einer hat die Scheinwerfer eingeschaltet, sie wollten aufs Gerüst steigen – und da haben sie Paulette hängen gesehen. Sie hing von der obersten Etage. Muss ein scheußlicher Anblick gewesen sein.« Francine verzichtete auf jedes Anzeichen von Mitgefühl.

»Das kann ich mir denken.« Nico, ebenso abgebrüht.

»Naja, Paulette hatte finanzielle Probleme, das wusste hier ja jeder. Aber bringt man sich deshalb um?« Francine räumte die Kaffeetassen vom Tisch nebenan ab und verschwand in der Küche.

»Denkst du, was ich denke?« flüsterte Tori.

»Und ob. Jede Apothekerin kennt Dutzende von Möglichkeiten, sich schmerzfrei und unspektakulär aus dem Leben zu mogeln. Warum stranguliert sich so jemand? Wenn man es ungeschickt anstellt, dauert das quälend lange.«

»Du glaubst, es war kein Selbstmord?«

Er wiegte den Kopf. »Es sei denn, Mme Theissier will uns irgendetwas mit der Art ihres Todes sagen. Aber das scheint mir nicht sehr wahrscheinlich zu sein.«

Tori zögerte. Sie steigerte sich ungern in irgendwelche Theorien hinein, für die sie keine Belege hatte. »Ich bin jedes Mal auf Paulette gestoßen, wenn ich von Monique kam. Die beiden waren offenbar eng befreundet. Wahrscheinlich hat Monique ihr brühwarm erzählt, was ich im Maison Sarrasine gefunden habe.«

»Du meinst, Paulette ist bei dir eingestiegen? Nur, um irgendwelche hugenottischen Reliquien zu verbrennen? Nicht sehr plausibel. Aber eine Überlegung wert.« Nico starrte ins Leere. »Wir müssen den Zeitpunkt ihres Todes in Erfahrung bringen. Wir müssen herausfinden, ob dein unterirdischer Gang tatsächlich hoch zur Kirche führt. Vor allem aber sollten wir unserem Freund und Helfer Serge Masson das alles erzählen.«

Francine brachte Nico einen Pastis und Tori eine heiße Schokolade. Sie legte die Hände um die Tasse, aber das half nicht viel gegen eine Kälte, die von innen kam.

Tori fror auf dem Weg nach Hause und sie fror noch immer, als sie im Haus angekommen war. Es war ein Gerücht, dass es im Süden Frankreichs nie richtig kalt wurde. Ausgerechnet die Einheimischen aber hielten an dieser Vorstellung fest, jedenfalls verzichteten die meisten von ihnen auf Zentralheizungen. So etwas galt als Luxus, den der Staat mit höheren Grundsteuern bestrafte. Im Winter dampfte es daher aus allen Schornsteinen. Wenn man Glück hatte, roch es nach Feuer aus duftendem Holz wie Kastanie, Lorbeer und Wacholder, aber es gab Nachbarn, die auch vor mehr oder weniger ungesundem Brennmaterial nicht zurückschreckten. Bei Tiefdruck drang beißender Qualm durch alle Ritzen und man konnte draußen kaum aus den Augen sehen.

Auch das Maison Sarrasine besaß keine Zentralheizung, man hätte dafür Rohre durch meterdicke Wände treiben müssen, was aufwendig genug gewesen wäre, ganz zu schweigen vom Wärmeverlust auf den langen Wegen. Tori hatte sich längst an die Kälte am Morgen gewöhnt.

Doch heute schienen die Mauern den eisigen Nordwind aufgesogen zu haben und nun wieder auszuspeien. Obwohl sie es war, die fror, holte Tori July ins Haus. Dann versuchte sie, es sich mit einem Milchkaffee und einer warmen Decke auf dem Sofa gemütlich zu machen. Als auch das nicht half, überwand sie sich und ging in den Keller, um Holz für den Kamin zu holen.

Vor der Brandstelle und dem Loch im Felsen blieb sie stehen. Sie war sich mittlerweile sicher, dass einzig Paulette Theissier für den Anschlag infrage kam, aber ihr fiel kein Motiv der Apothekerin ein, das ihr zwingend zu sein schien. Doch vielleicht kamen noch ganz andere als rationale Gründe in Betracht. Wenn sie ans Gesicht der Apothekerin dachte – blass, verschlossen, abweisend: all das konnten die Anzeichen einer tiefen Depression sein. Wäre das so verwunderlich?

Ja, man kann einsam sein in Belleville, dachte Tori, während sie Scheite in den Holzkorb warf. Sehr einsam. Auch sie würde einsam enden, wenn das Leben so weiterginge. Sie schleppte den Holzkorb nach oben. Der Wind heulte im Schornstein, doch das Feuer im Kamin brannte im Nu. Dann rückte sie July mitsamt ihrer Schlafdecke in die Nähe des Feuers und legte sich wieder aufs Sofa.

Balazuc und Teissier, so, hatte Monique erzählt, hießen die beiden Kamisarden, die ihre Glaubensbrüder 1709 zum letzten Gefecht hatten rufen wollen. Henri Balazuc floh, Guy Teissier wurde hingerichtet. Dessen Familie musste zum Katholizismus konvertiert sein, sonst wäre das Maison Sarrasine nicht in ihren Besitz übergegangen.

War Paulette Theissier ein ferner Nachkomme der Familie Teissier? Hatte sie Kasten und Foto gestohlen, um die Erinnerung an die Familie Balazuc auszulöschen? Eine Theorie, so gut und so schlecht wie jede andere.

Tori lauschte auf den Sturm, der um ihr Haus orgelte. Das Feuer flackerte im Kamin, July lag davor und schnarchte leise. Wie oft war es wohl in ihrem Haus so friedlich zugegangen? Aus den Mauern strömten Kälte, Angst und Trauer. Fröstelnd kroch Tori unter die Decke.

Als sie aufwachte, war es früher Abend und der Himmel glühte in goldenem Purpur. Der Sturm hatte den Himmel freigeblasen, das versprach eine sternklare Nacht und einen sonnigen Morgen. Tori blickte in das Abendrot und schwor sich, nicht aufzugeben. Das Maison Sarrasine gehörte ihr und nicht der Vergangenheit. Das Rätsel um Solange Balazuc musste gelöst und die Gespenster mussten ausgetrieben werden. Sie stand auf, ging in die Küche und goss sich ein Glas Wein ein.

»Hallo?«

»Tori?«

Sie hatte nach dem Telefon gegriffen und dabei fast das Weinglas umgeworfen.

»Jan!« Sie bemühte sich nicht, ihre Freude zu verbergen. »Wo bist du? Hast du mitgekriegt, was hier los war?«

»Und ob.« Seine Stimme klang müde. »Ich habe mich den ganzen Tag über mit nichts anderem beschäftigt. Die Kirche ist gesperrt, wir dürfen vorerst nicht weiterarbeiten. Man müsse Spuren sichern.«

»Bei Selbstmord?«

»Es besteht ja immerhin die Möglichkeit, dass es keiner war.«

Auf die Idee waren Nico und sie auch schon gekommen, aber alle Welt glaubte, dass Paulette Theissier sich der drohenden Pleite wegen erhängt hatte. Vielleicht. Aber daran glaubte sie nicht mehr.

»Meine Mitarbeiter hat das Ganze furchtbar mitgenommen, vor allem Sascha hat verkündet, sie wolle ›keinen Fuß mehr in diesen teuflischen Ort‹ setzen – O-Ton Sascha.«

Tori erinnerte sich an Sascha, sie war eine hochaufgeschossene magere Person, die ihr blondes Haar in einem langen Zopf trug und mürrisch guckte, statt zu grüßen.

»Kurz: Die Mission ist abgebrochen. Ich muss vorerst in Deutschland bleiben und die ganze Sache abwickeln.«

Tori horchte seiner Stimme hinterher. Jan rückte von Minute zu Minute weiter weg und das tat weh.

»Tori. Ich möchte dich gern wiedersehen. Aber ich weiß nicht, wann sie mich hier wieder weglassen. Verstehst du?«

Sie schluckte, sagte »Natürlich« und versuchte, ihn ihre Enttäuschung nicht spüren zu lassen.

»Pass auf dich auf.«

»Versprochen.«

Bis irgendwann mal, Jan.

7

Tori öffnete das Schlafzimmerfenster weit und begrüßte im Nachthemd die Sonne, die sich hinter dem Bergrücken emporschob und den Himmel sanft erröten ließ. Kein Lüftchen regte sich, alles sprach für einen warmen Frühlingstag. Die Hausrotschwänzchen schwatzten auf dem Dach und über dem Wäldchen kreisten zwei Greifvögel, vom Hühnerhof hörte man das Krähen des Hahns und das Gackern der Hühner und der Esel des Schulhausmeisters schrie nach Gesellschaft.

Mit dem Wetterumschwung war all ihre Energie zurückgekehrt. Es gab zu tun, sie hatte keine Zeit für trübe Gedanken. Auch July war bereits munter, schüttelte sich ausgiebig und lief mit freudig wackelndem Hinterteil in die Küche. Sie verputzte eine ganze Dose »Wolf of Wilderness«, die Tori nur gekauft hatte, weil sie den Namen verheißungsvoll fand.

Nach zwei Bechern Kaffee war sie kampfbereit. Mit July als Verstärkung ging sie hinauf zur Grande Rue und zur Bibliothek. Immer noch hing ein Zettel an der Eingangstür. Doch der Text hatte sich geändert – jetzt hieß es, die Bibliothek sei wegen Krankheit geschlossen, nicht wegen eines Todesfalls. Als sie sich schon umgedreht hatte und gehen wollte, hielt das Postauto neben ihr. Marie

Laure Laporte sprang heraus und warf July einen skeptischen Blick zu. »Falls Sie zu ihr wollten: Monique liegt im Krankenhaus«, sagte sie, während sie Briefe in den Postkasten der Bibliothek steckte.

»Was ist los? Wie geht es ihr?« Sie hatte sich schon oft gefragt, auf welchem Weg sich Klatsch und Tratsch in Belleville so schnell verbreiteten. Die Antwort stand vor ihr, ein stämmiges Kraftpaket in Radlerhosen, die rostbraunen Haare zum Pferdeschwanz gebunden. Außer dem Telefon gab es kaum etwas Schnelleres als die Post auf zwei Beinen.

»Nervenzusammenbruch. Kein Wunder nach dem Tod von Paulette. Die beiden sind seit der Schulzeit befreundet. Waren.« Marie Laure zuckte mit den Schultern und stieg wieder in ihr Auto. »Furchtbare Sache, nicht?«

Tori nickte und sah dem Postauto hinterher. Von Monique würde man demnach so bald nicht erfahren, was aus dem Foto von Solange Balazuc geworden war und wer außer ihr von den »Reliquien« aus dem Maison Sarrasine wusste. Ja, es musste Paulette gewesen sein. Aber warum hatte die Apothekerin die Dokumente einer so weit entfernten Vergangenheit verbrennen wollen?

Unschlüssig drehte sie der Bibliothek den Rücken zu. Nach kurzem Zögern ging sie hoch zur Kirche. Vor dem Portal standen zwei Polizisten, die Kirche war offenbar noch immer gesperrt. Neben einem Polizeiwagen stand Serge Masson und telefonierte. Entschlossen ging sie auf ihn zu, ohne auf July zu warten, die am Gartentor zu Didiers Haus stand und die dort niedergelegten Gerüche analysierte.

Serge Masson nahm sie mit einem kurzen Blick unter hochgezogenen Augenbrauen zur Kenntnis und telefonierte weiter. Nachdem er das eine Telefongespräch beendet hatte, wandte er ihr den Rücken zu und begann das nächste. Das war unmissverständlich, aber Tori beschloss, sämtliche Zeichen seiner Missachtung zu ignorieren. Nach minutenlangem Palaver drehte er sich zu ihr um, Ungeduld im Blick.

»Wie kann ich Ihnen helfen, Madame?« Auch unter ungünstigen Umständen verzichtete kein Franzose auf die angemessen höfliche Phrase, worauf Tori diesmal keine Rücksicht nahm. Sie kam ohne Umschweife zur Sache.

»Jemand ist gestern Nacht in mein Haus eingedrungen und hat Feuer gelegt.«

Er lächelte sie verständnislos an. »Wir ermitteln im Todesfall zulasten von Paulette Theissier. Für Einbruchsdelikte ist die Polizei in Largentière zuständig.«

»Ich habe den begründeten Verdacht, dass es Madame Theissier war, die sich Zutritt zu meinem Haus verschafft hat.«

»Woher wollen Sie das wissen? Haben Sie den Einbruch angezeigt?«

»Sie ist nicht eingebrochen. Also nicht direkt. Sie muss durch einen unterirdischen Gang in den Keller eingedrungen sein, wo sie ein Feuer gelegt hat.«

»Aha. Und Sie haben sie auf frischer Tat ertappt, sozusagen?« Jetzt lächelte er nicht mehr.

»Nein. Natürlich nicht. Ich musste das Feuer löschen und …«

Masson senkte den Kopf und blickte ihr in die Augen. »Madame, ich habe Sie immer für eine vernünftige Zeitgenossin gehalten, aber jetzt zweifle ich an Ihrem Verstand. Sie verschwenden meine Zeit mit Ihren Märchen.« Er machte eine Handbewegung, als ob er sie verscheuchen wollte, was July ein tiefes Grollen entlockte, und drehte ihr den Rücken zu.

Tori wusste, wann sie verloren hatte. Wie konnte sie nur so idiotisch sein! Sie war die Angelegenheit völlig falsch angegangen, kein Wunder, dass er sie für verrückt hielt. Sie musste anders vorgehen. Sie brauchte etwas Handfestes, Beweiskräftiges, keine bloße Spekulation. Schließlich wusste sie ja wirklich nicht, wer den Brand gelegt hatte. Paulette Theissier? Das war vielleicht kein Märchen, aber es war nicht viel mehr als reine Spekulation.

Vor dem Café saßen Einheimische und Touristen in der Morgensonne, Tori setzte sich dazu, bestellte einen Grand crème und rief Nico an.

»Einer Anwältin hätte ich mehr Verstand zugetraut«, knurrte er, nachdem sie ihm von ihrer Begegnung mit Masson erzählt hatte. »Mit Vermutungen kommt man in dieser Sache nicht weiter. Ich habe heute früh unter der Dusche ein paar Ideen gehabt. Ich bin gleich bei dir.«

Als Patentanwältin muss ich nichts von polizeilicher Ermittlung verstehen, dachte Tori. Ich muss auch nicht wissen, wie ich eine in der Tat verrückte Geschichte einem misstrauischen Bullen beibiegen soll. Andererseits: Müsste Masson nicht an allem interessiert sein, was in irgendeiner Weise mit Paulettes Tod zu tun haben könnte? Oder glaubte er nicht an ihren Selbstmord? War sie ermordet worden? Hatte womöglich ihr Mörder das Feuer im Maison Sarrasine gelegt? Dieser Gedanke machte die ganze Angelegenheit noch ungemütlicher.

Schon zehn Minuten später hustete Nicos Laster durch die enge Grande Rue. Er parkte vor der Post, ließ sich von July begrüßen, winkte in die Runde und setzte sich neben Tori.

»Zu deinen Gunsten gebe ich zu, dass auch ich gestern meinen Verstand nicht ganz beisammen hatte. Für eine ordnungsgemäße Spurensicherung ist es zu spät. Aber wir sollten eine Bodenprobe nehmen, damit könnte man entweder beweisen oder ausschließen, dass Paulette durch den Gang gekommen ist. An Schuhen und Kleidern müssten sich komplementäre Spuren finden lassen.«

Nico griff in die Hosentasche und legte etwas auf den Tisch. »Hier hätte ich eine Aufgabe für July.«

Tori nahm das blaue Halsband auf. »Aber sie hat doch schon ein Halsband.«

»Nicht so eins wie das hier.« Er deutete auf ein Plastikteil in der Mitte des Halsbandes. »Das ist ein Tracker.« Er beugte sich zu July herunter und legte ihr das Halsband um. Dann öffnete er eine App auf seinem Handy. »Damit kannst du verfolgen, wo sie gerade ist.«

»Sie läuft nicht weg, sie ist immer bei mir.« Tori sah Sinn und Zweck dieses Mitbringsels nicht ein.

»Wir schicken sie durch deinen unterirdischen Gang. Wir verfolgen ihren Weg und wissen dann genau, wo er endet.«

Tori wollte widersprechen. Sie konnte July keiner unbekannten Gefahr aussetzen.

»Ich glaube wirklich nicht, dass ihr dort jemand auflauert.« Nico konnte Gedanken lesen. »Ich würde ja selbst versuchen, hindurchzukriechen. Aber damit wären alle menschlichen Spuren kontaminiert.«

Das leuchtete ihr ein.

Tori und July schauten zu, während Nico mit einem Esslöffel Bodenproben nahm und in einer von Toris Gefriertüten sicherstellte. »Professionell geht anders«, knurrte er.

»Aber es ist besser als nichts.« Er richtete sich auf. »Und jetzt July.«

Tori kniete sich neben ihren Hund, zeigte auf die Öffnung im Felsen und sagte leise: »Such.« July sah sie schweifwedelnd an. Tori blickte auf. »Sie versteht nicht, was wir von ihr wollen!«

Nico grinste. »Ich wäre mir da nicht so sicher.« Mit einem Sprung war July durch das Loch im Berg verschwunden.

»Wir haben hier unten keinen Empfang.« Er blickte auf das Display seines Handys. »Wir gehen hoch.«

Doch auch oben auf der Straße war nicht zu erkennen, wo July sich befand. Tori wurde unruhig. »Sie ist zu tief unter der Erde, die Signale des Senders kommen nicht durch.«

»Wir werden es sehen, sobald sie sich dem Ende des Ganges nähert und wieder an die Oberfläche kommt, glaub mir.« Nico bog im Laufschritt ab zur Kirche.

»Dein Wort in Gottes Ohr«, murmelte Tori und lief hinterher.

Die Polizei war fort, die Kirche geöffnet. Als Nico die schwere Tür aufzog, ertönte vom Turm über ihnen die Glocke. Schon beim ersten Glockenton spürte Tori, wie sich die Härchen an ihren Armen aufstellten. Sie wartete auf den zweiten, tieferen, der wie ein Atemholen klang, bis der erste Ton wieder übernahm. Totenläuten. Die Glocken läuteten für Paulette.

Die Tür knarrte und fiel hinter ihnen zu. In der Nische vor einem Gemälde der Jungfrau Maria mit dem Kind im Arm lehnten sich die Flammen auf den vielen weißen Kerzen zur Seite, bevor sie wieder aufrecht brannten. Wie eine Verbeugung, dachte Tori.

In der ersten Reihe vor dem Altar saßen ein Mann und eine Frau mit gesenkten Köpfen. Die Frau drehte sich zu den Störenfrieden um. Es war Henriette, die Gemeindeschwester. Als Tori langsam durch den Mittelgang nach vorne ging, erkannte sie neben ihr Docteur Leconte. Waren das die einzigen Bewohner von Belleville, die um die tote Apothekerin trauerten?

»July ist hier«, flüsterte Nico neben ihr und zeigte auf das Display seines Smartphones. Das Handy zeigte die Koordinaten des Ortes, an dem sich der Hund befand. Darunter ein Link zu Google Maps, den Nico anklickte. Jetzt sah man, dass July dort angelangt war, wo auf der Karte die Kirche eingezeichnet war. »Es gibt eigentlich nur einen Ort, an dem ein unterirdischer Gang enden könnte.«

»Die Krypta«, murmelte Tori. »Aber wo ist sie?«

»Hinten rechts, wenn ich das Signal richtig deute.«

Sie gingen unter dem Gerüst entlang, auf dem bis vor Kurzem noch die Restauratoren gearbeitet hatten. Rechts vom Altar wurde der Steinboden von einer zweiflügligen Falltür unterbrochen. Beide Flügel ließen sich geräuschlos hochklappen. »Verdächtig gut geölt«, murmelte Nico. Über eine Treppe mit ausgetretenen Stufen ging es in die Tiefe und in ein langgezogenes Tonnengewölbe. Nicos Taschenlampe beleuchtete staubbedeckte Särge an den Wänden des Gewölbes. Im Schein der Taschenlampe gingen sie den Gang hinunter, so geräuschlos wie möglich, wie es sich gehörte in der Gegenwart der Toten, immer weiter, immer tiefer in den Felsen hinein, auf dem die Kirche stand.

Endlich hörten sie Julys Bellen.

8

»Serge Masson. Ich muss ihn sprechen.« Nico sprach in einem Befehlston, der wohl jeden Untergebenen Haltung annehmen ließe. Doch leider hatte er keine Untergebenen mehr.

»Monsieur Masson ist unterwegs«, ließ sich ein ungerührter Mann am Telefon vernehmen.

»Wo finde ich ihn?«

»Das kann ich Ihnen nicht sagen, zu meinem großen Bedauern, Monsieur.«

Nico beendete das Gespräch mit einem Fluch anstelle einer Höflichkeitsfloskel. »Der Kerl lässt sich verleugnen«, brummte er.

»Und was jetzt?«

Die Euphorie war verschwunden, mit der sie July empfangen hatten, die hinter einer Gittertür am Ende der Krypta auf sie wartete. Auch diese Tür hatte sich geräuschlos öffnen lassen. Wie geölt, eben. Tori bezweifelte, dass der Gang schon vor der Brandstiftung regelmäßig benutzt worden war, das hätte July mit Sicherheit gemerkt. Wer auch immer gestern in ihr Haus eingedrungen war: er oder sie hatte sich gut darauf vorbereitet.

Schweigend gingen sie zum Haus zurück, als July ein kurzes, tiefes Wuff von sich gab, ein Laut, der Tori mittlerweile vertraut war, so klang sie, wenn sie etwas bemerkte, das ungewöhnlich war. Ihr Nackenfell hatte sich leicht aufgestellt und sie lief auf steifen Beinen voraus.

»Was hat sie?« Nico blickte dem Hund hinterher.

266

»Es steht jemand vorm Haus.« Eine hagere Gestalt ging unruhig vor ihrem Tor auf und ab.

Masson hatte sich nicht verleugnen lassen, er war tatsächlich unterwegs. Er wartete auf sie vor dem Maison Sarrasine.

»Madame.« Masson neigte das Haupt mit den müden Augen. »Wir müssen reden.«

»Das wird aber auch Zeit!« Nico würdigte seinen Freund keines Blicks.

»Du darfst gern dabei sein, wenn du möchtest, *cher ami*«, sagte Masson nachsichtig.

»Nur unter einer Bedingung.« Tori schloss das Hoftor auf und ließ July voranlaufen. »Ihr streitet euch nicht. Es gibt Wichtigeres.«

Es war zwar schon später Nachmittag, aber der Anlass verlangte nach Kaffee und nicht nach Wein – und nach einem Aschenbecher für Serge Masson, der sich mit nervösen Fingern eine Zigarette drehte.

»Verzeihen Sie bitte einem armen Bullen, aber ich habe nicht verstanden, was Sie mir heute früh sagen wollten, Madame«, begann er, nachdem sie Tassen und Kaffeekanne auf den Verandatisch gestellt und sich gesetzt hatte.

»Das habe ich gemerkt.«

»Vielleicht helfen Sie mir auf die Sprünge?«

Tori holte tief Luft. »Jemand ist gestern Nacht über einen unterirdischen Gang in mein Haus eingedrungen. Dieser Gang beginnt oder endet in der Kirche, je nachdem, in welcher Richtung man unterwegs ist.«

Masson nickte. »Das dürfte sich nachprüfen lassen.«

»Hervorragende Idee«, bemerkte Nico spitz.

»Dieser Jemand hat einen Kasten aus Holz mit sich geführt, den ich der Bibliothek zu treuen Händen für eine geplante Ausstellung über die Geschichte Bellevilles überlassen hatte. Dieser Kasten, in dem sich eine Hugenottenbibel und ein Psalmbuch sowie ein Abendmahlkelch befanden, sollte offenbar in meinem Keller verbrannt werden. Da mein Hund mich aufgeweckt hat, konnte ich das Feuer rechtzeitig löschen.«

»So weit nachvollziehbar«, murmelte Masson.

»Ich bin mittlerweile der festen Überzeugung, dass Paulette Theissier sich Zugang zu meinem Haus verschafft hat. Das müsste sich anhand von Spuren an ihren Schuhen und an ihrer Kleidung verifizieren lassen.«

»Hm. Und dieser unterirdische Gang …«

»Mein Hund ist heute hindurchgelaufen. Er endet tatsächlich in der Kirche, unten in der Krypta.«

»Das ist alles in der Tat sehr merkwürdig, Madame.« Masson drückte seine Zigarette im Aschenbecher aus und nahm einen Schluck aus seiner Kaffeetasse. »Und was sollen wir Ihrer Meinung nach jetzt tun?«

Tori starrte ihn an. Der Mann machte sie sprachlos.

»Was du tun sollst?« Nico griff in die Jackentasche und holte die Tüte mit der Bodenprobe hervor. »Dies hier mit den Spuren an Paulette Theissiers Kleidung vergleichen.«

»Gewiss, warum nicht. Aber was hätten wir davon?«

»Den Beweis dafür, dass Paulette Theissier gestern in den frühen Morgenstunden im Keller meines Hauses war und Feuer gelegt hat!« Tori verstand nicht, warum Masson partout nicht verstehen wollte.

Masson nickte und griff nach seinem Tabak. »Wir wüssten also dann, dass Paulette Theissier vor ihrem Tod im Maison Sarrasine war und dass sie einen als Ausstellungsstück gedachten Kasten in ihren Besitz gebracht hatte, um ihn im Keller zu verbrennen.«

»Genau.«

Serge legte mit ernster Konzentration Tabak auf ein Blättchen, brachte ihn rollend in Form, leckte das Blättchen an, klebte die Selbstgedrehte zu, steckte sie sich in den Mund, hielt ein Streichholz an ihre Spitze und sog den Rauch tief ein. »Und was folgt aus alledem?«, fragte er endlich.

»Was ist denn das für eine Frage?« Nico stemmte sich hoch wie ein angriffslustiger Terrier.

»Ich meine: Hat es Sinn, eine Tote wegen Diebstahls und Einbruchs zu belangen?«

»So gesehen«, murmelte Nico und ließ sich wieder auf den Stuhl zurücksinken. »Was war es überhaupt? Selbstmord oder Mord?«

»Fremdeinwirkung war nicht feststellbar.«

»Ist das sicher?«

»So sicher wie möglich.«

Langsam machte Massons zynische Gelassenheit Tori wütend. »Es geht nicht darum, sie zu belangen, es geht um …« Sie stockte.

»Ich höre«, sagte Serge.

»Saubere Polizeiarbeit«, sagte Nico.

»Die Wahrheit«, sagte Tori.

Serge Masson seufzte tief auf. »Die Polizei ermittelt, was zu ermitteln ist, das ist alles. Ob die Wahrheit dabei herauskommt, ist Glückssache.« Er stand auf. »Ich bedaure, dass Ihnen ein Schaden entstanden ist, Madame. Sollten Sie der Gebäudeversicherung Meldung machen wollen, bescheinige ich Ihnen gerne, dass Sie die Angelegenheit zur Anzeige gebracht haben.«

Er schritt die Treppe hinunter und zog das Hoftor behutsam hinter sich zu.

»Arschloch«, sagte Tori.

»Unbedingt.« Nico trank seinen Kaffee aus. »Allerdings ein Arschloch, das recht hat.«

»Damit, dass man gegen eine Tote nicht ermitteln kann? Meinetwegen. Geschenkt.« Sie sah ihn mit blitzenden Augen an. »Ich möchte dennoch wissen, was in diesem Dorf los ist. Ich will wissen, wo das Foto von Solange abgeblieben ist. Ich will wissen, wie und warum sie gestorben ist. Ich will wissen, was dieses Dorf unter allen Umständen für sich behalten will.«

»Bist du sicher? Du wirst dir damit keine Freunde machen.«

Auch Nico hatte recht. Das machte sie noch wütender.

Bei Marie-Theres war es gerammelt voll. Wenigstens waren Fenster und Türen weit geöffnet, sonst hätte Tori es nicht lange ausgehalten in dieser einzigartigen Geruchsmischung aus Alkohol, Zigarettenrauch und Männerschweiß, angereichert mit dem Duft von Ziegenkäse, Motoröl und feuchter Wolle.

Das Thema, das alle beschäftigte, betraf natürlich Paulette. Alle schienen davon auszugehen, dass sie sich selbst getötet hatte, auch über das Warum war man sich einig. Der strittige Punkt war die Frage, warum sie sich ausgerechnet in der Kirche erhängt hatte.

»In ihrer eigenen Kirche! Sie war gut katholisch!«, rief Hugo, Toris Nachbar, mit zitternder Stimme. »Das ist Blasphemie! Schlimm genug, dass sie Selbstmord begangen hat!«

»Es steht jedem frei, sein Leben zu beenden, wenn er

nicht weiterweiß. Und mit ihrer Apotheke war es nun mal vorbei.« Jérôme zeigte sich ungerührt. »In der Kirche war sie wenigstens bei ihrem Gott.«

»Aber hätte sie nicht andere Möglichkeiten gehabt, sich umzubringen, als ausgerechnet auf eine so grausame Weise?« Da war er wieder, der breitschultrige Kerl mit dem blonden Pferdeschwanz im Holzfällerhemd, dessen Namen Tori nicht kannte.

»Gute Frage, Francis!« Nico hob sein Glas und prostete ihm zu. »Doch die Antwort kennt nur Paulette!«

»Oder Monique. Weiß jemand, wie es ihr geht?«

Wenigstens einer denkt an die Bibliothekarin, dachte Tori und beschloss, den Holzfäller sympathisch zu finden.

»Docteur Leconte hat sie besucht.« Marie-Theres mischte sich selten in die Kneipengespräche ein, aber man sah ihr an, dass Paulettes Tod sie berührte. Paulette war vielleicht kein Stammgast gewesen, aber Tori hatte sie häufig genug hier gesehen. »Monique weint ununterbrochen. Paulette war ihre beste Freundin.« Sie schüttelte den Kopf und schob eine Pizza in die Mikrowelle.

»Obwohl Monique Protestantin ist und Paulette katholisch war?«, flüsterte Tori. »Spielt das nicht gerade in unserer Gegend noch immer eine Rolle?«

»Nicht mehr bei allen«, flüsterte Nico zurück. »Aber die wichtigste Frage lautet tatsächlich: Warum hat Paulette sich derart qualvoll und derart spektakulär umgebracht? Als ob sie Buße tun wollte. Aber wofür?«

Tori antwortete nicht. Der Alkohol und die Geräuschkulisse um sie herum entfalteten langsam eine sedierende Wirkung. Vielleicht nahmen sie das alles viel zu ernst. Die Bewohner von Belleville jedenfalls schienen keinen weiteren Aufklärungsbedarf zu haben, ihre Welt war wieder in

Ordnung. Didier Thibon war die Kellertreppe heruntergestürzt. Seinem Neffen war sein Drogenkonsum zum
Verhängnis geworden. Der Holländer war rein zufällig in
eine Höhle gefallen. Die Apothekerin hatte lediglich die
Konsequenz aus ihrem Scheitern gezogen. Monique war
eine treue Freundin. Das alles hatte nichts miteinander zu
tun. Nicht mit den alten Geschichten zur Zeit der Kamisarden. Nicht mit dem Zweiten Weltkrieg, mit Kollaboration und Verrat. Nicht mit der Vergangenheit. Wenn da
nur nicht Solange Balazuc wäre, deren Bild ihr noch immer vor Augen stand.

9

Tori wachte viel zu spät auf, nassgeschwitzt und mit di-
ckem Kopf. Es war gestern Abend spät geworden und
sie war zum Schluss alles andere als nüchtern gewesen.
Nico auch nicht, aber die wilde Fahrt nach Hause mit
seinem klapprigen Laster hatte sie eher erheitert, als dass
sie Angst gehabt hätte. Ein sicheres Zeichen für Volltrun-
kenheit, denn obwohl die Kiste nicht sonderlich schnell
fuhr, wäre eine Landung im Straßengraben ungemütlich
gewesen.

Den Kaffee trank sie auf der Veranda. Es war schwül
geworden, ein grauer Schleier überzog den Himmel. Die
feuchte Wärme verstärkte ihre Kopfschmerzen. Sie musste
raus, am besten in die Berge, wo sich die Luft noch bewegte.

Obwohl sie sicher war, dass sich noch reichlich Rest-
alkohol in ihrem Blut befand, nahm sie das Auto und
fuhr über Aubenas an der Volane entlang Richtung An-

traigues. Die Straße lag im Schatten, links erhob sich der Berg, rechts war der Fluss. Wenige Kilometer vor Antraigues zweigte eine schmale Straße ab Richtung Chateau de Craux. Der kurvenreiche Weg führte durch ein Dörfchen, wo sie anhalten musste, da July deutlich zu verstehen gegeben hatte, dass sie ein Bedürfnis verspürte.

Tori stieg mit ihr aus und streckte sich. Hinter einer neuen Trockenmauer, die jemand mit Gefühl für jeden Stein angelegt hatte, graste eine Herde Schafe, die kurz aufblickten, als sie Mensch und Hund sahen, das Haupt wieder senkten und ungerührt weiter ästen. Zwei Häuser weiter bepflanzte eine junge Frau einen schmalen Streifen Garten und lächelte ihnen zu.

Nicht alle jungen Menschen hatten die Gegend verlassen, wie Jean Ferrats melancholisches Lied in den 60er-Jahren prophezeit hatte. Der Sohn aus einer jüdischen Familie hatte etliche Jahre in Antraigues verbracht, Tori hatte mit Carl das Museum besucht, das man ihm im Städtchen errichtet hatte. Für Carl war es die Reise in die legendäre Vergangenheit des französischen Chansons gewesen, aber sie hatten schnell festgestellt, dass Tori mit anderer Musik aufgewachsen war. Ihr waren die französischen Chansonniers und Chansonnetten zu pathetisch.

Weiter ging es, der Weg wurde immer schmaler und führte durch ein Wäldchen, bis sich der Blick wieder öffnete. Die Ruine von Chateau de Craux lag zwischen zwei kompakten runden Türmen, verbunden durch ein neues Dach. Die Nebengebäude gehörten zu einem bewirtschafteten Hof, die Familie produzierte Ziegenkäse und unterhielt im Sommer ein Café. Doch Tori wollte nicht einkehren, sie nahm den Wanderweg rund um den Vulkanhügel herum, auf dem sich die Schlossruine erhob. Nach wenigen Schritten eröffnete sich eine atemberaubende Aussicht auf eine ganze Herde von erloschenen Vulkanen, deren Bergflanken von frischem Baumgrün bedeckt waren.

Es war ein magischer Ort. Sie setzte sich an den Wegesrand, während July im Brombeergestrüpp schnoberte, und ließ die Magie auf sich wirken. Man musste sich nur zum Empfänger von Botschaften aus unvordenklich früheren Zeiten machen. Vulkane barsten und ließen kochende Lava hinunterfließen, die langsam erkaltete. Millionen Jahre später sammelten sich Mammuts und Wollnashörner unten im Tal und tranken aus der Volane, die einmal ein mächtiger Fluss gewesen sein musste, der sich durch die Gesteinsmassen der Berge gegraben hatte. Die ersten Menschen machten Jagd auf Großwild.

Wiederum Jahrtausende später umwanderten Bauern mit ihren Mauleseln die Berge auf schmalen Pfaden, Pilger traten ihren Weg nach Compostela an. Hugenotten flüchteten vor den königlichen Armeen, Juden vor den Schergen der Deutschen. Die Landschaft und der rebellische Geist ihrer Bewohner waren nicht voneinander zu trennen. Unter der Schönheit lag ein Morast von Unterdrückung und Gewalt, doch darüber schwebten Standhaftigkeit und Mut.

Über dem Vulkankegel gegenüber stiegen zwei große Vögel auf, ihre klagenden Schreie klangen nach Weite und Einsamkeit. Tori fühlte, wie ihr die Tränen in die Augen stiegen. Sie spürte in sich den Widerhall eines Klageliedes, das von den Bergen kam, sich emporschwang und niedersenkte und in ihr einen menschlichen Verstärker gefunden hatte.

Nach einer Weile nahm sie ihre Umgebung wieder wahr. Sie war allein. July war verschwunden. Was, wenn sie jetzt auch noch July verloren hatte? Der Gedanke daran schnürte ihr die Kehle zu. Sie stand auf und stolperte über den schmalen Weg voran, nach July rufend. Der Hund antwortete nicht.

Nach einer Kurve endete der Weg an einem Holzgatter. Man konnte es öffnen, es war lediglich mit einer Drahtschleife am Pfosten befestigt. Ungeschickt vor Ungeduld löste sie den Draht vom Pfosten, verschloss das Gatter wieder hinter sich und ging voran auf eine große grüne Wiese, auf der alles blühte, was im Frühjahr zu blühen pflegte. Wo war July? Ein Trampelpfad führte durch ein Dickicht aus Buschwerk und Brombeerranken. Erst nach einer weiteren Wegbiegung öffnete sich der Weg wieder und sie sah ihren Hund und den Grund, warum July nicht geantwortet hatte. Sie hatte die Vorderbeine ausgestreckt und forderte schwanzwedelnd einen schwarzweißen Bordercollie zum Spiel auf. Tori blieb stehen und sah zu. Der Anblick der sich balgenden Hunde tröstete sie. Der Bordercollie war ein Hütehund. Wo aber war seine Herde?

Ein paar Schritte weiter standen sie: vielleicht vierzig gehörnte Ziegen mit kurzem hellbraunem Fell, kleine und große, ein Bock mit einem imponierend großen geschwungenen Kopfputz und viele weibliche Ziegen mit schweren Eutern. Sie hatten die Köpfe gehoben, schienen Tori zu mustern und marschierten dann gemächlich auf sie zu. Nach wenigen Minuten war sie umringt von warmen Leibern. Die kleineren Tiere rieben sich an ihren Jeans und ließen sich die Ohren kraulen, die großen schnupperten an ihrer Hand und nahmen den Menschenduft freundlich zur Kenntnis. Tori fühlte sich wie im Paradies, adoptiert und eskortiert von einer gelassenen Ziegenherde.

Der ganze Trupp begleitete sie zurück zu den beiden Hunden. Beim Anblick seiner Herde schien den Bordercollie das schlechte Gewissen zu packen, er tänzelte nervös und sprang ihnen entgegen, gefolgt von July, die das für ein neues Spiel hielt.

»Ich muss dich enttäuschen.« Tori packte ihren Hund am Halsband. »Dein neuer Freund muss arbeiten.« Widerwillig blieb July bei ihr, während ihr Spielkamerad begann, die Herde zurückzutreiben, was sich die Ziegen in großmütiger Ruhe gefallen ließen.

Tori blinzelte in den blassen Himmel. Die Luft war immer drückender geworden. Über den Bergen sammelten sich die Wolken, weiße, von der Sonne angestrahlte Ballen unter einem schwarzen Wolkenband, das sich vorwärtsschob, immer schneller und genau in ihre Richtung. Sie hatten nicht mehr viel Zeit. Tori begann zurückzulaufen, erst langsam, dann immer schneller. Zu spät.

Ein Windstoß fuhr über den Weg und wirbelte gelben Staub auf. Minuten später öffneten sich die Schleusen mit grollendem Donner. Sie waren klatschnass, als sie das Auto erreicht hatten.

Tori öffnete die Autotür, ließ July, die sich rücksichtsvollerweise vorher gründlich geschüttelt hatte, auf den Beifahrersitz springen und stieg ein. Die schmutzigen Hundepfoten auf dem Polster waren ihr egal. Gewitter reinigten und der Regen schwemmte alles fort, auch das, was schwer auf der Seele lag.

Kapitel VI

I

Mit klammen Fingern schloss Tori das Tor auf und ließ July voranlaufen. Im Unterschied zu ihr war der Hund längst wieder trocken und zog sich auf seinen Platz auf der Veranda zurück, wo er zufrieden auf einem alten Knochen kaute. Sie selbst musste sich dringend von ihren nassen Klamotten befreien und unter die Dusche.

Unter dem heißen Wasserstrahl versuchte sie, einen klaren Gedanken zu fassen. Natürlich wäre es am besten, das Dorf in Ruhe und die Sache auf sich beruhen zu lassen, aber das brachte sie nicht fertig. Gewiss wusste man in Belleville, wer Solange Balazuc gewesen war, sie musste die Alten nach ihr fragen, am besten mit einem Foto der jungen Frau in der Hand, die schöne, traurige Solange rührte jedes noch so verschlossene Herz. Ihr Foto von Solange war zwar verschwunden, aber dann musste sie eben Adriaans nehmen.

Das Gewitter verabschiedete sich mit ein paar matten Blitzen und fernem Donnergrollen und hinterließ einen blankgeputzten blauen Himmel. Tori setzte sich geduscht und geföhnt ins Auto und fuhr zum Krankenhaus nach Aubenas. July saß bei geöffnetem Fenster auf dem

Beifahrersitz und hielt ihre Schnauze in den Wind, der ihr während der Fahrt wahrscheinlich nicht nur ein Lied, sondern einen ganzen Roman erzählte.

Im Krankenhaus mussten sie die übliche Begrüßung über sich ergehen lassen. July lief von einem zum anderen, ließ sich kraulen und kosen und »*chérie*« nennen. Auf dem Flur, der zu Adriaans Zimmer führte, waren alle zu sehr mit sich beschäftigt, um Frau und Hund wahrzunehmen, aber auch dort ging es nicht voran. Zwei Pfleger schoben ein Bett mit einem offenbar frisch operierten jungen Mann an einer Schwesternschülerin vorbei, die benutztes Essgeschirr auf einen Wagen stapelte. Mittendrin standen drei alte Weiber im Weg und tratschten im Licht einer rot blinkenden Lampe über der Tür zu einem Krankenzimmer.

July schlüpfte durch jede sich öffnende Lücke hindurch, während Tori sich mühsam ihren Weg bahnte. Als sie endlich klare Sicht hatte, sah sie den Hund am Ende des Ganges vor einer Frau sitzen, die auf einem Stuhl an der Wand hockte. July hatte ihr in bester Therapiehundmanier die Pfote auf den Oberschenkel gelegt; die Frau beugte sich tief zu ihr hinab und schien ihr etwas ins Ohr zu flüstern.

Tori näherte sich zögernd. Erst als sie schon vor ihr stand, blickte die Frau auf, das Gesicht tränenüberströmt. Nichts erinnerte an die elegante Person, die Tori in der Bibliothek empfangen hatte. Monique war ungeschminkt und unfrisiert und sah aus wie ein Hühnchen, das in den Regen geraten war.

Tori setzte sich neben sie und wartete, bis sie nicht mehr schluchzte.

»Es ist alles meine Schuld«, sagte Monique nach einer Weile.

»Was ist Ihre Schuld, Monique?« Tori legte ihr behutsam den Arm um die schmalen Schultern.

»Paulette. Ich bin schuld, dass sie sterben wollte.«

Tori stand auf und ging hinüber zum Wagen mit dem Verbandsmaterial, den eine Schwester im Flur hatte stehen lassen, um ein paar Kleenex zu holen. Sie drückte sie Monique in die Hand, die mit ersterbender Stimme »Danke!« sagte, bevor sie sich die Nase putzte.

»Warum erzählen Sie mir nicht einfach alles?«

Monique wich ihrem Blick aus. Doch dann nickte sie. »Ich habe Paulette ganz begeistert von Ihrem Fund erzählt und ihr den schönen Kasten mit der Bibel und dem Psalmbuch gezeigt. Sie hat sich alles genau angesehen, ich dachte, es interessiert sie wirklich, aber dann hat sie die Bibel zugeschlagen und beinahe angewidert wieder in den Kasten gelegt. Dieses verfluchte Haus, hat sie gesagt.«

»Das Haus? Maison Sarrasine? Was hat sie gegen das Haus?«

»Na ja, das Schlimmste war offenbar, dass die Bibel der Familie von Henri Balazuc gehört hatte, das hat sie richtig wütend gemacht, können Sie sich das vorstellen?«

Tori konnte sich mittlerweile fast alles vorstellen. Monique selbst hatte ihr schließlich die Geschichte von den beiden Kamisardenführern erzählt, von Henri Balazuc und Guy Teissier und vom Verrat des Teissier an Balazuc – oder umgekehrt. »Sie wollten Paulette fragen, ob sie mit der Familie von Guy Teissier verwandt ist.«

Monique schniefte noch immer. »Das hat sie jedenfalls behauptet.«

»Liegt da der Grund für Paulettes Abneigung gegen die Balazucs?«

»Ja. Guy Teissier musste hängen und Balazuc hat sich

feige davongemacht, so sieht sie das. Das Haus habe ihrer Familie kein Glück gebracht. Ihr Urgroßvater musste es in den 20er Jahren des vorigen Jahrhunderts verkaufen, weil er sich verspekuliert hatte.«

Dafür kann Henri Balazuc ja eigentlich nichts, dachte Tori.

»Und dann das Foto, das Sie in der Kartentasche gefunden haben. Es hat sie furchtbar aufgeregt. Die Balazucs sind unser Verderben, hat sie gesagt. Solange sei eine Verräterin gewesen. Dann hat sie das Foto genommen und in kleine Fetzen zerrissen.«

»Nur, weil Solange mit Nachnamen Balazuc hieß?«

Monique schüttelte den Kopf und brach wieder in Tränen aus, über Julys Kopf gebeugt, die das alles geduldig hinnahm.

»Paulettes Großvater war einer der führenden Männer in der Résistance. Er hat Solange aufhängen lassen. In der Kirche, an einem Pfeiler.«

»Aber warum?«

»Weil sie mit dem Feind kollaboriert hat. Weil sie eine Verräterin war.«

»War sie das wirklich?«

»Ich weiß es nicht«, flüsterte Monique. »Ich weiß es einfach nicht.«

So hing das also alles zusammen. Doch das Rätsel wurde damit nicht kleiner. Warum war Paulette auf ähnlich dramatische Weise aus dem Leben gegangen wie die »Verräterin« Solange, statt sich aus dem Medikamentenschrank zu bedienen? Nico hatte etwas von »Buße« gesagt. Aber warum sollte Paulette Buße tun? Anstelle ihres Großvaters? Weil man auch Verräterinnen nicht einfach so aufhängt? Oder weil Solange keine Verräterin gewesen war?

Tori verstand gar nichts mehr, außer, dass hier eindeutig zu viele Großväter im Spiel waren.

»Hören Sie auf, sie zu quälen«, sagte eine Stimme in gepflegtem Pariser Tonfall. Tori blickte auf. Docteur Leconte stand vor ihnen, einen Strauß Tulpen in der Hand. »Und du, liebe Monique, musst schleunigst wieder ins Bett!« Moniques verweintes Gesicht leuchtete auf angesichts so viel väterlicher Autorität. Leconte wartete, bis sie im Krankenzimmer verschwunden und die Tür hinter sich geschlossen hatte.

»Unterlassen Sie doch endlich Ihre Schnüffelei, Madame. Wenn einer am Tod von Paulette mitschuldig ist, dann Sie. Sie bringen Unruhe in unser Dorf. Sie reißen alte Wunden auf.« Er betrachtete Tori wie eine hässliche Warze, die er zu beseitigen dachte.

»Es heißt doch, Paulette hätte sich umgebracht, weil sie pleite war?« Tori versuchte, ruhig zu bleiben.

Er blickte sie mitleidig an. »Das müssten Sie besser wissen.«

»Nichts weiß ich besser. Vor allem weiß ich nicht, warum ich mitschuldig sein soll an Paulettes Tod, Docteur Leconte. Was genau bringt Unruhe in unser Dorf? Stört vielleicht schon meine bloße Anwesenheit? Oder meine Herkunft?«

Leconte versuchte zu lächeln, aber seine Augen lächelten nicht mit. »Nein, Madame, es spricht nichts dagegen, dass Sie eine Deutsche sind. Im Übrigen komme auch ich nicht von hier. Vielleicht weiß ich deshalb umso besser, wie die Menschen in Belleville empfinden. Es gibt ein Vermächtnis, das allen heilig ist. Wir leben im Land der Rebellen, in einer Gegend, die Verfolgten über die Jahrhunderte hinweg Schutz geboten hat. Wussten Sie, dass die Protestanten des Vivarais Hunderte von Juden vor den Nazis gerettet haben?«

»Nein, das wusste ich nicht.« Es ehrt sie, dachte Tori.

»Sehen Sie. Menschen brauchen die Erinnerung an eine würdige Vergangenheit.«

Solange Balazucs Tod war unwürdig, in der Tat. Die Erinnerung daran war geeignet, das Vermächtnis zu beschädigen, auf das man in Belleville so stolz war. Das stimmte ebenfalls. Meinen Sie das, wollte sie fragen – aber Leconte war bereits in Moniques Krankenzimmer verschwunden.

Adriaans Zimmer war leer. Ein paar Herzschläge lang fürchtete Tori, dass ihm etwas zugestoßen war, schließlich hatte auch er den Finger in die vielbeschworene Wunde von Belleville gelegt. Doch dann ging die Tür auf und July sprang dem hereinhumpelnden Adriaan entgegen, der beinahe über sie gestolpert wäre.

»Ja, man muss schon noch ein bisschen üben.« Er setzte sich auf den Stuhl am Tisch und lehnte die Krücken hinter sich an die Wand. »Aber es lässt sich ganz gut an. Und wie geht es dir?«

Toris Stoßseufzer war ihm wohl nicht entgangen. »Mal so, mal so«, antwortete sie. »Ich habe eine Bitte an dich.«

Er hörte sich Moniques Geschichte mit wachsendem Erstaunen an. »So war das also. Ich hatte oft den Eindruck, dass Großvater sich schuldig gefühlt hat am Tod seiner Geliebten. Aber warum konnte er ihn nicht verhindern?«

»Das ist die Frage. Jedenfalls hat Paulette das Bild von Solange vernichtet, das ich in meinem Haus gefunden habe. Wenn du mir deins leihst, mache ich Belleville damit noch ein wenig unsicher. Es muss doch mehr über diese Tragödie herauszufinden sein.«

Adriaan nickte. »In meinem Nachtschrank, oberste Schublade.«

Tori öffnete die Schublade. Da war es, das Foto mit dem gezackten Rand, unverkennbar Solange Balazuc. Darunter das gerahmte Bild, das ihr schon in der Ferienwohnung bei Eva aufgefallen war: das Bild eines älteren Herren mit vollem weißem Haar und hellen blauen Augen.

»Stell Großvaters Bild bitte auf den Nachtschrank, Tori, er ist schließlich der Grund, warum ich hier bin und diesen wunderschönen Gips trage.«

»Das andere Foto geben Sie bitte mir!«, sagte eine vertraute Stimme. Weder Adriaan noch Tori hatten ihn kommen hören, nur July stand bereits in der Tür und wedelte ihn an. Serge Masson tätschelte ihr den Kopf.

»Monsieur Masson! Also wirklich!«

»Es ist besser, wenn Sie mir das Bild geben, Madame, glauben Sie mir. Es wäre keine gute Idee, damit in Belleville herumzulaufen. Man ist empfindlich nach all den Todesfällen.«

»Dann wird doch ein weiterer Todesfall niemanden mehr stören, oder?« Tori spürte, wie sie trotzig wurde. »Zumal ein derart uralter.«

»Er wird *Ihre* Ruhe und *Ihren* Frieden stören. Wichtige Güter, falls Sie auch in Zukunft in Belleville leben wollen.« Masson zog einen Stuhl heran und setzte sich an den Tisch zu Adriaan. »Ist das Ihr Großvater auf dem Bild?«

Adriaan nickte.

»Wenn ich richtig gehört habe, hat er Ihnen einen Auftrag erteilt, oder irre ich mich?«

Der Holländer sah Masson ratlos an, dann begriff er.

»Ich soll ihr Blumen aufs Grab legen. Aber ich habe bislang nicht herausfinden können, wo man sie begraben hat.«

»Dabei kann ich helfen«, sagte Masson. »Sobald Sie sich auf den Krücken sicher bewegen können, werden all Ihre Fragen beantwortet. Auch Ihre, Madame.« Er blickte Tori in die Augen.

Sie zögerte. Es widerstrebte ihr, Masson Folge zu leisten, der offenbar nur daran interessiert war, den öffentlichen Frieden zu bewahren und niemanden in seiner Ruhe zu stören. Dann nickte sie. »Meinetwegen.«

2

»Bist du sicher, dass du das schaffst?«

»Na hör mal!« Adriaan lachte ins Telefon. »Ich laufe jeden Tag durchs Treppenhaus, vom dritten Stock runter ins Parterre und wieder hoch. Jeweils fünf Mal, dreimal am Tag. Ein begeistertes Publikum jubelt mir zu. Ich bin fit wie – na ja. Wie ein gut trainierter Einbeiniger auf Krücken, also frag nicht noch einmal. Ich schaffe das.«

Einen Tag später holten Tori und Nico ihn aus dem Krankenhaus. Masson hatte versprochen, vor der Kirche in Ailhon auf sie zu warten.

Tori steuerte den Landrover Richtung Largentière und nahm dann die Straße hoch nach Chazeaux. Neben ihr saß Nico, auf dem Schoß ein Strauß Rosen, und auf dem Rücksitz balgte sich Adriaan mit dem Hund. Nach einer schmalen Steinbrücke über ein Flüsschen namens Lande mäanderte der Weg immer höher hinauf, bis es rechts ab nach Ailhon ging. Ailhon war ein winziges Dorf mit einer romanischen Kirche, von der man zunächst nur die Mauer der Frontseite sah, in deren Giebel die Glocken hingen, einen Turm gab es nicht. Auf dem Platz vor der Kirche wuchsen altehrwürdige Platanen und in der Mitte, ganz wie es sich gehörte, stand ein Kriegerdenkmal. Der Ort lag auf einem Bergplateau und man hatte eine gute Sicht bis hin zur Straße, die nach Aubenas führte.

Masson saß an einem Tisch vor dem Restaurant gegenüber der Kirche, trank einen Pastis und blinzelte in die Sonne. »Wir müssen ein paar Kilometer fahren und dann durch den Wald laufen. Seid ihr bereit?«

Adriaan grinste und winkte mit dem Griff seiner Krücke aus dem Autofenster.

Masson fuhr in einem roten Peugeot vorneweg. Mitten im lichten Wald dirigierte er sie zu einem Weg, an dessen Rand man parken konnte. July war als Erste aus dem Auto, Nico und Tori folgten und halfen Adriaan.

Der Weg war nicht sehr schmal, aber er wirkte wenig benutzt. Er führte an einem plätschernden Bach entlang, rechter Hand wuchsen dünne Bäumchen aus den Nischen zwischen bemoosten Steinplatten, die wie Blätterteigschichten übereinandergetürmt waren. Als der Weg nach links abbog, wo eine Brücke über den Bach führte, schlug Masson den Pfad nach rechts ein.

Unter den Bäumen, auf braunem Waldboden, lag eine vielleicht sechs Meter lange und drei Meter breite Platte aus grauem Beton, darin eingelassen eine rostbraune Eisenplatte. »Erzabbau gab es hier in der Gegend seit der Römerzeit und bis ins 20. Jahrhundert hinein. Unter dem Beton liegt der Eingang zu einem alten Minenschacht«, erklärte Masson.

An der Stirnseite des Betons stand ein schlichtes Kreuz vor einem Baum. Auf der Eisenplatte lagen Brocken aus grauem Granit, die jemand behelfsmäßig aneinandergelegt hatte, sodass man erkennen konnte, was sie einmal gewesen waren: ein Grabstein.

Nico kniete sich neben den zerschlagenen Grabstein. »Den hat jemand mit erheblichem Kraftaufwand zerhauen. Die Inschrift ist kaum noch zu erkennen, ich kann nur ein paar Worte und Zahlen entziffern.« Er las vor: »*Victimes. Haines. 1944. Juin. A la mémoire de. Expiation.* Also: Opfer. Hass. Juni 1944. In Erinnerung an. Sühne.«

»Dieser Stein zeigt zweierlei: zum einen, dass sich Menschen für das geschämt haben, wozu sich einige ihrer Mitbürger in sicher berechtigtem Zorn gegen einen übermächtigen Feind haben hinreißen lassen. Und zum anderen, wie schwer es manch einem fällt, mit den unschönen Seiten der Vergangenheit umzugehen, weshalb er sie am liebsten leugnen möchte.« Masson lehnte sich gegen einen Baum. »Die Résistance hatte ihr Quartier bei Joannas, im Chateau de Logères, wo man im Juni 1944 alle gefangen hielt, die man als Gegner identifiziert hatte, von deutschen Soldaten über Kollaborateure bis zu anderen irgendwie missliebigen Personen. Nachdem die Gefangenen exekutiert worden waren, wurden die Leichen auf Lastwagen geladen, hierhergefahren und in den Schacht geworfen. In diesem Massengrab hat man auch die Geliebte Ihres Großvaters verschwinden lassen.«

»Solange Balazuc, geboren am 13. Januar 1922, gestorben am 26. Juni 1944«, sagte Tori mit belegter Stimme.

Masson nickte. »Wenn Sie im Namen Ihres Großvaters Blumen auf ihr Grab legen möchten, Adriaan – hier wäre der richtige Ort.«

Adriaan stand eine Weile stumm da, bevor er den Strauß ergriff, den Nico ihm entgegenstreckte. Er bückte sich, was ihm sichtlich schwerfiel, und legte den Strauß an die Stelle, an der auf der zerschlagenen Grabplatte »Victimes« stand.

»Sie wurde nie vergessen«, sagte er leise.

Nein, dachte Tori. Weder von ihrem Geliebten noch von den Nachfahren ihrer Mörder.

3

Die Wirtin des Bistro d'Ailhon stellte Brot, Wasser und Wein auf den Tisch. »Sie können auch später noch bestellen, wenn Sie erst etwas trinken möchten.«

»Danke, Marie«, sagte Masson und goss allen ein. »Adriaan, Sie haben mit Ihren Fragen eine Lawine ins Rollen gebracht.«

»Das war nicht meine Absicht.« Adriaan wirkte noch immer erschüttert. Er hatte offenbar nicht mehr damit gerechnet, den Wunsch seines Großvaters erfüllen zu können. July saß mit gespitzten Ohren neben ihm, sie schien stets genau zu wissen, wer ihren Beistand am nötigsten hatte.

»Insgesamt, cher Monsieur, ist die Bilanz Ihres Besuchs hier bei uns nicht sehr erfreulich. Drei Tote und zwei, die wie ein Wunder den Sturz in eine Höhle überlebt haben – das ist schon ziemlich kriminell.«

Adriaan hob den Kopf. »Stimmt«, sagte er leise und hob dann sein Glas. »Ich danke euch allen für eure Hilfe. Für euer Verständnis. Für die Lebensrettung.«

»Ja, die Lebensrettung. Das war knapp. Alles andere …«

»Sie wollen Adriaan doch nicht den Tod von Didier, Marcel und Paulette in die Schuhe schieben?« Tori merkte, wie sich ihre Stacheln aufstellten.

Masson wiegte das Haupt. »Man hat Herrn Postma gesehen, wie er mit Didier Thibon gesprochen hat. Das hat schlafende Hunde geweckt.« Er hatte eine nicht sonderlich formvollendete Zigarette fertiggestellt und zündete sie an. »Ich habe mit dem Alten wenige Tage vor seinem Tod gesprochen, er wollte, dass ich ihn besuche, er war völlig aufgelöst. Er war ja nicht immer ganz klar im Kopf, aber ich habe das ernst genommen, ich dachte an Ärger mit seinem Neffen, das wäre nicht das erste Mal gewesen.«

Die Wirtin brachte Weißbrot, Oliven und einen Teller mit Olivenöl und Thymian.

»Aber um Marcel ging es nicht. Didier fühlte sich bedroht, weil er einen anonymen Brief erhalten hatte. Er hat ihn mir gezeigt, die Botschaft war ganz klassisch aus ausgeschnittenen Zeitungsbuchstaben und -wörtern zusammengeklebt. ›Wenn du nicht schweigst, dann wirst du es bereuen‹, das Übliche eben.

Auch gab es nächtliche Anrufe und es wurde jedes Mal aufgelegt, wenn er den Hörer aufnahm. Zum Schluss hat er mir von Adriaan und dessen Suche nach Solange Balazuc erzählt. Geradezu verzweifelt hat er mir immer wieder versichert, dass er nichts, aber auch gar nichts verraten habe. Ich gebe zu, dass ich das nicht wirklich wichtig fand, ich machte mir mehr Sorgen um Marcel und darüber, dass er seinen Onkel bestehlen oder ihm sonst wie schaden könnte.«

»Didier hat also dichtgehalten, aber das hat ihm niemand geglaubt.« Nico spießte eine Olive auf und steckte sie sich in den Mund.

»Kein Wunder. Er hat sich ziemlich wichtig gemacht mit allerlei Andeutungen. ›Wo unsere Schande begraben ist‹«, sagte Tori. »›Man muss in die Tiefe gehen‹ – erinnerst du dich?«

»Sicher.« Nico spuckte den Kern der Olive aus und nahm die nächste. »Wer hat ihn also umgebracht?«

»Geduld, mein Freund. Du musst dir die Geschichte schon von Anfang an erzählen lassen.«

Nico lehnte sich zurück. »Ich höre.«

»Didier Thibon, der schon als Kind die Ziegen hütete, wurde als Dreizehnjähriger Botenjunge bei der Résistance. Er hat alles, was geschah, genau beobachtet. Er kannte Solange Balazuc als eine der wenigen Frauen im Widerstand. Er wusste, wer die junge Frau beschuldigt hatte, eine Verräterin zu sein. Er wusste, dass es sich um einen Mann handelte, der ein hohes Tier bei der Résistance war. Er wusste, dass dieser Mann ein Auge auf Solange geworfen hatte. Und der kleine Didier wusste auch, dass die sich in einen anderen verliebt hatte. In einen, der ebenfalls bei der Résistance war, in einen Holländer.«

Adriaan leerte das Weinglas, als ob er es mit dem Wasserglas verwechselt hatte.

»Der Holländer wurde unter einem Vorwand fortgeschickt, während man Solange Balazuc ergriff und erhängte. Wie zum Hohn in einer katholischen Kirche.«

»Großvater hat immer wieder davon gesprochen, dass er nichts tun konnte, manchmal unter Tränen«, murmelte Adriaan.

Masson räusperte sich. »Ich möchte niemanden verteidigen und erst recht nicht entschuldigen, aber als die Résistance in unserer Ecke die Macht übernahm, hat man keineswegs nur die Schuldigen bestraft. Es wurden auch jede Menge alte und neue Rechnungen beglichen.«

»Erbärmlich.« Tori griff nach July, als ob sie etwas zum Festhalten brauchte.

»Sicher. Aber es scheint sich um ein Grundgesetz menschlichen Lebens zu handeln«, sagte Nico. »Nach jedem Umsturz und nach jedem Machtwechsel wird gesäubert.«

»Überall in Frankreich gab es eine ›épuration‹, eine Säuberung, in fast jedem größeren Ort. Erschießen war dabei noch geradezu human.« Masson verstummte, den Blick ins Weite gerichtet. Nach einer Weile sprach er weiter. »Ich denke an etwas, das ganz in der Nähe geschehen ist. Einer Frau, angeblich eine Verräterin, hat man die Augen ausgestochen und die Zunge herausgerissen, bevor man sie an den Armen an einer Eisenbahnbrücke aufhängte, an der sie drei Tage lang hing, bis sie starb.«

»Selbst wenn Solange eine Verräterin gewesen wäre – niemand hat so etwas verdient.« Tori brachte die Worte kaum heraus.

»Ganz gewiss nicht, Madame. Und doch – wir leben heute in anderen Zeiten. Wir können uns nicht mehr vorstellen, wie man damals existierte, in einem Zirkel von Gewalt und Gegengewalt. Ich habe es irgendwann aufgegeben, die Welt in Gut und Böse zu unterteilen, die Menschen sind beides.«

»Sie wollen nichts entschuldigen, Monsieur, aber Sie wollen es verdrängen. Als ob die Wahrheit den Menschen nicht zuzumuten wäre. Das gilt auch für Belleville.« Tori fand Masson schlüpfrig wie ein Fisch, der sich nicht fangen ließ.

Masson blickte sie an und schüttelte langsam den Kopf. »Aber Madame! Den Menschen von Belleville ist die Wahrheit bekannt. Auch denen, die sie leugnen. Die anderen rechtfertigen sie mit den Umständen, die damals herrschten. Die meisten aber schämen sich. Und Scham, glauben Sie mir, ist ein mächtiges Gefühl, eines, das man meiden will, koste es, was es wolle.«

»Lieber pflegt man den Mythos vom Rebellentum? Heldenhaft ist das nicht gerade.« In Tori sträubte sich alles gegen die Einsicht, dass er recht haben könnte.

»Wir halten es nur deshalb miteinander aus«, sagte Masson leise, »weil wir, solange es irgend geht, verdrängen, was uns entzweien könnte. Wir haben keine andere Wahl, wenn wir Belleville nicht verlassen wollen.«

Die Wirtin brachte die Speisekarten, doch niemand schien Appetit zu haben. Adriaan griff nach dem Tabakpäckchen, das neben dem Weinglas von Masson lag, und begann, eine Zigarette zu drehen.

»Es ist ja nicht so, dass ich dir nicht folgen könnte, Serge«, sagte Nico. »Aber stell einen alten Bullen zufrieden: Wer hat denn nun Didier Thibon umgebracht?«

Serge Masson lehnte sich zurück und plötzlich veränderte sich sein Gesicht. Es war das erste Mal, dass Tori ihn grinsen sah. »Immer gut, wenn man sich auf einen Kollegen verlassen kann. Also: Didier ist von der Kellertreppe gestürzt, schlimmstenfalls hat sein Neffe nachgeholfen, was man ihm nicht nachweisen kann, da er tot ist.«

»Mit einer Wehrmachtpistole erschossen. Seit wann schießen Drogendealer mit Naziwaffen?«

»Waffen aus dem Zweiten Weltkrieg gibt es wie Sand am Meer. Didier selbst hat irgendwann ein Waffenlager der Wehrmacht entdeckt, sein Neffe hat sich damit auf dem Schwarzmarkt eine goldene Nase verdient.«

»Also hat es auch nichts zu bedeuten, dass ich Paulette Teissier und Docteur Leconte am Nachmittag vor Didiers Tod vor seinem Haus gesehen habe.«

»Sehr richtig, Madame.«

»Ob Paulette bei Didiers Ableben mitgewirkt hat, wissen wir nicht, weil sie ebenfalls praktischerweise tot ist. Drei Fälle erledigt. Saubere Arbeit.« Nico winkte nach der Wirtin. »Auch wenn es dir bislang nicht gelungen ist, den mörderischen Drogendealer dingfest zu machen, Kollege.«

»Ein Schönheitsfehler, gewiss.« Masson trug wieder sein Pokerface und zündete sich die Zigarette an, die Adriaan gedreht hatte.

Es war Adriaan, der das Schweigen brach. »Wer war der Mann, der Solange auf dem Gewissen hat?« Seine Stimme klang unsicher. Tori verstand. Ihm war nicht wichtig, was man in Belleville dachte, fürchtete und empfand. Ihn bewegte die Geschichte seines Großvaters.

Masson zögerte. Dann nickte er. »Er hieß François Teissier.«

»Ich kombiniere: der Großvater von Paulette«, sagte Nico.

»Genau.«

»Und Paulette hat sich natürlich nicht deshalb umgebracht, weil ein offenes Geheimnis aufzufliegen drohte, nämlich dass der Großvater einst aus niedrigen Motiven ein Verbrechen begangen hat.«

Masson seufzte. »Sie war bankrott und morphiumsüchtig.«

»Und deshalb erhängt sie sich, statt sich eine Überdosis zu setzen? Das glaubst du doch selbst nicht.«

Nicos Einwand schien Masson wenig zu beeindrucken. »Nun, vielleicht kann man ihr ein ganz anderes und sehr viel edleres Motiv unterstellen. Sie wollte nicht nur den Ruf ihres Großvaters bewahren, sondern auch seine Helfer schonen. Das halbe Dorf hat damals bei der Säuberung mitgemacht.«

Alle verstummten.

»Sie hat Buße getan«, sagte Nico nach einer Weile leise.

»Ich hatte recht. Deshalb hat sie sich in der Kirche erhängt.«

»Alles erklärt – alles ist gut«, sagte Tori in einem verwegenen Anfall von Sarkasmus. »Der alte Familienstreit zwischen den Balazucs und den Teissiers ist mit dem Tod von Paulette beigelegt und das Dorf kann ruhig schlafen.«

»Madame – ich hoffe es. Es wäre das Beste für uns alle.«

Die Wirtin brachte einen Krug mit Wein, stellte ihn auf den Tisch und setzte sich neben Masson. »Ich hab euch zugehört«, sagte sie mit müdem Lächeln. »Mir blieb ja kaum etwas anderes übrig.«

»Ist in Ordnung, Marie.« Masson legte ihr den Arm um die Schulter.

»Ihr habt über den Grabstein gesprochen. Den Stein über unserer Schande.« Sie senkte den Kopf über die gefalteten Hände.

»Richtig.«

»Ich weiß, wer ihn gesetzt hat. Und ich weiß, wer ihn zerschlagen hat.« Sie blickte auf. Ihre Augen waren so dunkel, dass Tori in ihnen nicht lesen konnte. Ihre Stimme ließ keine Emotion erkennen.

»Mein Vater hat mit anderen dafür gesorgt, dass ein Gedenkstein für die Opfer der Säuberung aufgestellt wurde. Wir glauben nicht daran, dass man Unrecht mit Unrecht vergelten kann. Die Säuberung war Selbstjustiz. War Rache. War feiger Mord. Wir wollen das nicht. Es passt nicht zu uns.«

»Marie …«

Die Wirtin wich Massons Arm aus. »Was für eine elende Verlogenheit! Erst haben sie mit den Deutschen kollaboriert – und als es nicht mehr gefährlich war, gehörten sie plötzlich zum Widerstand. Wir haben in unserer Familie oft darüber gesprochen. Nur mein Bruder war anderer Meinung.«

»Maurice?« Masson sah sie mit erhobenen Augenbrauen an und schüttelte langsam den Kopf.

»Er hat mit seinen Freunden an diesem Tisch hier gesessen, sie haben getrunken und stundenlang diskutiert. Über das Vaterland und die Ehre. Ich habe alles mitgehört und nichts darauf gegeben. Eines Abends kamen sie erst spät zurück, verschwitzt und lärmend. Tage später hat jemand die Trümmer gefunden. Als Vater seinen Vorschlaghammer mit geborstenem Stiel in der Werkstatt fand, war uns alles klar.«

»Das muss schwer gewesen sein für deinen Vater, Marie.«

Sie richtete sich auf. »Ja und nein. Der Stein steht für unsere Trauer und unsere Schande, ob im Ganzen oder in Stücken. Mein Vater wusste das. Und Maurice hat es längst begriffen.« Marie stand auf und steckte die Hände in die Hosentaschen. »Die Getränke gehen aufs Haus.« Dann blickte sie Adriaan an. Plötzlich war Wärme in ihren Augen. »Es ist gut, dass Solange geliebt wurde und dass sie nicht vergessen ist.«

Tori griff in ihren Korb und holte die Kartentasche heraus, die schwarze Ledertasche mit dem Gedichtband und der Halskette. »Ich glaube, das hat deinem Großvater gehört«, sagte sie und reichte sie Adriaan. Er hatte Tränen in den Augen.

4

»Du schaffst das!« Tori blickte lachend auf Jan hinunter, der zwei Wegbiegungen hinter ihr ging. Sie selbst folgte July, die unangefochten an der Spitze lag und wie zum Hohn immer wieder den steilen Pfad heruntergelaufen kam, um zu sehen, ob ihre menschlichen Freunde noch aufrecht standen oder schon schlappgemacht hatten.

Der *sentier botanique* schwang sich vom Pont du Gua, einer schmalen Brücke über der Beaume, hoch nach La Roche und führte von da an, wenn man viel Zeit und Energie mitbrachte, auf dem Grat des Plateau du Prataubérat bis nach Loubaresse. Der Weg machte seinem Namen schon beim Aufstieg alle Ehre. Zwischen Buchs und Wacholder wuchsen Wolfsmilch, Cistrosen und Thymian und in den Ritzen von Felsen und Mauern siedelte Felsnabelkraut, genannt der Bauchnabel der Venus. Carl hatte fast jeden Namen von Kraut oder Strauch gewusst und wenn ihm eine Pflanze nicht bekannt war, hatte er so lange im Netz gesucht, bis er den Namen gefunden hatte. Tori hatte sicher mehr als die Hälfte vergessen, nur die schönsten hatte sie behalten.

Endlich war Jan bei ihr angekommen, ein wenig außer Atem, von July begrüßt, als ob er verschollen gewesen wäre. Tori klopfte ihm beruhigend auf den Rücken. »Wenn wir erst oben sind, nehmen wir den Rundweg am Berg entlang, das ist entschieden gemütlicher.« Sie reichte ihm die Wasserflasche.

Jan trank in tiefen Zügen. »Ich habe seit Wochen nicht mehr auf dem Rad gesessen und nur Papierkram erledigt.

Wenn ich jeden Tag mit euch beiden laufe, bin ich in zwei Wochen wieder in Form.«

Jeden Tag? Der Gedanke war schön und beängstigend zugleich.

Kurz vor La Roche verließen sie den Pfad und schwenkten nach links. Jetzt führte der Weg am Hang entlang, zum Tal hinunter üppige Wiesen, bergauf halb verwilderte Weinberge, bis es wieder herabging, zu einem Gebirgsbach, der zur Beaume floss. July war vorausgelaufen, stand auf einem flachen Felsen in der Furt und trank. Der Bach führte reichlich Wasser und rauschte in Kaskaden herunter bis kurz vor der Furt, wo er sich in einem nicht allzu tiefen Bassin sammelte, bevor er weiter bergab plätscherte. July blickte hoch, wie um sich zu vergewissern, dass sie Publikum hatte, und stürzte sich ins Wasser.

»Gute Idee.« Jan wischte sich den Schweiß von der Stirn.

»Wenn dir nach einer Dusche ist, dann warte, bis sie wieder aus dem Wasser kommt.«

Prustend und schnaubend sprang July aus dem Bassin. Jan ging auf Abstand, aber sie schüttelte sich in höflicher Distanz und ließ die beiden Menschen auf flachen Steinen über den Bach balancieren, bevor sie hinterhersprang.

Vom Bach aus führte der Weg wieder hoch. Unter einer Steineiche setzten sie sich an den Wegesrand und machten Rast. Der Blick ging auf eine sich sanft ins Tal schwingende Hangwiese. »Milchstern und Adonisröschen«, sagte Tori. »Und wenn mich nicht alles täuscht …« Sie stand auf und ging ein paar Schritte die Wiese hinunter. »Geflecktes Knabenkraut«, rief sie Jan zu, der July mit Hundebiscuits fütterte. »Wusstest du, dass es hier jede Menge wilde Orchideen gibt?«

Jan schüttelte den Kopf und lächelte ihr entgegen. Sie setzte sich wieder neben ihn und blinzelte in den Himmel. »Es könnte das Gelobte Land sein«, murmelte sie und lehnte sich zurück.

»Könnte? Bezweifelst du das etwa?«

Tori seufzte. »Manchmal ja. Manchmal ist mir das alles unheimlich.« Sie breitete die Arme aus. »Die Landschaft mitsamt ihrer Schönheit und ihren Geheimnissen.«

»Aber du möchtest hierbleiben, oder?«, sagte Jan nach einer Weile.

Sie zögerte. »Eigentlich ja. Carl hat noch vor seinem Tod seinen Anteil an der Anwaltskanzlei verkauft, die ich eigentlich hätte übernehmen sollen. Das war ja der Grund gewesen, warum er mich heiraten wollte.« Sie lachte leise beim Gedanken an seinen Antrag. Wie ernst er gewesen war. Wie lange er gebraucht hatte, bis er mit seinem Vorschlag herausrückte. »Aber dann ...«

Jan richtete sich auf und sah sie erstaunt an. »So wie du über deinen Mann erzählst, kann es keine Zweckehe gewesen sein.«

»Doch.« Sie lachte leise. »Die Liebe kam später. Deshalb hat er mich von der Pflicht befreien wollen, die Kanzlei zu übernehmen.« Du brauchst deine Freiheit, hatte Carl gesagt, zärtlich und bestimmt zugleich. Du musst selbst entscheiden, wohin dich dein Weg führt.

»Er muss ein großartiger Mann gewesen sein. Konkurrenzlos.« Tori blickte auf. Jan lächelte, ein wenig melancholisch, wie es ihr vorkam. Aber er hatte recht. An Carl kam niemand heran, niemand, niemals. Aber hieß das, dass sie für immer allein bleiben musste?

Sie stand auf. »Komm, wir haben noch ein paar Kilometer vor uns bis zur Erlösung.«

July, die unermüdliche, lief wieder vorweg, aber Jan
hatte jetzt keine Mühe mehr, mit Tori mitzuhalten. Der
Weg stieg an, verlief in einem weiten Bogen am Hang, bevor es wieder hinabging zu einem weiteren Gebirgsfluss.
Danach führte der Weg durch dicht bewachsenen Wald
und mündete in einer von gepflegten Trockenmauern gesäumten Terrassenlandschaft mit alten Kastanienbäumen.

»Der Brotbaum der Ardèche«, sagte Tori. »Davon haben die Menschen früher gelebt. Man stelle sich das vor.«

Jan hob einen dürren Ast auf und rief nach July. Das
schwarz gestromte Energiebündel raste herbei und erkannte sofort, was der Mann beabsichtigte. Die beiden
spielten das »Ich-werfe-und-du-apportierst«-Spiel, bis sie
oben bei einem einsamen Hof angelangt waren. Für manche Eingebungen braucht es vielleicht doch einen Mann,
dachte Tori, die bis dahin an solche Spiele nicht gedacht
hatte.

Der Weg mündete auf eine breite Sand- und Schotterschneise, die hinabführte, an einem der vielen Löschwas-
serbecken vorbei. »Es brennt hier immer noch viel zu häufig«, sagte Tori. »Zigarettenkippen, Glasscherben, die wie
ein Brennglas wirken, Campingfeuerchen, Brandstiftung.
Tagelang fliegen dann die Canadairs. Oder die Hubschrauber, die sich ihr Löschwasser zur Not auch aus Swim-
mingpools holen.« Die Cevennen müssen brennen, hatte
einer der Soldaten gesagt, die einst der Sonnenkönig ausschickte, um die Hugenotten endgültig auszurotten. Aber
diese Landschaft übersteht jeden Brand, dachte sie.

Auch der Weg, den sie jetzt hinabgingen, war wohl als
Feuerschneise entstanden, er war entsprechend ungemütlich. Fast wäre sie gestürzt, wenn Jan nicht gewesen wäre,
der ihr rechtzeitig unter die Arme griff. Sie lehnte sich an

ihn und wartete, bis ihr Atem wieder ruhiger ging – und noch ein bisschen länger. Es tat gut, an jemandem Halt zu finden. Vielleicht hätte sie sich noch länger diesem fast vergessenen Gefühl hingegeben, wenn July nicht auf Jan zugestürmt wäre, ein kompaktes Stück Holz im Maul.

Die Schotterschneise führte auf ein halb verfallenes Haus zu, vor dem eine Mischmaschine neben Sand- und Kieshaufen stand. Das Haus sah nicht sehr anheimelnd aus, aber der Blick, den man von hier aus hatte, war umso beeindruckender. Es ging hinter einer Weide mit Obstbäumen steil hinab, wo Dorngestrüpp in nackten Felsen mündete. Tief unten mäanderte die Beaume zwischen Stromschnellen und Felseninseln. Jenseits der schmalen Brücke blickte man auf Häuser aus grauem Stein, wie viele es waren, konnte man nicht erkennen, sie waren ineinander verschachtelt, wie es sich gehörte für ein altes *hameau*.

Seit sie ihr Ziel gesehen hatten, gingen Tori und Jan schneller. Le Gua lag an der schmalen Straße von Joyeuse nach Valgorge. Das Schönste an diesem winzigen Ort war sein Restaurant, die »Boucharade«, ein einstöckiges, langgestrecktes Haus aus Bruchstein mit blauen Läden an den Fenstern, über denen sich Wein rankte. Gegenüber, auf der anderen Straßenseite, lag eine zum Restaurant gehörende Terrasse direkt an der Beaume, im Schatten einer von einer uralten Glyzine überwachsenen Pergola. Tori steuerte den Tisch an, der direkt am Fuß der Kletterpflanze stand, ein armdicker, knorriger Stamm, der auf einer Stütze aus Eisen lagerte. Die Trauben des Blauregens blühten in zartem, hellem Lila und mit einem Duft, der nicht nur Bienen anzog.

»Ein Bier. Bitte!«, flehte Jan und ließ sich neben sie in den Stuhl fallen.

Man musste in der Boucharade nicht lange flehen: Maud eilte bereits über die Straße.

Es gab zwei Gründe, in der Boucharade essen zu gehen: die gute Küche war der eine. Martin Armand verstand etwas von Gemüse, das war in der französischen Küche nicht selbstverständlich. Der Hauptgrund aber war Maud. Maud Paret war eine große Frau mit rotbraunem Haar und den blauesten Augen, die Tori jemals gesehen hatte. Kein Blassblau, kein Graublau, sondern ein tiefes Blau, zwischen Indigo und Ultramarin. Doch das waren alles keine Beschreibungen, die an die Wirklichkeit auch nur heranreichten. Carl und sie hatten sich einmal bei einer Flasche Wein darüber unterhalten und waren zu keinem Schluss gekommen, außer zu dem: Mauds blaue Augen waren auch deshalb so besonders, weil sie zu Maud gehörten, zu dem großen Mund und dem breiten Lächeln, zu ihrer guten Laune und zu ihrem Humor. Seit Maud und Martin das alte Ausflugslokal übernommen hatten, war hier immer Betrieb und meistens musste man vorbestellen. Nur für Tori fand Maud immer einen Platz.

»Wie schön, dass du dich mal wieder blicken lässt!« Maud küsste Tori rechts und links und wieder rechts. »Das ist Jan«, sagte Tori. Jan sah Maud mit einer Verzückung an, die Tori irritierend fand. Sie wunderte sich über sich selbst: War sie etwa eifersüchtig?

»Zwei Bier? Kommt sofort! Damit ihr nicht verdurstet.«

Als Maud zurückkehrte, folgte ihr ein kleiner Junge auf kurzen Beinchen, mit wichtiger Miene und sehr bestimmt.

»Colas, sag guten Tag!« Das Kind sah ohne großes Interesse erst zu Tori und dann zu Jan auf und ging in die Knie, um July zu streicheln. »Ah, ein Hund, der hat be-

300

stimmt Durst.« Wieder verschwand Maud und kam mit einer Wasserschüssel zurück. Colas streichelte July, während sie die halbe Schüssel leer trank.

»Was wollt ihr essen? Es gibt als Vorspeise ein Fondant aus Spinat und Schafskäse und als Hauptgang kann ich das Hühnchen mit Spargel empfehlen.«

»Ich esse, was du isst«, murmelte Jan.

»Und ich esse, was Maud empfiehlt«, antwortete Tori. Maud strahlte. »Sehr weise!«

Sie waren die Ersten gewesen, typisch für Deutsche, hatte Tori gedacht, die alle ihr Abendessen schon um 19 Uhr haben wollen. Aber jetzt kamen auch andere, setzten sich an die Biertische vor dem Restaurant oder auf die Terrasse. Holländer, Belgier, Engländer, Franzosen, wenn Tori das Stimmengewirr richtig interpretiert hatte.

Maud brachte die Vorspeise. Sie aßen schweigend. Nach einer Weile legte Jan das Besteck beiseite und wischte sich mit der Serviette über den Mund. »Bist du erleichtert?«

»Warum sollte ich das sein?« Seine Frage überraschte sie.

»Der Fall ist gelöst, dachte ich? Paulette hat sich nach der Brandstiftung selbst gerichtet. Oder habe ich da etwas falsch verstanden?«

»Ich weiß nicht, ob der Fall gelöst ist.« Tori schob das Glas beiseite, der Wein war warm geworden. »Unser Ermittler scheint heilfroh zu sein, dass alle Beteiligten tot sind, die zur Aufklärung hätten beitragen können.«

»Du wirkst nicht sonderlich glücklich damit.«

»Natürlich nicht. Das kann niemanden befriedigen, der an der Wahrheitsfindung interessiert ist. Im Fall von Paulette scheint es keine Fremdeinwirkung gegeben zu haben.

Aber niemand kann mir erklären, warum ausgerechnet eine Apothekerin einen derart unangenehmen Tod wählt. Im Fall von Didier Thibon ist nicht sicher, dass er wirklich einem Unfall zum Opfer fiel. Nur der Tod seines Neffen scheint sonnenklar – er ist erschossen worden, mit einer Pistole aus dem Zweiten Weltkrieg. Von wem? Von seinem Drogendealer, angeblich, den aber niemand kennt. Das ist alles mehr als dubios.«

»Aber warum gibt sich die Polizei damit zufrieden?«

Sie blickte hinauf zu den von Bienen umschwärmten Glyzinenblüten. »Weil es die Dorfgemeinschaft zerstören könnte, wenn man weiterbohrt, glaubt Serge Masson.«

»Und was glaubst du?«

»Ich glaube, dass er recht hat. Aber es befriedigt mich nicht.«

»Aus Gründen der Wahrheitsfindung oder aus denen der Gerechtigkeit?«

Maud hatte die Bestellungen der anderen Gäste aufgenommen und kam über die Straße gelaufen. »Das Hühnchen«, sagte sie. »Der Spargel kommt aus La Ribeyre, er ist heute früh gestochen worden.«

»Sieht gut aus«, rief jemand am Nebentisch.

»Riecht auch gut«, rief Jan zurück, nahm ein Stück Huhn auf die Gabel und kostete. »Und es schmeckt!« Alle lachten.

Tori aß mit Appetit. Das musste an Jans Anwesenheit liegen.

»Also«, sagte Jan, als ihre Teller leer waren. »Was beunruhigt dich? So bald wird niemand mehr bei dir Feuer legen.«

»Jedenfalls niemand, der auf die Idee kommt, den Geheimgang zu benutzen. Dank eines stabilen Eisengitters und eines guten Handwerkers kommt in mein Haus niemand mehr rein.«

»Was also stört dich?«

»Also mangelnde Gerechtigkeit ist es sicher nicht. Mein Professor an der Uni hat uns damals ausdrücklich verboten, den Begriff auch nur in den Mund zu nehmen. Er meinte, es gebe keine Gerechtigkeit und schon gar keine gerechten Urteile. Ein Richter fällt ein Urteil nach Recht und Gesetz, mehr könne man in einem Rechtsstaat nicht verlangen.«

»Streichen wir die Gerechtigkeit, meinetwegen. Aber was ist mit der Wahrheit?«

Tori zeichnete mit der Gabel Muster in den Wasserfleck auf dem Tisch.

»Sofern es eine gibt, meinst du? Doch, ich glaube schon, dass es sie gibt.«

Maud stellte einen eisgefüllten Kühler mit einer zweiten Flasche Wein neben ihren Tisch und verschwand so geräuschlos, wie sie gekommen war.

»Und? Was wäre die Wahrheit?« Jan schüttete den Rest aus Toris Weinglas in die Blumenrabatte und schenkte ihr vom kühlen Wein nach. »Ich spekuliere mal: Jemand hat Didier die Treppe heruntergestoßen, der nicht sein Neffe war. Der Neffe wurde erschossen, weil man einen Sündenbock brauchte. Paulette hat sich erhängt, weil sie zu den Tätern gehörte, die beide auf dem Gewissen haben.«

Tori wiegte den Kopf. »Gut möglich. Doch wenn das der einzige Grund wäre, warum Paulette sich umgebracht hat, hätte sie in ihrer Apotheke schnellere und schmerzlosere Mittel gefunden. Nein, ich glaube langsam, dass sie uns damit etwas sagen wollte. Ich weiß, das klingt blöd, aber ...« Sie zögerte.

»Sie hat stellvertretend für ihre Mittäter die Schuld auf sich genommen.« Jan griff über den Tisch hinweg nach ihrer Hand. Sie entzog sie ihm nicht, seine Berührung tröstete.

»Richtig. Ihr Tod schützt die anderen Beteiligten«, sagte Tori langsam. »Es gibt Menschen in Belleville, die die Vergangenheit persönlich nehmen und nicht wollen, dass ihr Selbstbild beschädigt wird.«

»Die gibt es nicht nur in Belleville.«

»Stimmt.« Tori merkte, dass ihr der Wein in den Kopf stieg. Hoffentlich war Jan noch nüchtern genug zum Autofahren.

»Alle kleineren und größeren Gemeinschaften brauchen Legenden, etwas, das ihr Zusammengehörigkeitsgefühl stärkt. Heldenlegenden und Mythen, die auch Niederlagen noch erträglich machen. Das Vichy-Regime hat mit den Deutschen kollaboriert. Dagegen strahlt der Mythos der Résistance an. Das lässt sich niemand gern nehmen.«

Jan hatte recht. Und doch … Tori versuchte, den Gedanken zu fassen zu kriegen, der sie seit Tagen umtrieb.

»Paulette war katholisch, Selbstmord ist ihrer Kirche zufolge eine Sünde. Und dann erhängt sie sich auch noch am heiligen Ort, ausgerechnet dort, wo Solange auf die gleiche Weise gestorben ist. Nico meint, Paulette habe damit Buße tun wollen. Aber vielleicht hat sie das als einen Akt der Versöhnung gemeint? Ich erleide, was du erlitten hast? Ich leiste Abbitte?«

Jan drückte ihre Hand. »Möglich. Jedenfalls, wenn man an das Gute im Menschen glaubt«, sagte er leise.

Sie entzog ihm sanft ihre Hand und richtete sich auf. »Wir werden die Wahrheit nicht mehr erfahren. Aber ein

Gutes hat die Sache auf jeden Fall: Adriaan hat seine Mission erfüllt.« Sie sah Jan in die Augen und begann zu lächeln. »Und er hat sein Einhorn gefunden.«

»Sein Einhorn?«

»Angeblich sagt man das hier über Höhlenforscher: Sie sind auf der Suche nach dem Einhorn.«

Jan lachte. »Ach, das meinst du. Ja, das ist eine sehr interessante Geschichte.« Er goss Wein nach. »Weißt du, warum so viele Apotheken ein Einhorn als Wappentier haben?«

»Nein.« Sie prostete ihm zu. »Erzähl.«

»Höhlen haben in der Menschheitsgeschichte natürlich immer schon eine Rolle gespielt, aber systematische Höhlenforschung gibt es noch nicht lange. Für die Bevölkerung gab es drei Motive, sich für Höhlen zu interessieren: als Versteck im Kriegsfall, auf der Schatzsuche und um dem Einhorn auf die Spur zu kommen. Die Suche nach dem ›wahren Einhorn‹ beflügelte letztlich auch die wissenschaftliche Neugier: Als die ersten Höhlenforscher in Deutschland ab dem 15. Jahrhundert große Knochen fanden, glaubten sie, Überreste des Einhorns gefunden zu haben. Unicornu fossile aber galt als Heilmittel gegen allerlei Übel. Mit anderen Worten: Wer sein Einhorn gefunden hat, ist aller Sorgen ledig.«

»Was für eine schöne Geschichte«, sagte Tori leise und wünschte sich ein Einhorn herbei.

Sie fuhren mit heruntergelassenen Fenstern zurück, Jan fuhr langsam, als ob er den Moment auskosten wollte. Kurz vor Joyeuse zwitscherte Toris Handy. »Zur Abwechslung ist es mal meins«, sagte sie und lächelte Jan um Verzeihung bittend an.

Es war Nico, der sie zu Marie-Theres befahl. Ein Befehl: anders konnte man es nicht nennen. Sie spürte, dass Jan versuchte, seine Enttäuschung zu verbergen, als er sie vor dem Café de la Grand Font in Joyeuse absetzte. Sie küsste ihn zum Abschied rechts und links und wieder rechts.

Schade. Aber es ist besser so, dachte sie.

Halb Belleville hatte sich bei Marie-Theres versammelt, ihr kam es vor, als ob es mehr als die üblichen Verdächtigen waren. Jérôme begrüßte sie mit einer Umarmung gleich hinter dem Eingang, der Bäcker lächelte ihr ganz entgegen seiner Gewohnheit zu und auf dem Weg zur Theke, an der Nico saß, breit grinsend, fing Francis sie ab, der Langhaarige im Holzfällerhemd, und küsste sie etwas stürmischer ab, als üblich war.

Sogar Marie-Theres lächelte und rief »Lokalrunde!«.

Das war ein absolutes Novum, Marie-Theres war für ihren Geiz bekannt, es musste also Außerordentliches vorgefallen sein. »Was ist los?«, murmelte Tori, rutschte neben Nico auf den Hocker und winkte Jean-Claude Estevenon zu, dem Metzger, der neben ihrem Nachbarn Hugo saß, das rote Kindle vor sich auf dem Tisch.

»Monique kommt am Wochenende aus dem Krankenhaus, wir streiten uns darüber, wer sie abholt und wie man sie am besten empfängt. Die einen sind für großen Bahnhof mit Trallala, die anderen fürchten, dass sie bei so viel Theater gleich wieder zusammenbrechen könnte.«

»Ich glaube auch, dass sie noch ein wenig Schonung braucht, findest du nicht?«

»Ich bezweifle, dass man ihr dafür eine Chance geben wird. Alle sind nämlich plötzlich hellauf begeistert von der Ausstellung über 1000 Jahre Belleville, alle wollen ihr dabei helfen. Daran bist übrigens du schuld.«

»Ich? Was hab ich denn damit zu tun?«

Marie-Theres stellte zwei bis zum Rand gefüllte Gläser Rosé vor sie hin und lächelte Tori ganz gegen ihre Gewohnheit breit an. »Herzlichen Glückwunsch«, sagte sie. »Das ist ein großer Moment für euer schönes Belleville!«

»Wie bitte? Was ist denn hier los?«, flüsterte Tori.

»Du bist ihre neue Heldin. Du hast ihnen ihren Stolz wiedergegeben.«

»Und wie soll ich das angestellt haben?« Tori flüsterte noch immer, während sie ihr Glas hob und ein wenig unsicher all den lächelnden Menschen zuprostete, die ihr zunickten, mit Bier oder Schnaps oder Wein im Glas.

»Auf Belleville!«, intonierte Marie-Theres. »Und auf Tori!«

»Auf Tori!«, tönte es zurück.

Tori spürte, wie ihr die Hitze ins Gesicht stieg. »Jetzt erklär mir das Spektakel endlich«, zischte sie Nico zu.

»Ich habe ihnen erzählt, dass du die Bibel und das Psalmbuch von Henri Balazuc gefunden hast. Es wird das Herzstück der Ausstellung sein. Es erinnert an das, worauf man ungehindert stolz sein darf: an das rebellische Erbe des Vivarais. An das Land der Kamisarden.«

Tori wusste nicht, was sie sagen sollte. Alles war gut? Sicher nicht. Schließlich leerte sie ihr Glas und setzte es hart auf den Tisch. »Ich hoffe nur, dass das Dorf keine weiteren Menschenopfer benötigt.«

Dank

Alles verdankt dieses Buch dem Ort, an dem es spielt: dem magischen Vivarais, der kühnen Ardèche, dem Land der Rebellen. Ich bin meinem Bruder Holger Stephan und meiner Freundin Susanne Schlüter noch heute dankbar, dass sie es im Jahre 1968 für sich und für mich entdeckt haben.

Die Personen in diesem Roman sind Produkte der Phantasie. Belleville ist ein Ort der Imagination. Alles andere kann man sehen, spüren, riechen, kurz: entdecken.

Ohne Anregung und Kritik durch andere wäre das Romanschreiben ein verdammt einsames Geschäft. Dafür danke ich an erster Stelle Rudolf Westenberger, Ellen Eggers und Daniella Baumeister, die nicht nur eine Fassung mit kritischem Blick gegengelesen haben. Wichtige Anregungen verdanke ich Winfried Eggers und meiner Freundin und Kollegin Elisabeth Herrmann, fachkundige Beratung kam von Karl-Eberhard Feußner in Sachen alte Gemäuer und von Sibylle Wolf, was die Erdgeschichte im Untergrund betrifft. Nicht nur auf kriminalistische Redlichkeit achtete Robert Schmitt.

Stets unterstützend an meiner Seite mein Agent Michael Meller und, stellvertretend für meinen Verlag, Gaby Callenberg sowie meine Lektoren Olaf Petersenn und Andreas Becker. So macht das Schreiben Freude.

Adressen

Bistrot de la Grand Font, Place de la Grand Font, 07260 Joyeuse

Le Relais Fleuri, Rue de l'Externat, 07110 Laurac-en-Vivarais

Le Bistrot de l'Ailhon, Ailhon bei 07200 Aubenas

Bar Chez Louis, Grande Rue, 07110 Laurac-en-Vivarais

Le Dardaillon, Place Léopold Ollier, 07140 Les Vans

Bar l'Atlas, Place des Récollets, 07110 Largentière

L'Auberge de la Tour de Brison, 07110 Sanilhac,
http://www.belinbrison.com/

La Boucharade, Le Gua, Route du Tanargue, 07110 Sanilhac,
https://sites.google.com/site/laboucharade/

Cave de Lablachère, http://www.cave-lablachere.fr/

Domaine de Chazalis,
http://www.lardechois.de/domaine-de-chazalis/

Chèvre Peytot, http://peytot.com/

Le Domaine du Fayet, Le Fayet, 07110 Sanilhac,
http://www.fayetardeche.com/deutsch/willkommen.html

Le Mas Bleu, Balbiac, 07260 Rosières,
http://www.lemasbleu.com/deutsch/

Märkte in Les Vans (samstags), Joyeuse (mittwochs)
und Aubenas (samstags)

La Quincaillerie Martin, 3–4 Rue Jean Louis Soulavie,
07110 Largentière, http://laquincailleriemartin.hautetfort.com/

Grotte Chauvet, virtueller Rundgang:
http://archeologie.culture.fr/chauvet/fr

Museum: Caverne du Pont d'Arc, Plateau du Razal,
07150 Vallon Pont d'Arc, http://de.cavernedupontdarc.fr/

Hugenottenhöhle und andere:
http://www.suedfrankreich-netz.de/165/Hoehlen-und-Grotten/
Hoehlen-Grotten-Rhone-Alpes.html

Museum der Hugenotten und Kamisarden, Le Mas Soubeyran,
30140 Mialet, http://www.museedudesert.com/article5872.html

Château de Logères, 07110 Joannas

Château de Craux, 07530 Genestelle

Geführte Wanderungen veranstaltet Uli Frings:
http://www.ardechereisen.de/; sein Wanderführer: »Frankreichs
wilder Süden, Reise- und Wanderführer rund um die
Kalksteinschluchten von Ardèche, Beaume und Chassezac«,
3. Auflage 2016.

Office de Tourisme de Joyeuse, http://www.france-voyage.com/
villes-villages/joyeuse-28312/office-tourisme-joyeuse-7949.htm

Office de Tourisme Privas, 3 place du Général de Gaulle,
07000 Privas, http://www.tourisme-coeur-ardeche.fr/

Cora Stephan. Ab heute heiße ich Margo. Roman.
Taschenbuch. Verfügbar auch als E-Book

Stendal in den Dreißigerjahren: Hier kreuzen sich die Wege von Margo und Helene. Margo ist Lehrling in der Buchhaltung, Helene Fotografin. Sie lieben denselben Mann, werden durch den Krieg und die deutsche Teilung getrennt und bleiben doch miteinander verbunden. Die Geschichte zweier Frauen mit einem gemeinsamen Geheimnis, berührend, fesselnd und voller Überraschungen!

Leseproben und mehr unter www.kiwi-verlag.de

Machen Sie Urlaub an der Côte d'Azur mit Kommissar Duval

Christine Cazon. Mörderische Côte d'Azur. Der erste Fall für Kommissar Duval. Taschenbuch. Verfügbar auch als E-Book

Christine Cazon. Intrigen an der Côte d'Azur. Der zweite Fall für Kommissar Duval. Taschenbuch. Verfügbar auch als E-Book

Christine Cazon: Stürmische Côte d'Azur. Der dritte Fall für Kommissar Duval. Taschenbuch. Verfügbar auch als E-Book

Christine Cazon. Endstation Côte d'Azur. Der vierte Fall für Kommissar Duval. Taschenbuch. Verfügbar auch als E-Book

Leseproben und mehr unter www.kiwi-verlag.de

Gestatten: Perez – Lebemann, Kleinganove, Hobbyermittler

Yann Sola. Tödlicher Tramontane.
Ein Südfrankreich-Krimi. Taschenbuch.
Verfügbar auch als E-Book

Yann Sola. Gefährliche Ernte.
Ein Südfrankreich-Krimi. Taschenbuch.
Verfügbar auch als E-Book

Am liebsten würde sich Perez in aller Ruhe seinem Restaurant und dem Schwarzhandel mit spanischen Delikatessen widmen. Doch als in Strandnähe eine Yacht explodiert und seine Freundin Marianne spurlos verschwindet, ahnt der Hobbydetektiv, dass es mit der Ruhe vorbei ist ...

Es sind Sommerferien – die Touristen haben sich breit gemacht und der Delikatessenschmuggler Perez hängt mit seinen Lieferungen hinterher. Als in den Weinbergen seines Vaters ein Toter gefunden wird, schnüffeln Ermittler auf dem Weingut herum. Der Hobbyermittler sieht sich gezwungen, die Sache selbst in die Hand zu nehmen.

Leseproben und mehr unter www.kiwi-verlag.de

Mord am Lago Maggiore

Bruno Varese. Die Tote am Lago Maggiore.
Ein Fall für Matteo Basso. Taschenbuch.
Verfügbar auch als E-Book

Bruno Varese. Intrigen am Lago Maggiore.
Ein Fall für Matteo Basso. Taschenbuch.
Verfügbar auch als E-Book

Matteo Basso, ehemaliger Mailänder Polizeipsychologe, hat seinen Job an den Nagel gehängt und ist zurückgekehrt nach Cannobio. Am malerischen Ufer des Lago Maggiore will er zur Ruhe kommen – doch als seine Freundin Gisella tot aufgefunden wird und sich die Hinweise häufen, dass es kein Unfall war, ermittelt Matteo auf eigene Faust und gerät bald selbst in Gefahr.

Matteo Basso könnte endlich sein neues Leben in Cannobio genießen, da macht er eine grausame Entdeckung: Aufgespießt am weithin sichtbaren Einhorn-Denkmal der Isola Bella hängt ein lebloser Körper. Die Spuren führen an Wallfahrtsorte hoch in den Bergen, an die ligurische Küste und bis nach Mailand.

Leseproben und mehr unter www.kiwi-verlag.de